告白撃

住野よる

角川書店

告白撃

月まで届くように叫んでる　Honey Moon Song
　君を縛る場所から　奪い去ってやる
月まで届くように叫んでる　Honey Moon Song
　君を縛るやつから　奪い去ってやる

———— a flood of circle "Honey Moon Song"

装丁　bookwall
装画　ふすい

あいつの頭を撃ち抜かなきゃいけない。

その一言で、どうでもよかったはずの一夜が俺の記憶から引っ張り出されてきた。

よく同じ場所、似たような面子《メンツ》で開催されていたため、正確な日付は定かじゃない。いつだとしても、テーブルの上にはスナック菓子や空き缶、一切れだけ残ったピザが散らばっていたはずだ。テーブル以外にも、響貴《ひびき》の家のベッドやソファは度々酔った仲間達に蹂躙《じゅうりん》されていた。嫌がってはなかったみたいだけど、本当のところちょっとはめんどくさかっただろうな。

あの夜、俺は当時やっていた居酒屋のバイトを終え、日付を越えてから響貴の家に訪れた。あの頃の俺達はバイト後だとか、飲み会の二軒目扱いでよくあいつの家へ遊びにいった。

鍵なんてかかっていない扉を自分の手で開けたら、いつもの匂いがする。響貴んちのっていうよりはなんだろうな、あの寝息と柔軟剤と食べ物の混じった複雑な匂い。社会人になってからとんと嗅いでない。ひょっとして、あれが千鶴《ちづる》の言う夢の匂いか。

九畳ほどの部屋では、響貴がパソコンで何かバンドのライブ映像を控えめな音量で見ていて、ベッドでは千鶴がいつもの革ジャンを着たまま無防備に寝ていた。響貴と千鶴の間には男女の遠慮があんまりなかった。二人の仲を俺達は信頼してた。

「果凛《かりん》お疲れ、飲み物なんでも勝手に取って」

「ありがとさん」

キッチンの冷蔵庫を開けてビールを手に取り、床に座って乾杯する。俺が何か言う前に、響貴は残っていたピザをレンジで温め直してくれた。ついでにもぞもぞしていた千鶴の足に毛布をかけてもやる。

「さっきまで舞《まい》さんと大賀《たいが》さんいたけど明日一限あって帰った。千鶴は昨日課題で二時間しか寝てないらしくて力尽きた」

温かいピザを食べながら今日の飲み会の経過を聞いた。俺もバイトであったささやかな面白話を披露すると、毎日のように会っている男二人で語り合うこともなくなる。

俺達には共通の趣味があった。俺がジャンクな晩飯を終えたら、音に気をつけてテレビをつけゲームのハードを起動した。ソフトは響貴がセールで買ってみたというゾンビ系のシューティングゲームを選んだ。バイオじゃなかったと思う名前は忘れた。

しばらく二人で敵を撃ち殺しながら探索を続けるうち、もちろんあるに決まってる脅かしのシーンで、俺は制作者の思惑通りまんまと驚いた。多分その声で起きたんだな。

「お、仲良くゲームデートしてる」

背後から聞こえた寝ぼけ声に振り返る。さっきまでベッドに倒れていた千鶴が起き上がってダークブラウンの髪を手櫛《てぐし》で撫《な》でていた。俺はすぐ画面に目を戻した。

「起きて一発目に何言ってんだ」

「あの彼女が恋敵になったら手ごわそうだなあ」

響貴の軽口を聞いている間にも、俺は目の前のゾンビを撃ち殺していく。

「私がゾンビになったら二人ともこんな簡単には進めないだろうね、強くて」

後ろからの声に、倒れていくゾンビ共と仲間になった千鶴を想像して笑った。

「そん時はちゃんとエイムして千鶴の頭すぐぶっとばしてやる」

「おい。まず果凛の頭かじるぞ」

「俺の方は真面目に目を見て責任感じながら殺すようにする」

「よし次に響貴の目をえぐる。まず治す方法考えろ。自分がゾンビになった時に後悔するよ」

千鶴のファンタジーな脅しに響貴は笑うことなく「実際」と、授業で議論を始める時のような口調を作った。

「俺がそうなったら、周りの人間にばれないよう行動して一人ずつ殺していくと思うんだよね。千鶴はゾンビだぞーって皆の前に飛び出して撃たれるだろうけど」

ふざけた内容がフラットな口調にあっていなくておかしかった。

「なんで私には理性がなくて響貴だけあるんだよっ」

「理性っていうか、元の性格だな」

「よし響貴の様子が変わったら果凛と協力して一撃で頭撃ち抜いてやろう」

「二人なのに一撃？　果凛に任せないで千鶴も戦って」

「……うっせえ！」

千鶴の子どもみたいな応戦に笑った直後、床に置いていた俺のスマホが震えた。みんなそれぞれと仲の良いハナオから、『まだやってる？』という連絡があった。どうやら部活での飲み会解散後、暇になったらしい。

ハナオが合流してまた乾杯をした。あの頃の俺達にはそういう体力と、明日を犠牲にする勇気があった。そして俺だけじゃなくきっと皆が、今だけだという儚《はかな》い感覚を共有していた。

「社会人になったらこんな間違った時間まで遊んでられなくなるな」

カーテンの隙間から差し込む朝日に目を細めながら、確実にいつか来るのに想像できない未来のことを勝手に憂えていた。きっと何もかもが変わってしまうんだろうな、なんて。

だから約十年後、まさかまだ同じような話をしているとは思いもしなかったし、これから間違える生き物になっていくだなんて考えもしなかった。


『学生時代を思い出すと、なんか夢の匂いを感じるんだよね』

「そんなロマンチックな匂いの商品あるのかよ」

『ないよ。鼻でじゃなくて脳で直接感じるようなさ。ナイスぅ』

敵を全て倒し戦闘は終了した。俺は通信先の千鶴に「トイレ休憩」と告げ、コントローラーを置きヘッドフォンを外す。

小さいながら設備を整えたゲーミングルームを出て、そういえばネクタイも外してなかったことに気がついた。帰宅が約束の時間ギリギリだったからだ。素早く部屋着に着替え改めてトイレに向かう。用を足してからキッチンに立ち寄り、缶ビールを持って戦場に舞い戻った。

ヘッドフォンをつけて呼びかけると、すぐに反応があった。コントローラーを操作し対戦相手とのマッチングを待つ。敵味方揃ったら、もはや現実よりもずいぶん美しいフィールドで撃ち合いの始まりだ。

右が左が、建物の陰がどうだ、持ってる武器がどうだ、ヘッドフォンとマイクで連絡を取り合い、戦闘をより優位に進めるため両手を動かす。操作ミスに文句を言うし、強く言われたら若干イラっとする。相手だってそうだろうからおあいこだ。安心して遊べる。

こうやって趣味のゲームを思い切り満喫できるところに、そろって出張が多い夫婦唯一の利点があると、今も接待中だろう奥さんのいない家で思ったりする。

『果凛、酒飲んでんのか』

空からパラシュートでの降下中に、喉《のど》の音で気づかれた。

「仕事終わってリラックスタイムだからな」

『戦闘中にリラックスなんて迂闊《うかつ》な話だ』

フィールドに着地する。すぐさま索敵《さくてき》と武器やアイテムの回収を迅速に行う。

二ゲームプレイした後、今度は千鶴からちょっとタイムのアナウンスが入った。俺はヘッドフォンをつけたままビールを飲み、スマホの画面で有料登録している新聞社のサイトを開く。

千鶴は戦闘への復帰を、缶のプルトップを開ける音と喉の音で知らせた。訊《き》いてもないのに『レモンサワー』と装備品の説明付きで。

そして再びコントローラーを持ち、まさに戦いが始まろうかというその瞬間に、もう一つの知らせをもらった。

『私、婚約してさ』

「報告のタイミング今⁉　それはおめでとう」

驚いた。でも、反射的に祝福の言葉を届けられた。

『ありがとう』

「そうか結婚か」

千鶴が結婚するのか。

事実を噛《か》み締め、報告が急でよかったかもしれないと思った。考えこめば浮かんでしまうある懸念を、まずは混ぜることなく友人を祝えた。どうしても、今は通信上にいない別の友人の顔が浮かぶ。

大きな感情の起伏は死を招くらしい。映画やなんかでよく聞く。俺は画面を注視しつつ努めて平静を装い会話を試みた。

「一回目だっけ?」

『一回目だよ!　それくらい覚えといて』

「冗談だよ。相手は？」

『職場の一個下』

「俺が知らないってことはだいぶスピード婚？」

『いや、彼氏できたくらいで報告されてもきりないだろうから話さなかっただけで、一年くらい付き合ってた』

「俺も訊かなかったしな」

友達としての会話とは別に、互いの戦況もしっかり報告していく。

「結婚式やるの？」

『やる予定。ただまだ婚約って形だから、入籍も結婚式も含め、一年後くらいかな』

「ふーん、とにかくおめでとう。相手の事情もあるだろうから、結婚式は呼べそうなら呼んでくれ」

何げなく聞こえるよう、言葉を調節することに意識の大部分を割いてしまい、集中力を保てなかった。そんな状態で生き残れるわけもなく、些細《ささい》な操作ミスを重ねさらっと殺される。

『もちろん呼ぶよ』

次こそはゲームに集中するはずだった。なのに。

『でも、それについてちょっと相談したいことがあるんだ』

千鶴から嫌な予感しかしない語り出しがあった。絶対に、予算の組み方などの情報を得たいわけではないと分かってる。友達始めて長いからな。

現実でも銃口を向けられたような、ありえないイメージがわいた。

『響貴のこと』

二つの世界で命を狙われて生き残れるほど人間離れしていない。俺はゲーム内でまたさっさと殺されてしまい、コントローラーを置いた。落ち着くために一口ビールを挟み、逡巡《しゅんじゅん》しているのではなく口がふさがっているのだと喉の音を大き目に鳴らす。

「え、響貴のこと?」

希望を込めてすっとぼけた。戦う兵士というより、赤外線センサーを避《よ》けて身をくねらせるスパイの方が近い。

『うん、あのさ、響貴って、これ頭おかしいと思われるかもしれないと分かってて、話進まないから言うよ? あいつ』

声色だけでも見え見えのためらいが、一瞬の間を生む。

『私のことが好きなんだ』

「本人に訊いたわけ?」

『いいや。でも察するよそれくらい、長いもん』

俺も一緒に共有している約十一年のことか、それとも想いに気がついてからのことか。

『間違ってる?』

あっちもコントローラーはとっくに置いたらしい。冗談やからかいならともかく、友達の真剣さに嘘はつきたくない。俺は観念した。

「……本人からはっきり聞いたわけじゃない。でも、そうだと思う」

『だよね』

息を吐く大きな音が聞こえる。溜息《ためいき》じゃない。そんな失礼なやつじゃない。

「それで相談って?」

『響貴に花嫁姿を見せたくないんだ』

千鶴の答えを聞いてすぐ、二つの気持ちが湧いた。

お互い子どもじゃないんだからって気持ちと、俺もその光景を見たくないって気持ちだ。正直に言えば、どちらかというと後者の方が強かった。もう三十の大人なんだから、なんて自分に言い聞かせるだけの言葉で、自覚など本当はどこにもない。折り合いつけたり見て見ぬ振りしたり、常日頃から好きでやってるわけじゃない。

「単純に呼ばなきゃいい、ってわけにもいかないか」

『無理でしょ。響貴を呼ばなかったら友達誰も呼べないよ。だけど、新郎側の考えと私の立場もあって、二人っきりとか、家族だけでの式は出来ない』

「あいつが断るかもしれないけどな」

『じゃあ私のことを好きだと分かってる友達に、よかったら他の人と幸せになる姿を見に来ませんかって?』

「そんな」

言いかけて、黙ってしまう。少しの沈黙の後、あちらから先に『ごめん』と短く真面目な謝罪がくる。お互い少しずつなら大人になったのかもしれない。

「どうするんだよ」

すぐに思いつくのは、響貴の仕事が忙しい時期を狙い日帰りでは来られないような遠方での式にするとか。いや響貴は大切な友達の為ならと、いつだってどこだって来るだろうな。自分の気持ちなんて隠しきって。それに日付や場所の調整だけで済むなら、千鶴も俺に相談する必要がない。

言葉よりも意思の伝わる深呼吸音の後に、千鶴は答えた。

『響貴から告白されようと思ってる』

受動態の文章では聞いたことがない宣言だ。意味と目的はなんとなく分かったのに、「どういうことだそれ」とつい訊いてしまった。身についた癖みたいなもんだった。

『あいつだけを呼ばない、あいつが来なくてもいい、明確な理由を作る。気持ちを互いの間でオープンに出来てれば、結婚式に呼ばない理由になる。だから告白されて、断りたい。もちろんあいつがここまで長く黙ってたのを簡単に言う気はしないから、もしよかったら、果凜に協力してほしい』

「なんだその最悪な作戦、もっと丸く収まる方法あるだろ」

『最悪じゃなきゃ駄目だ』

簡単に覚悟とか決心とか迫真とか、そんなかっこつけた言葉を友達との間であまり使いたくない。でも声が、そんな風だった。

『もし万が一、この作戦が他の誰かに知られた時に、響貴が式に来ない理由を知られた時に、全員が私を責めるような、百パーセントこっちが悪い作戦じゃなきゃ駄目だ。だって友達が表に出さない感情を無理やり引き出して砕こうとしてる私が、全部悪いんだから』

見えないところで散々に悩み抜いたんだろう。震える声から伝わってくる。

「響貴に訊いてしまうってパターンは？」

『そんなことしても、あいつが認めるわけないよ』

「だろうな」

冗談っぽくシニカルに処理する響貴が目に浮かぶ。そんで千鶴は子どもみたいに、いーって悔しがる。

「真っ向から向き合うなら、あいつに言わせるしかないと思ってる」

結婚式に呼ばない方法なんて、他にいくらでもありそうなものだ。それでも千鶴の考えた方法に強く反対できなかったのは、二人の間にある感情のすれ違いを放置してきた俺に、自分が悪いと宣言する千鶴を否定する権利なんてないと思えたからだ。

何より俺もまた二人の決着を望んでいた。

この年まで続いた片想いは、相手の結婚を機に自然と消えるものじゃないだろう。これからもひた隠しにし続ける友達を見るのは、はっきり苦しい。願わくはきちんと落としどころを見つけ、どんな形であれ響貴には前に踏み出してもらいたい。全員で目をつぶり心を隠しながら付き合い続ける未来なんて、欲しくなかった。

それでも協力をしていいものか悩む俺に、次の言葉がとどめになる。

『決めたんだ』

「何を」

『私があいつの頭を撃ち抜かなきゃいけない』

似たような夜ならいくらでもあったはずだ。それにもかかわらず何故かすぐ脳内から特定の映像や音が引き出されてきた。

「あの時の話か」

『何が？』

「違うのかよ！　いい、俺だって偶然思い出しただけ」

きっと皆がそれぞれに持っている記憶の欠片《かけら》を集めて、ようやくあの日々になるのだろう。千鶴の発言が偶然でもいい。未来で千鶴や響貴と気兼ねなくあの頃の欠片を集められる仲でありたい俺は、決めた。

「分かった。まず近々話し合いしよう」

『ありがとう本当に』

「ただどうしていいか分かんねえから啖呵《たんか》切りながら泣くな」

途端に通信を切られた。

かけ直しても反応はなく、後からスマホの方に『作戦会議の日程の確認よろしくお願いします』とラインメッセージが来ていた。子どもかよ。弱い涙腺《るいせん》をいじられたくないと知ってていじる俺もまた。

大学の授業である作家の名言を教わった。

人は人に影響を与えることもできず、また、人から影響を受けることもできない、らしい。三十という年になってふと思い出し、嘘だと思う。

出会ってから俺達は、互いに影響を与え合った。軽いところでゲームという趣味は親や兄弟からの影響じゃなく、響貴から誘われて始めた。そういう意味の名言ではないと作家の研究者に言われたところで、知ったことか。

今日の待ち合わせ場所も指定したのは千鶴だったけど、他の喫茶チェーンより比較的空《す》いてるからと、就活時代に通いだし仲間内で流行《はや》らせたのは俺だ。

千鶴の協力要請から一週間後の土曜日、俺は普段あまり利用しない駅のホームに降り立ち指定された店舗へと赴いた。

いつからか煙草臭くなくなった入り口で店員を捕まえ、名前を伝える。大学生のバイトだろう背の低い女の子は、奥に位置する貸し会議室へ丁寧に案内してくれた。

軽くノックして、返事は待たず扉を開ける。まず千鶴の頭頂部が目に入った。手前の席に座り、なにやら一人でクリーム色の壁に喋《しゃべ》りかけている。振り向いた彼女と手の動きのみの挨拶《あいさつ》を済ませ、俺は奥の空いた席に座り鞄《かばん》を隣に置いた。それからテーブル上で開かれたメニューを黙読する。

「そうだね、知らないのが当たり前だって心構えでいると楽だよ。倉屋《くらや》のアップデート得意なところは信じてるから。ミスもあるけど」

電話先の相手をからかうように千鶴は笑う。誰かを励ましているとは分かった。

千鶴の前には既に飲み物が置かれていた。俺は静かに立ち上がり部屋を出る。ちょうど前を通った若い男性店員にコーヒーフロートを頼んだ。

戻ると千鶴は、耳につけていたワイヤレスイヤホンを専用のケースにしまうところだった。そこで初めて、彼女のスーツ姿を見たのが二十代前半以来だと気がつく。

「千鶴が革ジャン着てない！」

半分いじり、半分本当の驚きで指摘したら、千鶴はこっちに向かって歯を見せた。

「得意先との定例会終わってから来るって言ったじゃん」

「生涯革ジャン主義って言ってたのに、イメージ崩れるぞ」

「魂に着ておる」

「前に会った時は普通に着てただろ。二重だったのかあれ」

「そっちだって半年ぶりに見たら、髭《ひげ》やっぱり違和感あるよ」

一年くらい前から貯《たくわ》え始めたチャームポイントを、俺は自分で触る。

「おかげで最近、髭の営業って覚えられやすくなった」

「なんか偉そうで嫌」

「ただの悪口はやめろ」

半年会っていなくても、大学時代からノリは変わらない。それほど気の置けない仲なのは本当だとして、単に月一以上オンラインでのゲーム会をやっているのも理由の一つだ。響貴が参加していることもあれば、俺がいないこともあるし、男同士って組み合わせもある。

「え、髭そんなに変？」

「気にしてる！　別に変じゃないけど、見た目ごついから、髭も合わさると威圧感を受ける人もいるかもね。ただキャラクターでいじられてるならいいんじゃない。モテなくてもいいでしょ奥さんいるんだし」

友達からのきっぱりした意見をもらっていたらドアがノックされ、コーヒーフロートが運ばれてきた。男性店員がテーブルの上にスプーンとストロー、紙ナプキンも置いてくれる。そこにすぐ「私の前で可愛さアピールされても」と不本意な意見が交ざる。事実無根であることを店員にも直接伝えたかったが、おっさんに絡まれたと思われてはたまらないので退室を待った。

「知ってるだろ甘党なんだよ。千鶴はほんとガラナばっかりだな」

「だってここシュラスコの店くらいだよ、これに出会うの」

「響貴としょっちゅう言い合いしてたの思い出した」

「そう、あいつ、甘い飲み薬だって言うんだ」

千鶴は眉尻《まゆじり》を下げてガラナをストローでちゅうっと吸う。感情の変化が分かりやすい顔をしてる。俺もアイスクリームを一口食べた。

「千鶴は最近響貴と会ったのか？　俺は二ヶ月くらい前に軽く飲み行ったけど」

「二週間前に響貴の家泊まった」

あんまりな答えに、驚く気も起きなかった。

「お前なあ」

「いや、言いたいことは分かる」

あの悩んでいる声は一体なんだったのか。心配した俺は今日なんの話をしに来てるのか。流石にタイミングってあるだろ。そういう意味を全部込めた顔をしてやったら、彼女は激しく首を横に振った。

「分かるんだけど、一回言い訳させて。あと先に言っとくけどなんもないから」

「当たり前だろ、婚約報告からの浮気報告なんかされてたまるか。何だ一緒にオールナイトイベントでも行ってたのかよ」

二人は大学時代にバンドを組んでもいた。その頃からよく一緒に行ったライブの話を聞いている。俺は楽器を弾かないし曲を気に入ってもライブハウスに通うほどじゃなかった。二人とフェスに行く経験くらいなら何度か。

「いや、あの、あいつんちの近くで同僚と飲んで、べろっべろで終電逃して、つい連絡したら泊まっていいって言うから。家、広いし」

「お前マジ、お前さ」

連絡する千鶴も受け入れる響貴も容易に想像は出来るだけに。

「その口で何が、あいつ私のこと好きだけどどうすればいいかな、なんだよ」

俺からすれば当然の指摘に、千鶴の顔はすぐ真っ赤になった。それから小学生みたいに手元のストロー袋を伸びたまま投げつけ、空気抵抗を受けた袋はテーブルの上に情けなく着地する。ただここがちょっとだけ大人になったところなんだろう、すぐ「すんません」と謝ってきた。

「でもでもさ」

「一回多い」

「お母さんじゃないんだから」

「好きでいてくれる男の家に酔って押し掛けた話を母親にするなよ」

「うるせえ！　いやその時になんか言われたらさ、全て解決だったのにさ、響貴のやつ、ちゃんと水と使い捨ての歯ブラシ用意してリビングのソファで寝かせてくれやがって」

「それも当たり前だろ、相手が泥酔してるタイミングで大事な話するような奴なら、俺から縁切ってる」

「あと朝ごはんもあった」

「とりあえず作戦に必要ならすぐ泊まりにはいけるってことだな」

意味ない気もするけど、スマホをポケットから取りだしメモアプリに記しておく。二台あるうちもちろんプライベート用の方に。万が一会社で今回の動きがばれたりしたら正気を疑われる。

親友から親友へ失恋前提の告白をさせようとしてるって、大人のやることじゃない。

「そういえば俺もあれから考えてみて、一つ根本的な疑問があるんだけど」

「あに？」

ストローをくわえたタイミングであっても、千鶴はちゃんと相槌《あいづち》をうった。

「告白って、大人がするもん？」

そしてガラナを飲んでる途中で目をむく。

「え⁉　じゃあどうやって付き合うの⁉」

教育番組に出てくるわざとらしいキャラクターみたいだ。

「知っての通り、こっちはもう奥さんと十年以上の付き合いだから実体験では分からないけどさ、大人になって周りから告白って単語聞いた覚えない気がする」

「うそ！　みんなどうしてんの⁉」

千鶴には悪い意味だけじゃなく、俺よりいっそう子どもっぽいところがある。感情が高ぶってすぐ泣くとか、言い合いの途中で語彙《ごい》力を放棄するとか。俺はもう、告白なんていう若い子達の恋愛にくっつきそうな名詞を言うのにすら、若干照れてしまう。

「ちなみに千鶴は、その婚約相手とどうしたわけ？」

「え、相手からちゃんと好きだって告白されて付き合って、この前ちょっといいレストランで食事してる時に指輪と一緒にプロポーズされて、だよ」

「うわ、めちゃくちゃ千鶴っぽいわー」

「馬鹿にした感じで言うな！」

「お前への多大な理解がある」

ふざけた言い方をしつつ、本心からの拍手をまだ見ぬ千鶴の婚約者に贈った。パートナーが持つ恋愛観への解像度を高める努力は大切だ。

「千鶴のとこはともかく、普通は、いや普通って言葉はあんまり使いたくないんだけど」

「多様性への配慮があってよい」

「そんな偉いもんじゃないけど。まあ、多数決したらさ、多分ある程度の関係になってから付き合おうってなるくらいで、特に何もないのに好きだっていう告白をわざわざしてる奴は、少ないんじゃないかな」

「響貴とはある程度の関係だと思うけどなあ」

「そうじゃなくて、こう」

どう説明したものか自分の両手を何げなく組んで考えていたら、勝手に何かを勘違いした千鶴が「するか！」と怒声をあげた。対話や食事といったコミュニケーションの話をしようとしてたんだけど、まあいずれはそうなるわけだからいい。

「いきなりそこまでじゃなくても、お互いはっきりは言わずに、恋愛を意識して二人で会うのが自然になっていくみたいな感じが多い気する」

「なんで奥さんとずっと一緒なのにそんなの知ってるんだよ」

「相手が確定してる奴には惚気《のろけ》やすいんだよみんな」

千鶴はぽんっとわざとらしく手を打つ。大学時代恋人が出来る度に、新しい彼のどこが好きなのか俺に報告してた千鶴は心当たりがあるんだろう。

「みんな告白しないのか。予想外の事実だ」

「千鶴はどうやって思いついたわけ？　その告白、大作戦」

からかうつもりで言ってて自分で笑ってしまった。

「こっちは真剣なんだよ？」

「分かるけど。嫌な言い方すればさ、千鶴は、響貴の気持ちに勘づきながら泳がせてたわけだろ？　それを何で急に」

「それは、なるようになると思ってて、私が悪い」

言ってから千鶴は俺が反応する前に「悪者だ」と付け加えた。

「思いついたのは、もちろん婚約がきっかけだけど、色んな要素があるよ」

千鶴のジャケットの袖《そで》についたボタンが、テーブルとぶつかって軽い音をたてる。

「一つじゃない。響貴に恋人がもう数年いないっぽいってのもあるし、あとは例えば、そうだな、私とあいつが大学でバンドやってた時の話になっていい？　卒業ライブ。確か果凜も来てくれてたと思うから、覚えてるかもしれない」

実はその時くっつきかけたというような話でもあるのかと思い、黙って話を聞いていたら、千鶴はまるで関係のなさそうな質問を飛ばしてきた。

「Honey Moon Song って曲、分かる？」

「ハネムーン、ソング」

二人が四人組バンドを組み、小さなステージで演奏し歌っていた姿を思い出してみる。

思い出の中の千鶴は、大体いつも革ジャン姿だ。流石に真夏は着てなかったはずなのに、そのイメージが強すぎる。

「a flood of circle の曲なんだけど」

「フラッドは分かるよ」

大学時代にごり押しされ、ライブに連れて行かれたこともある。

「千鶴と仲良くてフラッド知らない奴いないだろ。だけど、そのハネムーンソングがどの曲かまではちょっと覚えてない」

「つーきーまーでとどくよーに、さけーんでるーはーにむんそーん」

今も趣味でバンドを組みボーカルをやっているというだけあって、控えめな歌声は聞き心地がよかった。

「聴いたことある気がする」

「続きの歌詞は、君を縛るやつから奪い去ってやる」

今度は節がついていなかった。でも千鶴がギターを持って歌っている姿と連動して、頭の中に浮かんだ。違う曲かもしれない。

「この前さ、まだ気は早いけど披露宴の曲考えようって話してて。カップルってそういう遊びするじゃん。その時に彼がこの曲をあげたんだ。私は卒業ライブのこと思い出して、ちょっと何故か違和感があった。あとで一人になって部屋で流してみたら、サビが今までと違って聴こえた。もう何百回、下手したら何千回聴いたはずなのに」

俺は千鶴の目を見る。

「ずっと、私が自由にしてもらうことばっかりイメージして聴いてた。今、響貴を私から自由にしてやりたい」

「個室にしといてよかった。俺が泣かしてるみたいに見える」

「いちいち人の涙腺をいじるな！　もーほんと大学ん時からお前らは」

千鶴は脇に置いた鞄からハンカチを取り出し、化粧に配慮して目元を押さえる。大学時代は垂れ流しにしてて、両頬によく黒いラインを作ってた。

「結婚式も披露宴も、親父さんより千鶴の方が泣くんだろうなあ」

「大丈夫、親とか彼氏の前ではかっこつけて泣かないから」

「なんだそれ、初めて聞いた」

残念ながら共感はまだ出来ていなかったけれど、友達の前でなら泣けるという感覚が千鶴に備わっているのはめちゃくちゃこいつらしく思えた。気を許されていると知り、本人には決して伝えない多少の嬉しさがあったのも本当だ。

「んでね、響貴から告白されれば、お互い整理がつくかなと」

「一応訊くけど、直接嫌われにいくのはなしか」

「それは多分、周りに結構な迷惑かける気がする。これまた頭おかしいと思って聞いて。響貴は、私が大抵のことしても嫌いにならないと思うんだよ。今回の作戦が成功しても、距離置かれるだけで嫌われるまではいかないかも」

千鶴の言う頭がおかしいかもしれないことに、俺は確信をもって頷《うなず》いた。

「俺もそう思う。響貴に好かれてる状態から嫌われようとするなら、放火とか殺人のレベルが必要だろうな」

冗談だ、けど大げさだとは思ってない。

千鶴に対してだけではなく、響貴は人と関わりあう時のスタンスがとにかくニュートラルで、周囲の人間に対しマイナスの感情を抱くことも抱かれることもあまり覚えがないらしい。例えば大学生の頃、これまでの人生で嫌いになった奴という話題にみんなでなったことがある。全員が学校やバイト先でのエピソードを怒りと笑いまじりに発表する中で、響貴は熟考した末、有名な事件の犯人の名をあげた。全員からツッコまれた響貴は「博愛主義だから俺」とシニカルに笑った。

「もちろん響貴に嫌われる可能性だってあるのは覚悟してる」

「うん、俺がやられたら嫌いになる」

「正直にありがとう」

真顔で頷いた千鶴に、俺が込めた三分の一ほどの冗談は受け取られなかったみたいだ。

「だから告白されてちゃんと話したいと思うんだけど、そんな奴に何年も黙ってたことを告白させようとするのも、似たり寄ったりで難しいだろうから協力を要請しました」

「荷が重いな。まあでも、はっきり好きだって言われなくてもさ、付き合う？　くらい言われて断って、そこで結婚報告で、成功くらいならいけるかも、告白大作戦」

「お前もうそれ言いたいだけだろ。ちょっと前から笑ってたし」

中身の減ってきたグラスに小瓶からガラナを注ごうとした千鶴は、一度その動作をやめ、無言でこちらに一回瓶を見せびらかしてきた。もちろん意味を察して丁重に断る。甘い薬の味がするから。

「まずはじゃあ、今までの関係であんまりなかったシチュエーションを作らないといけないよな。例えば千鶴なら、告白してもいいと思うのはどんな時？」

「相手のことがすごい好きな時？」

本心とパフォーマンスのちょうど中間で、俺は弄《もてあそ》んでいたストローの紙袋をテーブルに落とした。恋愛観が少女漫画な友人に眉を顰《ひそ》められる。

「流石は告白大作戦の首謀者」

「なんか馬鹿にされてる気がする。でも、そうでしょ？　え？」

「そういうことじゃなくて、状況の話。つまり、これ告白したら成功しそうだなって思う時ってことだよ」

「あー、なるほどそっちか」

冷静を装いガラナを飲む千鶴の顔が見る見る赤くなっていくのを俺は見逃さないけれど、時間は無限じゃないこれは無視する。

「私は自分から行く時は玉砕もやむなしだったからなあ。これまでの人生。呼び出して心からの気持ちを伝えるだけ」

「校舎裏とかのベタなシーン俺は好きだぞ」

「これはー、ギリ馬鹿にされてる気がする。聞かせてもらおうか、果凛ちゃんが奥さんに仕掛けた告白大作戦を」

「籍入れようっていうのは俺から言ったけど、付き合う時と同棲《どうせい》始める時はどっちかっていうと奥さんの方からで、実体験はないんだよな」

「告白大作戦にむいてない私達」

むいてないなら、むいてないなりに、さじを投げず工夫する精神性を俺達は仕事で身に付けてきていた。大人かどうかはともかく社会人なんだ。

まず長く友達だった二人が何かいい雰囲気になりそうなシチュエーションを、思いつく限りあげていく。ひょっとしたら恋愛漫画を描く漫画家と編集者の打ち合わせってこんな風なのかもしれない。少女か少年にかかわらず。

「ナイトプール。行ったことないけど」

「会員制の真っ暗なバー。行ったことないけど」

冗談はさておき、現実的な面を見て共通意見に辿《たど》り着く。

「俺達だけじゃ無理だな」

観覧車、ってメモ帳に書き加えようとしてた千鶴が手を止めた。

「うん、そもそも二人で仕掛けてたら、すぐ響貴に勘づかれると思う。急にムーディな空間で二人きりになるとか普通じゃ絶対ない」

「協力者が必要か。でもまだ結婚のこと出来るだけ知られたくないんだろ」

「そうだね。同じ時期に報告しようっていうていで、うちの彼にも黙っててもらってるから。どこから響貴の耳に入るか分かんないし。みんなを信用してないわけじゃないけど」

最後に付け加えた配慮が非常に千鶴らしかった。ここにいない人々に心から悪いと思ったんだろう。

「俺だけ信用されててなんか悪いな」

「そういうことじゃない」

即答された。

「でも果凛からバレるなら別にいい」

いつもすぐ照れたり恥ずかしがったりするくせに、こういうことだけは平然と言えてしまう。これが千鶴の特性で、非常に良くもあり時に悪くもある部分だ。

こいつはこの瞬間口にした決して嘘ではない言葉を、相手に信じさせる。言い切る言葉遣いや、熱量のこもった声、他にも例えば一貫したファッションや明け透けな感情の吐露が、まるで心の底からの言葉しか選んでいないかのように思わせ、相手を懐柔する。その実、本人は多くの場面で何気なく言ったことなど忘れているのだから、質《たち》が悪い。一種のカリスマ性と呼べるかもしれない。

千鶴のどこが響貴の琴線に特に触れているのかと考えれば、この部分なのではないかと予想している。シニカルで言葉を選んで喋る響貴の持っていない部分だ。つまり告白大作戦に利用すべき部分なんだけど、照れないってことは本人は狙っていないということで、またそこに魅力があるのだろうから武器としては扱いづら過ぎる。

「じゃ、そこは黙りつつ、他の奴らにも協力してもらおう。まずスケジュール調整だな。響貴には俺から連絡する。まずその返事待ちってことで、具体的にあいつの忙しくない時期分かってから色々決めよう」

「ありがとうございます。じゃあ、次に会うのは告白大作戦決行の日か」

自ら恥ずかしい作戦名をいじりだしたのは、既に緊張し始めたからだろう。

「気温的に革ジャン二重でも良さそうだな」

「女子達から評判悪いだろうなその髭」

子どもみたいないじりあいをしながら帰り路《みち》、俺達は特に難しい話をする必要もない普通の居酒屋に寄った。普通って言い方は好きじゃないけど、ほんとに普通だった。

普通のグラスで酒を飲みながら、俺は千鶴に婚約者の良いところを訊いた。出来るだけまだ見ぬ彼に対して好印象を持っておきたかった。この先、響貴でも良かったじゃねえかって思いたくなかったからだ。

聞いている最中に、そういえば千鶴の口から失恋の話って出たことがないなと思った。

結婚を発表するまで残り約五ヶ月となった作戦開始の日、よりによって夢に響貴が出てきた。寝言と独り言の間で「やめてー」って声にしながら目覚めた。しかも夢の中で私はあいつを前に泣きじゃくってた。元となった思い出には心あたりがありすぎる。

簡単に朝ご飯を食べ出かける準備をする中で、革ジャンを着ていくかどうか迷ってやめた。これまでとは違う雰囲気を響貴に感じてもらわなければならないからだ。あれ、でも、革ジャン着てる姿を好きになってくれたのでは？

念のため、薄手のを一枚畳んで鞄に入れた。後は何か忘れ物がないか、考えている最中に急に気分が悪くなり洗面所に移動する。えずくだけえずいて吐けないのは分かってたから、うがいで済ませた。

情けない泣きたくなる。やめてーじゃない。覚悟が決まっていない。自分で作戦をたて果凛に協力まで仰いでいるくせに。断る前提で親友から告白されようとしているなんて、吐き気がする。

一昨日《おととい》まで入り浸っていた婚約者を帰らせといてよかった。

そう思ったのは電話がかかってくる前からで、スマホが点灯した後になおさらほっとした。

「はいはい、なんかあった？」

『千鶴は集合場所まで電車って言ってたっけ？』

こちらも相手も、挨拶なんてなしに会話を始める。

「うん、そうもうすぐ出る」

『俺ちょっと事務所に寄ってタクシーで行くからさ、拾ってくよ』

いきなり想定とは違うイベントの発生にぎくりとする。見破られないよう、一瞬の間もおかなかった。

「おーありがと。住所分かる？」

『そりゃあ何度かべろべろの千鶴送ってるし』

「はいすんません」

マンションの下で、という簡単な約束だけして電話を切った。心遣いにまた胃が重くなった。しかもあいつの場合、これが隠した感情となんの関係もない行動だって言うんだから。

タブレットタイプのビターチョコを一枚、口に入れて気合いを入れる。一泊分の着替えやらなんやら入れた鞄を持ってエントランス前で待っていると、間もなく黒いタクシーが目の前で止まった。後部座席に手を振ろうとしたら、何故だか人影がすっといなくなった。

「なんで降りた⁉」

「荷物入れるの手伝おうかと思ったんだけど、そんなもんか」

「一泊だからこんなもんだ」

「軽音の合宿イメージしてたな。せっかく降りたしどうぞ上座に」

朝から爽《さわ》やかに振る舞う友達に促され、タクシーへ乗り込む。

「お願いしまーす。響貴ありがとう連絡してくれて」

「俺一人だけタクシーで到着したら果凛にまた何か言われそうだからさ」

響貴は基本的にありがとうを正面から受け取らない。

「確かに、先生は流石だっていじられるよ」

公認会計士として監査法人に勤めるこいつを、私達はなにかにつけて先生と呼んでいじっていた。

「日頃の行いかな」

車が発進し会話の途切れたわずかな間に、響貴が漠然としたことを言い出した。気を張ってしまっている私は、意味もなくどきりとする。

「何？　急に」

「この年で大学時代の面子六人集まって一泊とはいえ旅行出来るなんて、タイミングだけじゃなくみんなの日頃の行いがいいんだと思う」

「なるほどね。特に舞の働きに感謝して」

「流石だ」

舞という女性は、私や響貴と大学時代からの友人であり、果凜がまず捕まえた協力者でもある。今回の旅行、言い出しっぺは果凜というていを取っているものの、実際のスケジュール調整や宿泊先の手配などのほとんどを舞が進んでこなしてくれた。そういう子だと分かっていて事情も明かさず巻き込んだのは、とても心苦しい。電話して礼を言ったところ、久しぶりに腕が鳴るって楽しそうだったので少しは救われた。幹事気質の友達がいることは告白大作戦にとって大きなアドバンテージだ。

「あれそういえば千鶴、私服なのに革ジャンじゃない」

「魂に着ておる」

「無敵だなその理屈」

響貴の笑ってる顔はシニカルって言葉が似合う。けれど馬鹿にされている感じがまるでしないあたりにこいつが女子達から人気を集める理由がある、って果凜が言ってた。私は単に塩顔とセンター分けが流行ってんだなと思ってた。

果凛に現状を簡単に知らせておく。響貴にタクシーで拾われて集合場所に向かっていることだけ。すぐに『了解』と返信が来た。響貴の働く事務所がうちの最寄りから二駅と知っているので、事実の報告だけで何が起きたのか察知したんだろう。ちなみに私の職場は響貴の住むマンションまで三駅。後者は偶然だ。前者は、私が数年前引っ越し先を決める時に友達が近くにいたら楽しそうだと、若干意識した。今となっては果凛に怒られそうだ。

「響貴はずっとそんな感じだよね服」

「大学時代から？　だいぶ高級にはなってるよ」

「はーいはい先生先生」

響貴が着るコートの肘《ひじ》の辺りを適当に触ってみたら、確かに手触りも分厚さも相応の値段を感じさせた。

二十分後、全く狙ったものではなかったのにさっきのいじりが、「先生だから仕方ない」と響貴にタクシー代を全て払わせてしまった。こういう時こっちから粘っても響貴は半額を受け取らないので、「次払う」で済ませた。そうやってまだ払ってないのが結構ある気もする。

家のドアを開けた時より温度差を感じた。タクシーを止めてもらったのは駐車場の入り口だ。奥に停まっている車に向かって手をふる。大型ミニバンの横に立つ果凛の挨拶は、缶コーヒーを持っていない方の手で返ってきた。

車に近づき、改めて言葉で挨拶を交わそうと思っていたら、三人のうち誰かが何かを言う前に後ろの座席のスライドドアが開いた。

「おはよう、千鶴に、響貴くん」

「おはよー！　舞ほんと今日色々ありがとー」

「舞さん相変わらず登場時のドヤ顔がすごいな」

シニカルな響貴に対し、舞はまるで誰かを演じてでもいるような調子で「プレゼンターはそうじゃなくちゃね」と黄色いフレームの眼鏡を中指で持ち上げた。

「集合場所も凄い舞さんっぽくてぞくぞくした」

「ロマンチックでしょ。素直にそう言っていいんだよ」

いいじゃんロマンチックで、と私も思っていたので舞の方に強く頷いた。

私達が立つここは、もう七年以上前に通っていた大学のキャンパス内にある有料駐車場だ。皆を車で拾おうとすれば運転する誰かのみに早起きをさせることになる。配慮の結果、舞がこれ以上の場所はないだろうと、思い出の地を待ち合わせ場所に指定した。大学時代から幹事役をすんでつとめる舞のプランニングは、ただ予約やスケジュールを合わせることに留《とど》まらない。全てに意味を持たせてきて、巻き込む私達の感情を揺さぶろうとする。彼女は普段お菓子会社の商品企画部で働いている。舞が関わるお菓子ならわくわくするようなものが生まれそうだと、就活時、友達のひいき目だけどそう思った。

ちなみに響貴が舞をさん付けで呼ぶのは、同じ高校の先輩後輩だったから。年齢は舞が一個上。果凛ともいつも通りの軽い挨拶をして荷物をトランクに入れ、席はどうしようか考える。作戦会議では響貴と異様にくっついたり離れたりはしないよう決めていた。なので正当な理由に従う。

「後から移動しなくていいように、私と響貴は後ろ行こうか」

響貴は簡単に同意し、真ん中の列の舞が座っていない椅子を前方に寄せた。背を縮めて三列目に乗り込む動作に私も続く。果凛がレンタルで用意したこの車は四列シートにも出来るものらしく、背後の荷物置き場にはまだ余裕がたっぷりある。

左隣で響貴は「この席だと運転手に文句言えないな」なんて楽しそうにしていた。果凛はこれまでにはなかった目的をもって、友達の軽口に「帰りも大人しくそこ座ってろ」と運転席から笑った。

バスなんかもそうだけど、大きな車の一番後ろの席というのは妙な雰囲気がある。まだ満員でもないのに、密閉感と共に置いてけぼりをくらったような。ここの列だけ二人きり、みたいな。横の響貴も感じるだろうか。だったら嬉しいと思うだろうか。好きな相手と、二人きり。なんて今更で、数えきれないほど二人だけで会っている。そこに裏の意味がある今回、まだ出発してもいないのに軽い車酔いで吐きそうになった。旅行の出発前から仕掛けていく気はなく、果凛とも最初は普段通りでいいと話し合ってはいるんだけど。

運良く吐き気が飛んだのは、舞がとても予定外なことをさらりと言ってくれたからだった。

「千鶴と響貴くんはずっと仲良いなあ」

何だ急に！

私だけが不必要に空気を大きく吸いこんで咳《せ》き込んだ。果凛はいつの間にか運転席にいない。空いた缶を捨てに行ったのかもしれない。

おい舞たん久しぶりに会っていきなり何を言いだす？　視線で問いただしたくて彼女を見る。舞たんってのは、大学時代に舞が彼氏からそう呼ばれてると知り果凛達がいじって呼びだした愛称だ。

私のびくつきはすぐ隣のやつに見つかった。響貴は窓枠に肘をついたままいつもの顔で笑う。まさかこの旅行をきっかけにどこかで告白させてその上でふろうとしてるって気がつかれた？改めてやろうとしてること最悪だな。

「仲良いっていうか、この前、千鶴が信じられないくらいべろべろで夜中に電話かけてきてさ。俺んちをネカフェだと未《いま》だに思ってんだよ？」

「千鶴まだそんな大学生みたいなことしてんの⁉」

舞が驚いた顔でこっちを振り返る。目が合って、「う、いや」と後ろめたさで思わず否定してしまった。電話したのは事実だ。大学時代に響貴んちに突撃してたのも。

響貴が分かりやすく苦笑する。

「大学生ってか子どもだよ。俺の家来て、水持ってこい！　ゲームやろゲーム！　って深夜に騒いでるからなだめようとしたら泣くし、水用意してたらいつの間にか上着床にほっぽり出して、ソファで堂々と横になって寝てんだもん」

「んマジで⁉」

思わず大きな声が出たのは私。舞はちょっと絶句気味でこっちを見ている。んなことしてんのか私はいやほんと記憶にない。自分ではちょっと酔ってソファで寝かせてって頼んで朝になった

らお礼言って帰ってるだけのはずで、

「全く覚えてないんだけど、流石にかなり盛ってるよね？」

「リビングに隠しカメラ設置しとけばよかった。次あったらすぐ舞さんに送るよ」

響貴はそこまで嫌そうではなく舞にアイコンタクトで同情を求める。

「それはリアルに、ごめん」

「千鶴、タイミング次第では響貴くんの彼女に刺されるよ」

また何も知らない舞がぶっこんでくる。響貴は何の気ない感じでこっちを見た。

「今のところは大丈夫だけど、それはほんとタイミング次第」

どんなつもりで言ってるんだこいつ。気持ちをひた隠しにした態度であたかもただ友達をからかうみたいに、まるで今は恋人がいないアピールのような言葉を平気で吐く。

「刺されてたまるか。でもごめん」

悪態ついてみたけど本当は、もう一度同じことをしても許すというこいつの寛大さからの言葉なのを知ってる。その根源が恋心であれば今回の作戦どれだけ楽かって話だ。こいつは基本みんなに優しい。にしてもお前よくそんな奴のこと好きでいられるな！　じゃなくて、響貴は間違いなく舞や果凛にも同じ態度を取る。二人が私みたいな失態をするかどうかはまた別のお話だとして。響貴がその公平さの隙間から、特別な目を向けてきているのを私は知ってる。あの頃にはしなかった、梨の香りがする。

ひょうひょうとした友達の様子と真実のギャップに、瞼《まぶた》と眼球の間で埃《ほこり》がごろつくような痛みを覚えた。

間もなく私の動揺なんてみじんも知らない果凛が、残り二人の参加メンバーを連れて運転席に帰ってくる。どうやら二人とも違う駐車場の方だと思っていて、それを迎えに行ったらしい。

座ったまま再会を祝したら、果凛が全員の安全を確認し車を動かした。

背中を座席に押しつけられた瞬間ふと、もしかしたらこれがこの仲間内で出来る最後の旅行なのかもしれないなんて、過ぎ去る大学内の風景に重ねて思えば、一人で勝手に泣きそうになった。

車は大学を出て、最寄りのインターチェンジから高速道路に乗る。走行中の車内では、それぞれ会うのがいつ以来だろうという話から近況報告を中心に、昼ご飯を食べるサービスエリアまで話題が尽きなかった。食事場所を決めたのも舞だ。夜が宿の懐石料理だからお昼はあえてサービスエリアにして気持ち高めよう、とは適確だ。

老若男女の詰めかけるフードコートで席を確保し、順番に好きなメニューを手に入れ戻ってくることになった。私が選んだのはつみれ汁とおにぎりのセットだ。正面に座る響貴は生姜《しょうが》焼き定食を。座席位置は狙っておらず、自然にそうなった。響貴が不自然に思う様子もない。

六人ともが席についたら全員でいただきますの挨拶をする。それぞれ一口二口味わうなり、車内から続いていた話題に再び花が咲く。

「女の子二人、パパにべったり。今頃ママのことなんて忘れてユーチューブ見てるよ」

慈愛とか呼ばれそうな、親ならではの感情を目じりに浮かべる華生は「子どもとじゃあんまり食べないから」といかにもジャンクなハンバーガーにかぶりついた。東京を離れ二人の女の子を育てながらイラストレーターの仕事をこなす。しかも今やとびきりに売れている。彼女と直接会うのは実に二年ぶりだった。リモート飲みが便利でつい会った気になっていたけど、そんなに経つのか。

「てっきり、ちづ姉なんかはこっそり男の子でも育ててると思ってた」

大学時代に私へのいじりで華生がつけたその呼称も、自分よりはるかに人生経験を重ねたろう二児の母から呼ばれるとだいぶ照れた。

今やこっちには微妙に嘘をつく罪悪感だってあるのに。

「まず夫がいないから。でもなんで男の子?」

「ちづ姉、息子にも革ジャン着せてそうじゃん、あれ!? 革ジャン着てない!」

「ふふふ、魂に着ておる」

「イメージ強すぎて着てるように見えてたけど魂か。私の脳内にも着させられてるな」

ポテトのついでに言ってみただけ、というような華生の一言に皆が頷く。大学時代からよく見られた図で、彼女は周囲にこぼれた言葉の解像度を何げなく上げてくれる。受け取り方がどっかの髭とは大違いだ。ちらと対角線上に座るあいつを見てみたら肩をすくめてきた。なんだお前、運転お疲れ。

「皆もう外見も含めすっかり大人だな」

今回の参加メンバー中、果凛でも響貴でもない男性陣最後の一人は、日焼けした顔で誰より朗らかな笑みを浮かべる大賀さん。私含め同級生の大半がさん付けで呼んでいる。理由は現役生からみて三つ年上だから。違う大学を途中で辞めてうちの大学を受けた異端児。児、ではないけど、変わり者っていうとなんか失礼な気もする。勤め先がIT系ベンチャー企業なところから考えるなら、先駆者？

「いや大賀さん来る前に話してたけど、千鶴の子どもっぷりはまだすごいよ」

「響貴ほんと覚えてないんだやめて」

そんな言い方をして止まるわけもない。再び披露された私の恥部に、華生は手を叩《たた》いて笑い、苦笑した大賀さんからは「一緒に住んでるとかじゃなく？」と、自宅でしかありえない傍若無人ぶりを発揮した私に正当な質問が飛んできた。響貴が代わりに「まさかないよ」ときっぱり否定する。

そしてその否定を聞いた華生が、こちらをじっと見て「へえ、そう」とだけ呟《つぶや》いた。残りの言葉はどうやらハンバーガーと一緒に飲み込まれたようだ。後で死ぬほどいじられそうだな。果凛は分かりやすく白い目を向けてきていたのでこっちから逸《そ》らした。

悪いのは間違いなくこっちで議論の余地はない。だけど響貴に対し、私の恥ずかしいところを流布してなんのつもりだ！　って気持ちは、今回の作戦に関係なく友達としてある。テーブルの下で、響貴のつま先を軽く蹴《け》っておいた。先生のブーツだ、さぞ丈夫なんだろう。響貴は涼しい顔でこっちを見ていつも通りの笑い方をする。

全員が食べ終わって、しばしサービスエリア内を回った。その間各々トイレ行ったり煙草吸いに行ったり夜にみんなでつまむ用のご当地お菓子を見ていたり。私は煙草吸わないから、お手洗いに行った後、特に目的もなく建物内をうろうろする。その途中でパン屋さんの前にいた響貴に近づいた。

「メロンパン食べんの？」

「いや有名なんだなと思って」

「良いなあメロンパン、実は、好きなんだよね。でも食後には大きいか」

無自覚にほのかな作戦の匂わせもしてしまいつつ、パンは諦めようと隣のお店に目をむける寸前だ。響貴がお店に歩み寄り、トングとトレーを手に取った。

「俺半分食べるよ」

「え、いいよいいよ、別に響貴は食べる気なかったんだよね？」

「興味あったけど、あれだけ千鶴を子どもだっていじって一人メロンパンは恥ずかしかった」

「んなんだそれえ」

今にもレジに持っていきそうになったので、いったん響貴の腕を摑《つか》んでとめる。こいつの言ったことが絶対に嘘だからだ。罪悪感が上塗られるのを防ごうとした。と言って、たかだかメロンパンくらいで意地張るのも変だし、ここで可愛く受け取った方が告白されやすいのかなあ友達相手に可愛いってなんだ⁉　と、瞬時に悩んだ末ちゃんとどちらの自分も立てた。

「なら、箱入りのセット買ってみんなで分けようよ」

結論から逃げた、とも言う。

五個入りのお金はタクシー代のぶんだと無理矢理私が払った。支払いがSuicaに対応していてよかった。いやメロンとスイカかけてるんじゃなくて。現金支払いだったら端数は俺が出すとかなんとか響貴は言いかねないからだ。

スタバに並ぶ女子二人に黄緑の箱を持って合流すると、さっきの話の流れも相まって爆笑された。

やがて煙草の匂いをまとった男性陣二人もやってきて、私達は車に戻る。席替えも面倒なので、私達はここまでの道のりと同じ場所に納まった。運転も変わらず果凛が引き受ける。

せっかくだからメロンパンを配ろうとしたけれど、大賀さん以外はご飯食べたばっかりだと貰《もら》ってくれなかった。大人しく一個を半分に割って響貴に渡し、箱を膝《ひざ》の上に置く。自分で言うのもなんだけど、メロンパン大好きな子どもみたいだ。全部食べちゃうほどわんぱくじゃないが、実際に一口かじった味は美味《おい》しかった。

「そういえば果凛ちゃん、ラインで言ったけどこの前初めて御社にお邪魔したわ」

「あの日からしばらく果凛ちゃんって呼ばれて大変だった」

運転席と助手席からそんな会話が薄く聞こえてくる。

「なんか随分、男前なキャラでやってるらしいね」

「ハナオ先生はめちゃくちゃ楽しい人だったって言われてたけど、何したんだよ」

普段通りだったけどなあ、と華生が笑う。華生の本名の読み方はカオ。ハナオは男子達からのニックネームであり、彼女のペンネームだ。

「果凛ちゃん達が稼いだ金で美味しいお酒飲ませてもらった」

「先生方のおかげだよ」

今回集まった六人組は、大学一年生の後期に一般教養の授業で班を作って以来一つのグループとして仲が良い。同時に、より細かいグループや関係性に分かれてもいる。例えば私と響貴と果凛の三人は趣味で繋《つな》がっているし、響貴と大賀さんは同じ分野を専門的に勉強していた。舞と私は一時期、同じイタリアンレストランでバイトをしていて、その舞と華生は同じイベントサークルにエトセトラ。

ほとんどは大学時代の関係性をそのまま引き継いだものだけど、社会人になってから生まれた繋がりもある。その一つが今の華生と果凛、クリエイターとクライアントという関係だ。出版社の営業である果凛は華生と友達なのを知られて以来、お前からのお願いなら人気イラストレーターがうちを優先してくれるんじゃないか、とせっつかれて大変らしい。華生はこだわりが強いから、縁故で仕事を決めたりしないだろう。

卒業後にまさかそんな複雑な関係になるとはな、ははは。って、誰が言ってんだ。

メロンパンの端っこのかりかりを齧《かじ》りながら隣を見る。ちょうど響貴が真ん中の席の二人にこの時期の仕事は比較的単純で忙しくないと説明し始めた。

時期に限らず単純な友達でありたかったよという心中の本音は、時速百キロで後ろに流れていった。

車が海辺の町についたのは、サービスエリアから少しの渋滞もあって一時間半ほど経った頃だ。チェックインにはまだ少し早かったので、この町の雰囲気に従い私達は海へと向かった。舞曰《いわ》く「思ってたよりも早く着いた」らしい。「いいぞドライバー」と運転席の果凛を褒めた。

「チェックイン時間ぴったりに着いたらミッションコンプリートって思ってたのにミスった」

「ゲーム脳め」

晩秋の海に人なんていないだろうと思っていたら、車を止め海岸に近づくと何人ものサーファーがいてびっくりした。大学時代にバイト先で口説いてきたフリーターの印象からちゃらついた奴らだと思ってたけど、根性入ってんだな。

もちろんサーフボードも水着も持ってきていない私達には、潮の匂いを感じるくらいしかやることがない。大賀さんが一回目の大学生時にサーフィンにハマってたというアウトドアなエピソードを聞いた後、誰からともなく車に戻った。身を縮こまらせる自分達にアラサーの悲哀を感じる。

舞の発案で、チェックイン後に出かけようと考えていたらしい美術館を先に覗《のぞ》いてみることにした。暖房効いてて暖かそうだ。新幹線じゃなくレンタカーで正解だったねって舞プランナーに伝えたら「でしょう。見越しております」と髭よりだいぶ可愛い反応が返ってきた。

変わらず果凛の運転のまま山の方へ上っていけば、白い箱みたいな建物が現れた。六人中誰も来たことがなかったこの場所の、長いエスカレーターも、天井への煌《きら》びやかなプロジェクションマッピングも、高台からの海も印象的だった。

展示フロアで各々美術品を眺めている途中、響貴を大賀さんに任せ、私は絵画を一人で眺める果凛に近づいた。

「運転お疲れさま」

「……あいつんとこ行けよ」

一応あたりを確認した果凛が、美術館にふさわしい声量でこちらを見ずに呟く。

「ずっと一緒にいるのもおかしいでしょ。あと経過報告も旅館行ったら難しくなりそうだし」

「確かにそうか。どんな感じ？」

「朝からずっとえらく優しい」

そこで果凛は目をこっちに向けた。皺《しわ》の寄った眉間《みけん》から感情を読み解く。

「酔って覚えてない時のこといじられたのはちょっとイラっとしたけど」

「そこじゃない。まあいいや、あいつのその部分を利用する作戦でもあるから、変わってたら困る」

「やな話だけど確かに」

一度、部屋の対角線上みたいな場所にいた響貴を見る。絵を指さして真面目な顔で大賀さんと何か喋っていた。そのちょっとずれたところで、舞が違う絵を見ていて、華生がスマホをいじっている。

「発端はともかく」

「うん？」

「旅行は来られてよかったね」

「そうだな。全部かたづけたら、その後もまたみんなでどっか行きたいってほんと思ってるよ」

「協力してくれてありがと。運転も」

スマホをいじってた華生が近づいてきて、会話を中断した。警戒したけど、華生は「雨雲きてるよドライバーさん」と教えてくれた。

たった数言だけでも果凛からは勇気を貰えた。

そうだ今回の作戦で関係性が破綻《はたん》するのも覚悟しなくちゃいけない。でも本当は響貴と改めて、単純じゃなくても友達を始めたい。

美術館内で雨が止むのを待っていたらちょうどよく時間がつぶれた。古風な旅館に到着すると、着物の女性が快く迎え入れてくれた。最新ではないけれど料理と温泉は確かな穴場、なんて幹事から説明を受けていたその場所は情緒たっぷりで、観光地特有の騒々しさとも切り離されている。何故か入り口にちっちゃいシーサーが何匹か。

チェックインの手続きを済ませ、三階にある男子部屋と女子部屋へそれぞれ仲居さんと狭いエレベーターに乗り込み向かった。男子部屋の前を通り過ぎ廊下の角を右折したところ、鍵を開けてもらえばそこは、十畳ほどの居間と広縁といういかにもな旅館部屋だ。い草と木の匂いに気分が上がる。

部屋の簡単な説明を受け、今日はお連れ様以外にお隣いらっしゃらないのでそこまで声量を気にされなくても大丈夫です、と優しい言葉をかけてもらった。

他に何か質問はないか訊かれ考えている隙に、華生が指を順番に立てた。二から三。

「瓶ビール二本とグラス三つすぐください」

「銘柄のお好みございますか？」

「エビスあったらエビスで」

注文は問題なく通り、仲居さんは部屋を後にする。

「早くない？」

「本当は来る途中から飲みたかったけど、助手席じゃ悪いかと思って。ちづ姉の席だったらいってたな」

浴衣《ゆかた》に着替える間もなくビールが運ばれてくる。私達は華生に付き合い、ひとまず座卓についてグラスにビールを一杯ずつ飲み干した。同時に正面から二杯目を注がれる。

「今から温泉入るんですけどー」

「三人で二本なんてノンアルだって」

なんだその理屈と思いつつ、分からなくもない自分がちょっと。

「そんで、ちづ姉」

「何？」

「響貴とは一回くらい寝た？」

思わず教育ママみたいな台詞《せりふ》が本当のママに対して出てしまった。急になんだその質問！　隣にいた舞が足をバタバタさせながら笑う。

「まあ！　お下品！」

「ちょっと分かるけどっ。もしそんなことあったら響貴くんあんなエピソードトークしないんじゃない？」

そもそも分からないでほしい。舞の言い分に、華生は本人無視で首を横に振る。

「むしろカモフラージュじゃないかと思ってさ。彼そういう小癪《こしやく》なことしそうだし」

サービスエリアでの華生の目と呟きはそれか。宿に到着早々陰口叩かれてるぞ響貴よ。ちなみにメロンパンが入った箱は男子部屋に引き取られていった。

「友達なのにするわけない」

当たり前のことなのに、状況が状況なだけずきりと痛む。

「友情と恋愛と性欲と行動の順番はどうでもいいでしょ。揃ってなきゃ駄目でもない。ましてやちづ姉は結婚もしてないんだから」

「結婚どうこうよりも行動まで踏み込んだら戻れなくなる、って二年ぶりに対面して早速する話かね⁉」

しかもこのタイミング、まさか特有の想像力で私と果凛の作戦を何かしら嗅ぎ取ったのか。美術館でも私ら話してた時に近づいてきたし。

「二年も経ったらちょっとくらい何かあったかなと思うじゃん」

「な、何もないよう」

「あと私は不可逆だと思ってない」

華生は大学時代からこういうのが好きだ。下ネタがっていうんじゃなくて、人の考え方や関係性について掘り下げ読み解こうとする時間が。私達にも悩みや発見を生んでくれる。今回もそうだった。不可逆じゃない。関係性はどこまで行っても立ち戻れる。それは今の私にとってものすごく希望的だ。

「でもこないだリモート飲みした時は全然そんなこと言ってこなかったのに」

響貴んちへのべろべろ押し掛け事件発覚前というのはあるにせよ。あれは自分でも現状ひいている。

「リモートじゃ分からないことあるね。実際、二人を見たらさ、前より視線の向け方に色気ある気がして」

「子どもも言われてて色気も何もない」

ははは、っと笑った内心、喉は震えていた。鋭すぎる。それを色気と呼ぶかどうかは知らないけれど、私が響貴から感じている温かい波、そして私が持ってる緊張感の揺れみたいなのを、華生はこの短時間で見抜いたんだろう。

「ちづ姉、子どもの方が色気あるよ。間違いをいつでも本当に代えられる。よし温泉行こ」

「名言っぽいこと言ったのに平気で流した！」

「私なら五秒くらい溜《た》めちゃうけどなあ」

マイペースな華生の言動に舞と笑いながら、そういえば私達の会話のリズムって四年間こんなだったと肌感で思い出し、嬉しくもなっていた。三年生の時だ。急に華生が「真冬の北海道行きたい」と言いだしたら舞が速攻で色々調べてくれて、五日後には三人雪に囲まれていたのなんてとても良い思い出。あの時、私はボア付きの革ジャンだった。

浴衣に着替えてスリッパをはき廊下に出ると、換気用に開いた窓から吹き込む風が空気の流れを作ってくるぶしを冷やした。男子部屋の前を通った時に中から声はしなかったので、さっさと温泉に行ったのかもしれない。夕飯前の集合時間だけ決めていた。

館内を上がったり下がったりしながら辿り着いた控えめな大浴場には、先客が一組いた。小さな女の子を連れたおばあちゃんで、私達が顔や体を洗っている最中に出ていった。

露天風呂《ぶろ》は余計にこぢんまりとしていた。湯につかって岩に背中をつけ、輪になって足を伸ばせば三人つま先が届いてしまう。けど抜けるような空とお湯のとろけるような温度が、狭さを感じさせない解放感を与えてくれた。

「実際だね、千鶴」

三人であらかた幸福のため息をつきつくしたかというタイミングで、舞が意味深な呼びかけをしてきた。

「ん？」

「響貴くんとは、あ、いやもしまだサプライズで何か用意してたらごめんなさいなんだけど」

サプライズ？　何が？　実は私どこかで響貴に告白されようと思ってますって？　流石に迂闊な私でも発表するわけない。

「その顔は、ないのか。ないんだね？　なんだ。じゃあ言うけど、私てっきりこの旅行、千鶴と響貴くんの結婚報告会かと思ってた」

思わず噴き出しながらのけぞって温泉を囲う岩で後頭部を打ってしまう。髪の毛後ろで結んどいて命が助かった。で、はあ!?

舞を問い詰める前に周囲を見回す。

「あ、男湯は離れてるから聞かれる心配はない。来る前に館内図ちゃんと見といたから。売店には意外にカップ麵《めん》系も売ってる」

さすがは幹事それは男性陣が夕飯足りなくても安心、って場合じゃない。

「舞まで何言ってんの」

「本当に思ってたんだもの。結婚を一足先に知った果凛くんの計らいなのかなって。ただ今日会ってみたら、あのエピソードも含め結婚にしては二人の間に落ち着きないなと思い言ってみたのです」

部屋から代わる代わるこの子らの連続攻撃ほんとなに？　ＦＰＳだったら避けきれないんだけど。絶対死ぬんだけど。同性だけになったらやりたい放題じゃねえんだぞ。

「落ち着きは、あるでしょ。もう十年以上友達だよ私ら」

「だから今は千鶴が響貴くんのことようやく好きになったのかなって思ってる」

「えー？」

話がややこしくなってきた。私は今、響貴から告白されようとしてる。実際には響貴が私のことを好き。舞は私が響貴のことを好きだと思ってる。

「なんかずれてる」

思ったことを一回そのまま言ってしまう。焦ったけどなんとなく会話としては成立してたみたいで、舞は「私の仲人レーダーにかげりが？」と衝撃を受けた顔してる。何その告白大作戦くらい恥ずかしいレーダー。みんなしてもう三十代突入だよ？

「いや舞、訊きたいんだけど何を見てそう思ったの」

「子どもっぽい千鶴は今にも恋に落ちるかもしれないってハナオ先生もおっしゃっておられた」

「ほんませやで」

「言ってなかったし関西人だったの三歳まででしょ」

華生の生まれはともかく。その勘違いはまずくないか。

「まさかと思うけど、全員にそう思われてるってことないよね。一番は本人から思われてたら恥ずかしすぎる」

そして申し訳なさすぎる。事実とは違うのだから。

のぼせたみたいな気分になってきた。まだ湯につかって五分と経っていないのに。私は立ちあがってさっき頭をぶつけた岩に座る。

「どうだろう、私のは千鶴と響貴くんに対する願望もあるので」

「願望？」

「付き合えばいいのにってずっと思ってたし、言ってたでしょ？　そこにあの酔っ払い話ね。響貴くんの心の広さを差し引いても、記憶なくすほどべろべろになって電話するってさ、好きだからでは？」

「違うよ！　記憶ない時のこと言って説得力あるか不安だけど」

いいや絶対に違う言い訳すんな。記憶なんかなくたって、自分のことだ、響貴に連絡した心境くらい痛いほど分かる。思い当たったそれを頭の中で言語化し、ゾッとして、私はまたすぐ湯の中に戻った。肩までつかり、足を二人と重ねる。

「そういうんじゃなくただ、一番、安心するんだよ」

何の気ない、それだけの真実だ。

でもそんなことを振り向かない相手からやられてるのかあいつは。真剣に思えば、こんなに温かいのに寒気《さむけ》にも似た感覚が体を襲った。心からごめん、改めて。

「うーわごめん間違えてた」

私の心中での謝罪とかぶせるように、華生が何か変なことを言う調子で自分のおでこをぺちっと叩く。どうせ変なことを言うと思って、油断した。

「寝たとか寝てないとかいう話じゃなかった、もう二人だけの世界でいいんだ」

ヘッドショット。急所に当たった。

「私は華生ほどロマンチックじゃなくてごめんなさいだけど、千鶴もうそれは一回くらい響貴くんとのこと検討していいと思うな」

私は濡《ぬ》れないよう柵《さく》にかけておいた白いタオルを広げて顔を覆い、天を仰ぐ。今は流石にまずい。

「あ、ちづ姉がいじられ過ぎて死んだ」

「生きてる！　そもそもなんで響貴って決めつけてんだよお。大賀さんとは久しぶりに会ったけど、果凛ともずっとゲームしてるよお」

「家庭あるでしょ、果凛くんは一途《いちず》で素晴らしい」

「あそっか一瞬忘れてた」

「あと果凛ちゃん妙な髭生やしたし」

「それ今日見て私もほんと思った！　ない方がいいよね！」

二人の唐突な話題の転換に笑ってしまい、口周りのタオル生地がぷくりと動く。目もとのそれと僅《わず》かながら重量の差を感じ、これしばらくあがれねえなと笑ったら、またタオルが浮いた。


風呂から部屋に戻って一息ついたところで、思い出した。俺は隅に畳んで置いてあったジーンズの尻《しり》ポケットから鍵を取り出す。

「舞たんに頼まれてたもん車に忘れたから、夕飯前に取ってくる」

眼鏡をかけ立ったまま館内説明書を読んでいる響貴に伝えると、らしい返事がきた。

「舞さんの企画だったらどうせ大物だろうし俺も行くよ」

「大物には間違いないけどただの人生ゲームだから一人で大丈夫」

「っぽいなあ」

代わりに響貴には、屋上で煙草を吸ってる大賀さんへ俺の不在理由を伝えといてほしいと頼んだ。

テーブルクロスを思わせる質感の羽織を着て廊下に出る。一応持ってきたスマホをチェックするとラインメッセージが来ていた。

『非常事態。女子達、私が響貴のことを好きなんだと思ってるみたい』

まるで大学生の恋バナみたいな報告で軽く噴き出してしまった。恋バナって言葉思い浮かべたのいつ以来だ。

『非常事態？』

『まさか果凛もそう思ってる？』

『頭おかしいだろ、思っててこの作戦に参加してたら。けど女子達に勘違いされてるそれは非常事態か？』

驚いた顔をした何かしらのキャラクターのスタンプが来る。

『事実じゃないことが作戦に入りこんで来てんだよ？』

『響貴もそう思う可能性があるってことで、都合いい』

『必要じゃないよ！』

『使えるものは全部使えよ。悪者なんだろ』

すぐに返事は来なかった。逡巡したのか、単にあっちはあっちでスマホばっかり触っているわけにはいかないと考えたのか。俺が玄関に着き靴の代わりに下駄を貸してもらったあたりで『はい』とだけ届いた。冗談交じりの言葉をあんまり重たく捉《とら》えてもらっても困るので『相手の家で泣いて薄着になって寝る以上のことがあるのかよ笑』って割とガチでひいたあれをマイルドに伝え、『他に報告は？』と送り外に出る。覚悟していた外気は温泉でぽかぽかした体にそれほどでもなかった。

カランコロンと鳴らして車に近づき鍵を開ける。トランクの奥にベージュ色のトートバッグがしまわれているので引っ張り出した。購入して家に届いた際にも思ったけれど、人生ゲームは子どもの時に見た記憶より小さかった。公園の鉄棒でもあるまいし。

鍵を閉めて戻る前に立ち止まりスマホを見たら、返信が来ていた。

『舞が果凜は一途で素晴らしいって』

『それはそれは』

『あと二人から髭ない方がいいって言われてた』

『外見で人いじってると時代に取り残されるぞ』

『髭のこと言ったの私じゃない！』

『代理で受け取れ』

再びカランコロンと駐車場に響かせながら、旅館の入り口へ向かう。ちょうど小さな子ども連れの家族が迎え入れられている最中だったから、端っこの方で気配を消して館内に戻った。上がり框《かまち》にさっきまで履いてたスリッパが綺麗《きれい》に揃えられている。

「果凜」

下駄を揃えて一階のロビーを抜けようとしたところ、隣接した売店の方から声がかかった。目を向けたら響貴と大賀さんが並んで酒瓶の並んだ棚を見ていた。

もう十一年の付き合いだ、すぐ分かる。男二人このタイミングで売店に来たのは暇だけが理由じゃないだろう。響貴のことだから、車内に他にも荷物があった場合を考えたんだと思う。どちらがついでかは分からないけど、よぎってはいるはず。

作戦に参加して以来、こんな風に響貴の行動や思考を分析してしまっている俺は、ちょっと嫌なやつになって来た。この自己嫌悪がなかなか重たく、でも友達二人の関係性を見て見ぬふりしてきた代償と思えば受け入れるほか仕方ない。トートバッグを男どもに見せびらかしながら合流する。

「あらあら男子諸君も」

ほどなくして、女性陣も売店に姿を現した。こっちは単に暇だったんじゃないか。スマホを握りしめた千鶴と軽いアイコンタクトだけ交わした。

「充実してるねー」なんつってここでは自然な千鶴に、俺も並ぶ。確かにこういう旅館のイメージとは異なり、地の物だけではなくスナック菓子やカップ麵も品揃えが豊富だ。アルコール類もリーズナブルかつ十分に。あたりにコンビニなんかがないからだろう。

「二人の先生に全部奢《おご》ってもらおうか」

「そうしよう」

近くで聞いていた方の先生が「俺らが三億くらい貰ってると思ってない？」と笑った。

みんなで相談しこの土地ならではのつまみといくつかの酒を選んで買い足した。流石に少々割高ながら、そこは酒好きで売れっ子の方の先生が「まかせろい」なんて即座にカードを切ってくれた。「果凜ちゃんの会社から貰ったお金だ」と付け加えられたのは反応に困った。仕事で絡むけど友達だから気にしないでいい、って言えるのは立場が上のやつだけ。下の方はドキドキしているものだ。

酒とご当地のつまみ達は、金を払った女子部屋の方に引き取られていった。人生ゲームは今夜飲み会の会場となる男部屋に持ち帰る。宿には男部屋の方を広くしてもらえるよう舞たんが相談していた。夜中まで飲んで、眠くなったら女性陣は部屋に帰っていく、そういう手はずだ。

座卓に添えられた座椅子に、男三人適当で座る。座布団の柔らかさは自室にあるゲーミングチェアとも比較にならず新鮮だった。

暇を潰《つぶ》すため、ハナオがうちの会社で装画を引き受けてくれた小説を二人に紹介した。大賀さんの「相変わらず気が狂ったような色使いだな」って感想はまさに俺の先輩が彼女に目をつけた理由だ。もちろん小説家にハナオを提案する時も、読者に売り出す時も気が狂ったなんてアウト表現はしない。

「ハナオの子ども達の名前なんだったっけ、ど忘れした。意外に普通だった気がするけど」

響貴が座卓の中央にあった急須《きゅうす》を持って立ち上がりながら言う。

「表では子どもの名前が普通か普通じゃないかなんて言わない方がいいぞ先生」

「確かに。現代の価値観に合わせられてるな果凛は。じゃあ一般的」

「みんな一律でただの記号だって教えるのがいい気がする。全てが特別だって教育は苦しめる時もあるから」

今のは俺じゃなくて大賀さんが言った。座卓を挟んだ位置に座る彼と目が合う。

「果凛は子どもの予定ある？」

「どっちも出張の連続だから今はまだ向き合える気がしなくて。大賀さんの方は」

「パートナーはいるよ」

「相手いないのは俺だけ。二人ともお茶いる？」

急須にお湯を入れ戻ってきた響貴は、一体どういうつもりで言ってるのか。相手がいないアピールなんかして、サービスエリアでの流れからそこをいじられるのは目に見えてる。お茶はありがたく貰う。

「泥酔した千鶴さんをいつでも泊められるよう、その相手にしたらいいのに」

大賀さんからの意見はこの流れ上あって当然おかしくないものなのに、響貴は噴き出す。

「やだよ。うち別に酔っ払いの寝床じゃないから」

本人がいなくても、きっぱりしてるんだな。

大賀さんはそれ以上響貴を追及せず「タイミングってあるからなあ」と誰に言うともなく呟いてお茶を飲んだ。二人の間にそれはないという立場を取ってきた俺が意図を込めて「じゃあ舞たんは？」とふってみると、響貴は「めちゃくちゃ良いお母さんになりそう」なんて俺も完全同意の答えを出した。

お茶を楽しんでいる間に話題は移り変わり、最近の休日は何をしているのか発表しあった。響貴は同業の先輩から誘われて登山を体験したらしい。普段ジムに通っていても自然の中で使う筋肉はまるで違うことを実感したのだとか。大賀さんは釣りに勤《いそ》しんでいるらしく、最近知り合いの船に乗って鯛《たい》を釣った。山に海に、アウトドアな経験をした二人とは対照的で、俺は休みの日に家でゲーム内のオープンワールドを探検していたら、疲れて帰ってきた奥さんから風呂くらい沸かしといてもいいだろと怒られた。

「妻帯者は大変だな」

「そういうのも望んで結婚したわけだ、ってことにしてる」

「俺にもその覚悟を持てる日がくるのかどうか」

「相手次第だろ」

響貴の頭に些細でもきっかけを残そうと選んだ言葉は思ったよりも無味で、代わりにお茶がさっきよりも甘く感じられた気がした。

やることもなくなり、部屋の端っこに設置された小さな冷蔵庫をなんとはなしに開けてみる。中には三本の缶ビールとオレンジジュース、それから水が入っていて、無料だというお知らせも共に冷やされていた。フロントでいくつかのテーブルゲームを貸し出すという情報を見つけた俺達は、夕食まで缶ビールを飲みながら久しぶりの麻雀《マージャン》に興じた。

大学時代に比べれば随分とよくなった稼ぎをもってしても、千円を取られるのは相変わらず悔しかった。


地の物で埋め尽くされた夕食はとても美味しく、みんなで日本酒なんか分け合った。明日の朝食も楽しみだ。魚が選べて、私はアジにした。残念ながら作戦について特筆すべき出来事はない。二人きりにならなければ無理だ。

部屋に帰ると、座卓が端に寄せられ布団が三組敷かれていた。華生から「今日行くところまで行くつもりだから壊しそうなものを遠ざけて」という不穏な注意喚起があり、部屋のど真ん中に寝てもらうことになった。そして舞の「べろべろの二人に踏まれたくない」というお願いがあって私が入り口に近い方になった。あの話を聞いた後だからまあそうなる。

飲み会会場である男子部屋への集合は一時間後の午後九時予定だ。このタイミングで温泉に入りに行こうかとチェックイン時には思っていたものの、日本酒の入った私にその選択は無謀だ。女子二人もコンディションを保つため風呂は翌朝にするようだった。代わりに酔いをリセットする感覚でだらりとバラエティ番組を見ることにした。

暇をフルでは潰せず五十分後、貴重品類と酒につまみを持って訪れた男子部屋は聞いていたよりも広く感じた。

「ここが千鶴と華生に荒らされるのね」

演技めいた遠い目をしながら、舞はさっさと座卓につき人生ゲームの蓋《ふた》を開ける。女子部屋と違いこっちでは座卓がまだ真ん中に配置されていて、布団三つは端っこで折りたたまれていた。

「さっき訊いたら、氷は何時でもフロントに言えばくれるって」

大賀さんの伝達に、華生が家から持参した焼酎《しょうちゅう》瓶や缶の酒を並べながら手を挙げる。

「あっちの部屋の冷蔵庫にまだ缶酎ハイとかワイン冷やしてるからいる時に言って〜。あとウイスキーもあるし」

この子だけ一泊旅行にわざわざキャリーケース持って来てると思ったら、中身は三分の一が酒だった。一人で飲むのはもったいない貰いものを消費しようと考えたらしい。

「思いだす」

果凛が近くでぼそりと置いた言葉に、私は深く頷いた。

雰囲気があった。大学生で時間を持て余し、目的もなく集まったあの頃の。ＳＦやファンタジーにしては近すぎるのだろうけれど、まるでタイムスリップしたような感覚に陥っていた。だとしたらここは、響貴の自宅だ。

響貴はサービスエリアで買ったつまみ用のスナック菓子を、丁寧に紙皿に移し替えている。別に作戦だからってわけじゃなく、私もそれを手伝った。生まれて初めてだし、これが最後だろう。開いた瞬間舞ったポップコーンの匂いに、泣きそうだったのは。

座った全員の前にグラスが用意される。座卓の中央には人生ゲームが置かれ、改めての乾杯の挨拶をここまで取り仕切ってくれた舞にお願いした。夕飯時に簡単な挨拶で済ませた果凛に対し、舞は仰々しく長々とこの日の奇跡を祝した。全員から飛ぶ賛辞と野次の中で、一口飲んだ麦焼酎のソーダ割りは濃かった。さっき華生が作ってくれたものだ。

さて人生ゲームをプレイするのは、小学生の頃呼ばれた友達のお誕生日パーティ以来だ。しかもその時は人数が多くて二人一組だったから、ソロプレイは初めて。

ノリで響貴がゲーム中お金の管理をする銀行家役を押しつけられた。順番は端っこに座る銀行家さんから時計回りに始まり、右隣に座る私が最後だ。

「意外と性格出るよこれ」

ルーレットを回しながらほくそ笑む舞の言葉でうっすら、私だけゲーム内で結婚し、それを女子達にいじられつい顔に出してしまう、というような見え見えの展開を危惧《きぐ》した。実はもっと狙いすましたような未来が待っているとも知らずに。

あくまでゲーム内の出来事だ。最初に結婚を決め、車のコマに乗員を増やしたのは果凛だった。その次は、華生。華生には子どもが生まれ、二本の棒を車に乗せた。職業に目を移せば、彼女は止まったマスの指示をそのまま受け入れ、マンガ家になった。果凛と私はビジネスマン、舞はパティシエ、大賀さんはエンジニア。ニアピンすぎる。

「俺に銀行を押しつけた呪いだな」

シニカルに笑う響貴の職業は教師だった。先生だ。

「果凛ちゃんが買ってきたお店、普段は見ない古びたおもちゃ屋さんじゃなかった？」

「怪しい婆ちゃんに裏から出してもらってたら良かったな。残念ながらAmazonで買った」

オカルトチックな話題で盛り上がっているところ悪いけど、私だけ乗りきれなかった。なぜなら中盤を過ぎ、私の車に人間を表す棒が二本乗っていた。ここだけ現実の婚姻状況とずれている、ように見える。ゲームの中の出来事とは言え絶妙に気まずい。

しかもそのまま幸せな人生を送り優勝なんてしてしまったものだから、これは流石に女子達からのいじりを避けられそうにない。せめて風呂場でのようなド直球はやめろよそんなことされたら私を気遣ってこいつはますます告白なんてしなくなるという目で彼女達を見たのとほぼ同時、すぐ隣から声がした。罪悪感握りしめて殴ってやろうかと思った。本当に思った、それはごめん。

「次の結婚は千鶴か」

響貴はちょっと嬉しそうですらあるように、残り少ない焼酎ソーダを傾けて氷の音を鳴らした。それだけでは飽き足らず、響貴は獲物を投げ込む。

「大学時代から俺とか舞さんの方が先だと思ってたけどなあ」

ひょっとしたら全部全部、私と果凛の勘違いなのかって思うほど、いつも通りのフラットな口調だった。じゃあ俺と結婚する？　なんて方向にもっていく気かとすら思える。もちろんそんなわけなく、響貴にとっては友達としてのバランスまで考慮した普通の発言なのだろう。にしてもよくそんな淀《よど》みなく言えるな。

「いや私のこともだけど、大賀さんは！」

「この人は生き方が自由すぎるでしょ」

大賀さんは大きな笑顔で響貴に「否定しない」と同調する。もちろん脇道にそれたくらいでさっきまでの話題を逃がすような舞たんはこの場にいない。名指しまでされて絶好の機会だ。

「響貴くんは結婚の予定ないの？」

ガチャンッ、って聞こえた気がした。誰かが食器を鳴らしたんじゃなく、舞が銃に次の弾を装《そう》塡《てん》する音だ。この旅館に着いて以来、私のピンチが留まるところを知らない。夜はまだこれからなのに。こっちはまだ作戦なんてまるで遂行できていないっつうのに。

「予定も何も相手いないよ」

私がお昼にしたのと同じような答え方だった。舞が何かの期待をしたのか、身を乗り出す。が、響貴は言葉の方向性を変えた。

「でも二十代後半から三十代前半なんて仕事に一番脂が乗ってくるし、今のところは必要ないかな」

否定だ。きっぱりとした。

舞はまだ何か返そうとしたんだろうけど、その前に横から酔っ払い女が絡んできて彼女を押しのけた。

「よーし独り身どもに私のハッピーファミリーライフを見せつけてやろう」

ドギマギしていた私からすれば、命拾いだった。響貴の結婚意欲を刺激しようとしたのかもしれない。華生はさっさとスマホをいじり自分が娘達と遊んでいる動画を再生しだす。

これにより、室内は一気に子ども可愛いの雰囲気へ誘《いざな》われる。舞も銃なんて危ないもの下げざるを得ない。華生の奔放さが私にとって思わぬ功を奏した。ナイスぅ。しばらくみんな母性や父性を自由にくすぐられながら、果凛なんて「子どもいいなあ」と髭面で唸《うな》りながら、酒を飲んでいた。

私は動画の再生時間中に心の態勢を立て直そうとした。テーブル上に置かれていた個包装のチョコを食べ、幼子達の可愛さを摂取する。おかげである程度成功したように思えた。娘ちゃん達にはお小遣いをあげたい。

砂場で遊ぶ女の子達の動画が終わり、皆が幸福の溜息をついた。すると舞が間隙を突くように手を挙げた。

「動画コーナーなら私もいい？」

彼女はプレゼンターだ。場を盛り上げる仕込みは尽きない。

皆と同じように頷いた私の顔も確認し、舞はいったん女子部屋に向かうとすぐiPadを持って戻ってきた。ついでに華生が用意したワインも連れていて、動画の準備中に持ち主が早速コルクを抜く。

「舞さんもいつの間にか子どもを？」

「まあ作品を子どもと呼ぶのであれば？」

今日一番のすがすがしいドヤ顔だった。映画でも作ってきたのだろうか。舞ならありうる。期待しているうち、舞の右手の薬指によって画面上の再生ボタンがタップされる。

即座に始まったその動画がなんなのか、分かった者から順に様々な感情の乗った声をあげた。一番強かったのは、悲鳴と笑いまじりの非難だ。

「こんなもん、なんで残してんだよっ」

珍しく本当に嫌そうな響貴に舞がニヤリと笑う。動画に映っている響貴は、今よりずっと初々しい顔をしていて、服装のテイストは同じ、でも今よりずっと個々の値段が安そうだ。中国語で何かしらの役を演じている。似たような感じで、画面外から髭のない果凛がやはり中国語で入ってきた。現在の果凛は両手で目を覆っている。

「第二外国語のクラス？」

訊くと、若々しい姿を曝《さら》されている二人が弱めに頷いた。元気に授業に出てさえいれば単位を貰えると噂の授業だったらしい。舞さんもこの授業を取っていて、という響貴の説明中に、一人だけ自信満々の顔で舞が動画にフレームインしてきた。

「これは私もちょっと恥ずかしいし見てみたらなかなかきついけど、思い出だから！　わざわざ当時の先生に連絡して動画分けてもらいました」

「ドヤ顔で自傷行為するやつ初めて見た」

華生の辛辣《しんらつ》なツッコミのダメージが深かったのか、舞と巻き込まれた二人が気付けみたいに酒を一口飲んだ。苦みとか酸味がつまみになるのかもしれない。見てる分には楽しい思い出だけどな。なんて余裕ぶっこいていた私らをあざ笑うかのような一瞬の砂嵐を挟んで、動画の内容が切り替わる。

気がついた華生が噴き出した。人生ゲームに向かって本当にワインを思いっきり。

「ふざけんなよ！」

雄たけびで忙しい華生の代わりに、そばにあったウェットティッシュで人生ゲームを拭《ふ》く。手を動かしつつ目は動画に向けた。私にもやがて、それが薄暗い部屋で爆音の音楽を流しながらライブペインティングをする女子、華生だと分かった。何故かメイド服を着て、絵を描く合間に踊り狂っている。

「こちら二年生の時に華生が属してた第二美術部でひっそり行われたイベントです。私の秘蔵コレクション」

「第二美術部って部室で大麻吸ってるとか噂されてたあの」

果凛の物騒な噂話を片耳に、私はまだ無傷の大賀さんと目を合わせた。この流れは……。華生は一人わなわなと震えている。

「舞、今日中にこの動画を消さないと私は人を殺してしまうかもしれない」

「そんな大げさな」

「ようく考えて。さっき見た可愛い女の子達の未来を想像しながら、ようく」

急に穏やかな笑みを浮かべるお母さんの表情が迫真だったので、私達もあんまり見ないふりをしつつ、その実みんながもう二度と拝めないのだろう人気イラストレーターの痴態を目に焼き付けていた。

暗い映像が切り替わり、次は一転して太陽の下へ。反応を見せたのは、大賀さんだ。のけぞりそのままごろんと畳に仰向けになった。浴衣がはだけ、この季節にもかかわらず日焼けした鎖骨が露《あら》わになる。

もうこれは大学入学の件と違って明らかに変人だと言ってしまうんだけど、その映像は大賀さんが学内でフリーハグの札を持って突っ立っている映像だった。彼の横を色んな人が素通りする中、留学生らしき男性が手を挙げて大賀さんと挨拶をした。ハグはしなかった。めちゃくちゃシュールな映像は一分ほどで終わりを迎えた。短かったなと思ったら、同じ姿の大賀さんが今度は大都会の駅前に立つ映像が始まる。そしてガラの悪そうな金髪の兄ちゃんに笑われながらもハグをしていた。畳から起き上がってきた大賀さんは凄《すさ》まじくバツが悪そうで、変人にも黒歴史ってあるんだなと新鮮な発見があった。

「これだけは俺の提供、かつ撮影者」

「響貴の仕業か」

「舞さんからあの時の映像持ってないか訊かれて何かと思えば。でも大賀さんはこれ面白いからいいよ。ハナオも」

「映像を消せってことは記憶からも消せって意味だと分かんないかな」

ニコニコ笑いあう先生同士の闘いは面白かったけど、私は当然びくびくしていた。

自分には一体どんな辱めが用意されているのか、正直、最近響貴に見られているべろべろでわがまま言って泣いて薄着で寝る以上の痴態を撮影された覚えがない。

舞がわざわざ編集してつけた三度目の砂嵐の後、画面が広い空間を映し出した。

身構えていた私は結果的に肩透かしをくらった。見えるのは、大きな黒板の前に作られた簡単なステージ。安いアンプに楽器、使い回しのマイクが並んだそこに、ぱらぱら拍手で迎えられた私達が入場してくる。一応かっこつけて、ボーカルである私は最後だ。青い革ジャンに白いTシャツ、黒っぽいジーンズ。

ほとんど知り合いの客席にへらへらしながら「おはようございますっ」と挨拶した私は、上半身裸ドラマー、一個上の先輩だ、のカウントに合わせギターを振りかぶり演奏を始める。

「なつかしっ、こんなの残ってたんだ」

「三年の学祭の時の映像、ちなみに提供は果凛くん」

へー、我ながらちょっとかっこいいっていうか、ちゃんとかっこつけられてる。ギター弾いてる響貴も。別に恥ずかしくない。

「え、舞、これって黒歴史暴露映像集じゃないの？」

「何それ違うよ！　私が編集したみんなの楽しそうな瞬間映像集」

「くそ、千鶴のもなんか恥ずかしいやつ残しとけばよかった」

果凛がついた悪態の奥で、歌が始まる。喉も調子いい時のライブ映像だ。きっと果凛は選んで一番よく映ってるのを舞に渡したんだろう。そういうとこあるんだよこの髭は。

一曲分が、ちょうど他の動画と同じくらいの尺だったみたいだ。アウトロにかぶせるように、出演者や映像提供者などの名前が羅列されたエンドロールが流れる。私が軽く拍手するとみんなから千鶴だけずるいのブーイングが沸き起こった。私のせいじゃない！

「ちなみにこれは編集版で、完全版は一個一個がもっと長いけど見る？」

「千鶴のだけ本人恥ずかしくないんだからそれ流しといて」

響貴からのリクエストを受けロングバージョン、と言っても十五分程度のものだけど、再び私達が組んでいたバンドの演奏が iPad 内で始まった。

既に見た一曲目の間にみんなお代わりを用意する。私は華生のワインを分けてもらった。彼女が噴き出した時に舞った香りで感づいていたけど、多分相当高いやつだこれ。

「この頃の俺ギター上手《うま》いな」

中国語の時と違って機嫌の良い響貴の自画自賛は、思い上がりじゃなかった。あの頃の私から見ても、今の私から見ても、大学時代の響貴はギターが上手だ。そりゃスタジオミュージシャンになれるレベルとか言うんじゃないけど、少なくとも軽音部の中ではかなりの方だった。部室にいられるギリギリの時間まで何度も練習に付き合わせた私が言うんだ間違いない。

「今もギター弾いてる？」

舞の問いに響貴はちゃんと動画から目を外して答える。

「思い出したみたいに好きな曲を耳コピしてみようって弾くくらいだから、下手になった。千鶴はバンド組んでるらしいよ」

響貴と果凛以外から向けられたポジティブな感心の声に、私は三人分頷いた。

「同期とか、仕事で知り合った人と四人でやってて、スタジオ行ったりしてる。二回だけアマチュアバンドが集まるイベントでライブやって今は三回目のために練習中」

「もう千鶴の方が上手いだろうな。悔しいからちゃんと練習するか」

「そ、うん、しろよ」

弟子の成長に対する師匠の気分なのか、悔しいと言う割には幾分か嬉しそうな響貴に「兎が寝てる間に追い越した」と付け足す。そしてすぐさま頬杖《ほおづえ》をつき、中指をほっぺに突き刺すことで一時表情を固定する。自分の中でぐちゃっとなった感情を整理するための時間稼ぎだ。

頷きが、ぎこちなくなってしまった。響貴の悔しいが別の部分に引っかかって聞こえたからだった。

自分の勝手な思い込みにまで落ちこんでたらきりがない。分かっている。ただのあれだ、自分の意識した情報ばっかりが世に溢《あふ》れているように感じる現象だ。バーナム効果だっけ、カラーバス効果だっけ。ようはそれに搦《から》めとられているだけ。心配するほどのことじゃない。

響貴が私のことを好きって前提で動いている今、響貴の言う悔しいが、私が現在組んでるバンドのギタリストとの関係性に向けられたような気がふとしただけ。

でも正直に言えばショックだった。改めて、このままの自分ではもう二度と、響貴の話を友達として真っすぐ聞けないと気がついたのは。例えばフォアグラの作り方を聞いて以来、率直に美味しいと思えなくなったことと似ているかもしれない。真実と引き換えにかつての感動を喪失した。

「千鶴はMC中ずっと前で手組んでるんだよな。ホテルマンみたい」

まさか十年近く経っても癖をいじられてるなんて知らない画面内の私は、三曲を終えて客席に「バイバイ」と挨拶をしステージからはけた。スマホを構えていた果凛を見つけカメラに向かってピースをしてる。

現在の私のほっぺたには中指の爪の跡がはっきりついていた。

舞にはまだお楽しみの用意があるらしいけれど、私以外は恥ずかしがることにエネルギーを持っていかれたので小休止を決めた。テレビをつけてみたらたまたまやっていた脳トレ番組にみんなでだらだら参加する。

正解が分かったらすぐ言ってしまう私や果凛と、分かってもみんなが気づくまで黙っている響貴の対照的な姿勢が、告白大作戦を困難に導くものであるように思えた。かと言って今から別の作戦を今夜中に編み出すなんて無理だ。結婚式までの時間も一秒一秒着々と進んでいく。

私は果凛との予定通り、みんなと楽しく酒を呷《あお》りタイミングを見計らって、うとうとするふりをした。

流石にここで思い切り寝てしまうような間違いはやらない、って堂々と果凛に宣言したはずだったんだけどな。風呂場でのぼせ気味だったのに水分補給が足りなかったかもしれない。あと昨日緊張してなかなか寝つけなかったのも。

パッと目を開けた時、視界が明るくて飛び起きた。慌ててあたりを窺《うかが》うと、果凛と響貴が驚いた顔でこっちを見てる。大学時代に戻ったのかと思った。

枕にしていた座布団の上に置かれたスマホを確認し、まだ日付を跨《また》いで一時間ほどしか経っていないことを知り安心する。

驚いていた果凛の眉間にわずかな皺が寄った。対して響貴が笑う。

「仕事に寝坊したみたいな起き方だな」

「ごめん寝てた。舞と、華生は？」

大賀さんは部屋の隅っこで横になっていた。

「酔ったハナオが二時までの大浴場に入るって言いだして、舞さんは心配してついてった」

「そっか」

けがの功名というには調子が良すぎる。でも、結果的には悪くない。起きていたら私も華生に付き合わなければおかしな流れだったかもしれない。

「気分は？」

響貴の気遣いに脳を叩き起こしフル回転させる。

「大丈夫。けどちょっとぼーっとするから、風に当たってくる」

立ち上がって一発演技でよろけようかと思ったんだけど、自然に一歩ふらついた。その一歩を無視して部屋を出ていこうとする私を、響貴なら当然呼び止める。

「足取り危ないなっ」

「大丈夫大丈夫、廊下で窓開けるだけ」

背中に目なんかついてなくても分かる。響貴は果凛と目を合わせ、肩をすくめ立ち上がる。そして私の行動を無理に制限するのではなく、自分が転ばぬ先の杖としてついてきて、横に並ぶ。

「いいよ響貴、もう三十になるんだよ私」

「大人になった友達に倒れられる方が嫌なんだけど」

シニカルな笑顔を私は拒否しない。「それは確かに」なんて、響貴の心配を受け取る。これまで貰った量たるや、学生時代から数えればきっと乗ってきた車にも積み切れない。

スリッパを履いて廊下に出た。ドアが閉まる音を境として静寂に包まれる。ひんやりとした空気の中、月明かりと誘導灯だけがかろうじて互いの顔を認識させる。

流れは予定してたのとだいぶ違ってしまったけれど、結果は上々。これで響貴と二人きりになれた。果凛には後でちゃんと謝ればいい。

いつ華生達が帰ってくるともしれないから、ただちに作戦を進めたいのはやまやまだった。けど思った以上の静寂が、ここで会話を繰り広げるのを私に遠慮させた。響貴にも同じ感覚が生まれたのがなんとなく分かった。互いに苦笑いを浮かべたところで、響貴は眉毛をくいっとあげる。

「本当に大丈夫そうなら屋上行ってみる？　喫煙者にだけ良い景色を独占させるのは癪だし」

綺麗な子音だけ集めたみたいな囁《ささや》き声に、私は頷く。流石にこのままでは寒いだろうと、上着を羽織る提案をした。二人で一回男子部屋に戻り、私は座卓の上に放置されていた鍵を持つ。果凜を誘ったら気温を理由に断られた。作戦通りだ。

久しぶりに入った誰もいない女子部屋で一人、私は今日活躍の場を与えられなかったあいつのことを思い出す。下が浴衣なので袖は通さず肩にひっかけた。部屋を出てきちんと鍵を閉め男子部屋へ続く角を曲がると、響貴が表情だけで私の服装に対する親しみを伝えてきた。

女子二人が帰ってきた時の為、私だけ再度男子部屋に入り鍵を座卓に置いていく。果凛から、こちらも表情だけの励ましを受けた。一言だけ「戦闘服だな」って遊びが、私の緊張を軽くした。

「浴衣に革ジャンって格ゲーのキャラみたい」

廊下で待ってた響貴がひそひそ笑う。私も一言だけ響かぬよう「近距離パワータイプがいいな」と返した。顔を近づけた時に、私が寝る前飲んでたのとは違う酒の匂いがした。

相手が素面《しらふ》でないことが、狡《ずる》い私を安心させる。

廊下の端っこにある古びたエレベーターに乗って六階へ。掲示されていた案内図に従い客室前を通って階段に足をかけ、二つ踊り場を越えると屋上に抜ける扉があった。

しかし、ドアノブに手をかけるまでもなく、私達は顔を見合わせた。喫煙希望の方はフロントにご連絡くださいと張り紙がしてある。残念ながらこの時間、屋上は閉鎖されていた。フロント壁にある小窓がわずかに開いていていて、私たちは仕方なくそこから吹き込む夜風で我慢する。密室でない為か構造上なのか声の反響が甘く、これなら少しの間二人だけで話せそうだった。

階段を上る際、声と共に息まで潜めてしまっていたようだ。隙間風に合わせて深呼吸をしたら、高鳴る鼓動が袖を揺らした。

「外は寒そうだしちょうどいいかも」

私は腕を組んで壁に背中を預け、小窓の先の風景を見た。近づいた月光が二人の表情を知らせてくれている。響貴も直立不動のまま窓越しの月に目をやった。それは私の想像で、ひょっとしたらただ夜の空間を見ているのかもしれない。

「私が寝た後どんな感じだった？」

さっきまでの囁き声に控えめな母音を足すようなイメージで喋った。

「ハナオからずっと、結婚しないのかって絡まれてた。ある程度は金もあって清潔感もあるのに左手薬指空いてたらどんどん信用がすり減っていくぞ、そろそろ近場ででも身を固めろって懇々と」

「それはまた」

「仕事でいかに出会いがないか説明するはめになった」

この場での私の苦笑を、響貴はちゃんと別の意味に捉えてくれたみたいだ。

「自分が結婚してるとお節介になるんだな。前に果凛と飲んだ時にもすぐ結婚は？　って訊かれたし」

それはこの作戦が始まる前なのだろうか後なのだろうか、どちらにせよ恐らく果凛には多大な気を遣わせてしまっている。車の運転も含め負担をかけてるな。なにかお返しを考えよう。

「果凛も華生も幸せそうだからね。美味しいもの食べて紹介してるみたいなもんでしょ」

「果凛の方はこの間相当怒られたらしいけど」

含み笑いをする響貴が今日知ったという果凛のエピソードを話す。髭を生やしたがたいの良い男が、私達の同級生でもある華奢《きゃしゃ》な奥さんから怒られてる様子を想像すると面白かった。

「高校生までずっとスポーツ漬けだったのを響貴がゲーマーにしたせいだ」

「影響は与える方よりも受ける方に責任があるらしいぞ」

「心理学か何か？」

「今考えた」

「なんだそれ」

ひねくれた響貴と、真っすぐいく私がまさに十年以上続けた二人そのものみたいで、複雑ながら笑ってしまう。

「俺は手を汚さずにゲーム仲間を持ててよかった」

「昔からそういう悪いとこあるぞ」

今はからかい半分のノリで言ったけど、本当にそうだ。

人間関係の構築が得意な響貴は、大学時代から面倒ごとを上手く避けて生きているようだった。可能な限りとはいえ、傷つけないよう傷つかないよう、別れた彼女とも大体は友達に戻っていたし、私達とも小競り合いはあれど致命傷になる衝突はしたことがない。あの頃に一度、下手をすると修復不可能レベルの喧嘩《けんか》を華生と経験した私からすれば響貴の身のこなしは見事でもあり、ただかっこつけてるようにも思えた。本人に言ったこともあって、響貴は「千鶴達よりちょっとだけ大人なんだよ」とシニカルに笑った。

もちろん響貴のその性質は、社会人になってから特にプラスの側面で発揮されている。会計士というのは企業をチェックする嫌われ役だそうだが、本人曰くクライアントとは上手いことやっていけているらしい。

今やそこにマイナスの側面を感じているのは、私だけだろう。

関係性を崩しかねない告白なんて人間同士の衝突を、響貴から本当に引き出せるのか。絶妙な身のこなしとは正反対の、自ら事故を起こしにいくような真似を響貴にさせなくてはならない。

一応、断っておくと、誰への言い訳か知らないけど、響貴から想いを向けられているであろうこと自体が嫌なわけじゃない。大切な友達から向けられた好意に嫌悪感なんて持たない。ただ私はもう応《こた》えられないから。

考えを言葉にした瞬間引き返せなくなる。今ここに来て肌で感じる。皮肉にも、響貴がその想いを口にしてくれない理由をようやく理解出来た気がした。

「ちょうどよかった、っていうんじゃないけどさ」

良い人間と悪い人間の区分について自分達を例にあげ軽い議論をした後、一瞬の間が空いたから、私は切り出した。

それまでの会話より声のトーンを下げたこと、きちんと察してくれる響貴は気が利く。良い奴な部分も、悪い奴な部分も知ってる。

大切な友達に、本当のことを伝えなければならない。

「響貴には、やっぱ先に話しといた方がいいかなと思ってたことがあって」

「良い話？　悪い話？」

「どっちだろ、聞いて判断して」

みんなの前で言ったら流れちゃいそうだから、なんて言い訳も用意してたけど必要なかった。

響貴は目も話も逸らさなかった。そりゃそうか、私らこの十年以上で真剣な話だって何度もしてきたんだ。

それなら本当はもっと早くに響貴と真正面から話し合うべきだった、なんて今更思うのはずる過ぎる。果凛にも言ったとおりだ。いつかなるようになるなんて考えてた私が悪い。時間と共に友達って名前の楔《くさび》はより深く私達の間に打ち込まれ、隙間に違うものを差し込んだら壊れてしまうのを二人ともが危ぶむようになってしまった、気がする。

それを破壊しようとしている。けど私にとっては信じ直す作業でもある。何が混じりこんでも、友達でいられるという私達二人を。その言い草もずるいな。

「実は私」

果凛が言った通り、この作戦は響貴の性質を利用するようなものだ。

「部署異動で引っ越すことになった」

「へえ、わざわざ報告って、また地方？」

「ううん、都内。通う駅が変わるので。来年度の話だけどね」

引っ越しの理由はそれだけじゃないけれど。響貴は拍子抜けしたという表情を隠さず笑う。

「なんで俺に改まって」

「恥ずかしながら、あれだよ、覚えてる時も覚えてない時も、響貴の家にはお世話になってたから。仕事のついでに行くみたいなのはなくなりそうでさ。だから、今までありがとう。ちゃんと言っとこうと思って」

「そういう言い方されると茶化し辛いな」

言葉の通り、響貴は笑顔を薄めて真摯《しんし》に向き合ってくれる。普段は正面から受け取らない礼をここぞという時にはそっと手の平に収める。

「どういたしまして。俺はまだ数年あそこにいると思うから、気がむいたらまたいつでも」

「良い話だった？　悪い話だった？」

「俺が決める話じゃないよ。栄転？」

「直接じゃないけど未来の選択肢が広がる異動だね」

「じゃあ良い話だ」

他人の成功をなんのひっかかりもなく称賛できるのは、良い奴だからだ。

「響貴はなんかある？」

「俺？」

「報告とか言ってなかったこと、とか。一つくらいなんかあるのかなと思って。ほれ、今更何を聞いても驚かないぞ」

これ。いつか響貴が知ったら馬鹿みたいだと笑うだろう、最初の作戦が、これだ。

この作戦を、私と果凛は大真面目に実行することに決めた。私らはある意味で本人よりも響貴という友達を理解している。

まず、響貴のような気遣いの出来る人間から告白を引き出そうと思うなら、大前提がある。二人きりになること、精神的に対等な状況に立つこと、切実な空気を出しすぎないこと、あまりに冗談っぽくもしないこと、つまり私は今好きって言われても困らないよーって演出をすること。だから人生ゲームの時、変な前フリになってしまうようないじりをみんなの前でしてほしくなかったんだ。

その上で響貴は、サービス精神を持っている。振られた話題を流そうとはせず必ず何か打ち返してくれる。特にそれは話し相手が腹を割っている時にこそ発揮されやすい。私はかつて共通の友人に向けていた片想いの打ち明け話と引き換えに、響貴が結果的にではあるけれど大学で女の子をとっかえひっかえしてたという事実を知っているし、果凛は男同士の集まりで場のノリ次第では下衆《げす》い話をする響貴を知っている。男どもがする話の内容は別に知りたかないけれど、相手にだけダメージを負わせないのが響貴の基本なんだと分かる。それがたとえ自爆チックであっても。

私からの、実は、を響貴は無視しない。自信がある。一発目で引き出せなければ、私の打ち明け話の限りを尽くして何発も何発も撃ち込む。その打ち返しの一つが告白であれば良し。旅行先、特別な場所での高揚が、響貴の性質を拡張してくれることにも期待している。

「俺の方からか」

ただ問題があるとすれば、響貴が知らない私の重要な事実なんて、リボルバーほどの装塡数もないってことだ。最終的に高校ん時先輩から貰った第二ボタンを後生大事に取ってあるみたいなのだけになったら撤退しよう。果凛にも引き際はちゃんと伝えてある。「互いについて話しすぎたな俺ら」なんてあいつは呆《あき》れるように嬉しそうに言っていた。

しばらく考えていた響貴は急に何かを諦めたように笑うと、期待通り自白を始めた。

「じゃあ、俺もお礼を言っとこうかな」

お礼？　何か響貴から感謝されるようなことをしただろうか。

「何を？」

「実は俺さ」

この流れはきっと違う、分かっていてもなお作戦の渦中にいる私は緊張していた。

「言ったことあるかな、子どもの頃、親がほとんど家にいなかったって」

「へえ、聞いたことないかも」

響貴の家族関係に関して四人家族という構成は知ってるし、妹さんとは一回だけ会ったことがある。けれど言われてみれば、響貴は今まで親についてあまり話そうとしなかった。こちらから探った覚えもない。

「子どもの頃から両親二人とも基本的に仕事とか付き合いで家いなくて、渡された金持って妹と一緒に総菜と冷凍食品買って食べてる記憶ばっかり。そのうち出来合いのもの飽きたっていう妹のために料理ちょっとだけ覚えたりして、それは実家出て役立ったけど。両親と一緒に食事するとか、休日に遊んでくれるとかいうイメージはほとんどない。思春期の頃は結構、自分は自分じゃなくていいんじゃないかって悩み抱えてたりしたな」

二人が無事に、不自由なく生きていられたとはいえ、広義でのネグレクトと呼ばれてもおかしくないのかもしれない。

「もちろん一緒に旅行なんて記憶もない。今更、誘うのも誘われるのも気恥ずかしくて、ひょっとしたらもう一生ないかも」

「そんな感じだったんだ、響貴んち」

無暗《むやみ》な感想は言えない。年の離れた兄がいて家族四人、子どもの頃だけではなく、今に至っても一緒に遊んだ思い出で溢れる自分の家と比較するなんて、無意味だ。

「だから、千鶴達に感謝してるよ。こうやって遊びに出かける度、あの頃本当は欲しかったけど言えなかったものを貰えてる気がする。ありがとう」

「そんなそんな。どういたしまして」

なんだか照れてしまった。響貴にそんな喜びを私達が手渡せているとは思っていなかった。友達の心の隙間を、自分が少しなりとも埋められている事実に対する喜びが真っ当過ぎて、気恥ずかしさを横にずらせなかった。

そしてすぐ怯《おび》えた。

「私なら、いつでも」

ではなくなってしまう。

ただの友達だから躊躇《ちゆうちよ》なく一緒にいられる。ここに友情以外の気持ちの介在を明らかにしてしまったら、二人きりはもちろん、グループでの集まりすら、私や響貴の望む形では難しくなるはずだ。

ふと、舞が「ただのファンでいたかった」と嘆いていたのを思い出した。舞の勤める会社が打つCMに出演したタレントの、裏の顔を知った彼女の言葉だ。

その話を聞いた時にも思った。ただの、って卑下や揶揄《やゆ》で使われるけれど、本当は素晴らしい状態だ。単純だから不純物がなく透き通っている。

そうじゃいられない大人になってしまった、私ら。

果凛に怒られるだろう、けどこの段になって迷いが生まれた。果たして、響貴の喜びを壊してまで曝け出させるべきなのか。こいつは皮肉屋だけど、今ここで必要のない嘘を言っているとは思えない。本当に嬉しいんだろう。

友情に必要な真実以外は伝えず、この関係を成り立たせようと、複雑さを一人請け負ってくれている響貴が大人で、正しいような。急に思えて仕方がなくなった。

破って引き裂く理由が、あるのか?

「………あるよ」

「何が?」

「いやごめん、遊びに行く気持ちはいつでもあるよって言いたかったけど言葉出てこなかった」

あまりに強く思いすぎたのと、酒や寝起きのせいでバグり、思いを口にしてしまった。あるんだ。ある。解放してやりたいとか、私を好きでいてくれる人に花嫁姿を見せたくないとか、そういうのももちろん。だけどもっと。

本当の友達だからだ。ただのじゃなくても、本当のだ。

出会って仲良くなってめちゃくちゃ遊んでバンドを組んで大学を卒業してからもこの年になるまで途切れることなく友達だった。

そのうちの数年間を響貴一人に黙らせ、そうしなければ関係が続かないと思わせてしまってるのは、借りだ。大きく借りたまま響貴にだけ背負わせたままこの先、本当をやってられないだろう。

一緒に向き合って背負わせてくれよ。たとえどんなに気まずい現実でも。

「なんだそれ」

「こっちは本気だぞ、笑うなよ」

言っておきながら二人でまた笑う。合わせたように、外から葉っぱのざわめく音がする。

「屋上閉まってるし千鶴もぼーっとしてるみたいだし行くか。俺も真面目な話して恥ずかしくなってきたし」

「いいじゃん真面目な話。でも、そうしよ」

作戦続行の為に引き留めることはしなかった。さっきの話をしたばかりの響貴が急に恋心を語りだし、自ら口にした感謝を嘘にするようなことなど考えられなかったからだ。

今夜のところは残念ながら早くも失敗。何も知らない響貴から見事に撃墜されてしまった。良くはないけど、大丈夫これはまだ初手。それに、自分達が響貴の喜びになれているというのを聞けて嬉しかった。友達として偽りない。

ふいに思いつく。ひょっとしてそれが、私を好きな理由の一つだったりもするのだろうか。華生も舞もありうるけれど一番距離が近いのは私だから。

実のところ、想いを寄せられている理由がこれまで考えても考えても不明瞭だった。果凛は案外顔なんじゃねえのなんて言ってた。んなわけないだろ今更恥ずかしい。

階段を下りていこうとする響貴の横顔を見る。良いとか悪いとか思ったことはないけれど、響貴の顔は年齢を重ねて最近、薄めの流行ってる感じにちょっと男前って言われるような渋みが入ってきた気はする。服装や雰囲気とちぐはぐにならず似合わせているあたり、流石はバランス人間だ。

「響貴も髭とか生やしてみたら？」

「なんだいきなり。俺あんまり生えないからな。伸ばしても果凛みたいには似合わないだろうし」

「似合わないのを見てみたいけど」

一緒に帰ったらまた舞や華生になんか言われそうだから、私は一人女子達の様子を見てくると温泉に向かった。暗くて寒い廊下を歩く途中の気分がまるで作戦失敗の帰路には思えなくて、これじゃいかんと気を引き締める。完璧《かんぺき》には出来ていなかったみたいで、鉢合わせたポカポカ状態の女子二人から「この時間に廊下で笑ってる女いるのやばすぎるって」と怖がられた。

私が浴場で汗だけ流して帰ったら飲み直しが始まっていて、それに参加し結局、女子部屋に戻ったのが午前四時。先に寝ていた舞の頭を酔った華生と一緒に撫でまわし、ほぼ無理矢理起こした彼女に「おやすみ」を伝えてから私達も布団に入った。

寝る直前の十分間ほど、私はまた響貴の言葉を思い出していた。きっと良い顔で眠りにつけた。


響貴が千鶴のことを恋愛対象として好きなんだと、先に気がついたのはどうやら俺だった。喫茶店での作戦会議で千鶴にも話した。

「もう何年も前に、五、六人の男達で飲み会中に色んなアイドルとか女優の写真検索してさ、誰が一番かわいいか選んで被《かぶ》ったらテキーラいくっていうのやってて」

「馬鹿な遊びしてんなあ」

二十代半ばの頃の話だ良いだろ、とは言いつつ、奥さんにはバレたくない微妙なところだ。

「え、それで、私に似た子を響貴が選んでたって?」

「いや」

自分の言ったことに激照れする千鶴は無視して。

「全く逆。あくまで俺の感覚だけど、あいつ、お前と一番雰囲気の違う子ばっかり選ぶんだよ」

「それは違うタイプの顔の子が好きなんだろ」

「めっちゃ早口っ。いいやそういうことじゃなくて選ぶ子達の顔も体形も一貫はしてないけど、みんな千鶴の感じから遠いんだ」

「まず私の感じって、何？」

「千鶴は、これ言葉難しいな」

「悪口か？」

「いやそうじゃなくて、なんて言うか」

走り始めてからこれを説明しなければならない危険性について思い至り見事に事故ったわけだが、今更遅い。どうにかゴシップ誌じゃなく少年誌でも許される、かつ千鶴を怒らせない婉曲《えんきょく》表現を頭の中で作り出し、あとはええいままよと言ってみた。

「か、革ジャンが似合う」

「男顔で胸小さいって意味か、やめろ気を遣った言い換え」

「かっこいい系でスレンダーって言おうか迷った」

認識はしていても友達同士で、特に女子の体形や顔について、しかも本人の前で評するようなことを言った覚えはなかったから、これでも俺にしてはだいぶ攻めた。

「響貴が可愛い系とか巨乳の子を選んでたって？　だからそれあいつの好みでしょ」

「違うんだよ、俺ら大学時代もよくこういう遊びやってたんだけど」

「ずっと馬鹿な遊びやってんな！」

「だから響貴の好きな感じのタレントとか熟知してる。逆だったんだよ、よくよく考えてみたら、前は足し算だったのに今は引き算、でも結論は同じ。俺もその時、初めて気づいた」

「なんの足し引き?」

「前はあいつが好きな女優とかの特徴を足したら、千鶴っぽくなった。でもあの飲み会の時は、あいつが選ぶ女の子の目立つ要素をどんどん引いていったら、千鶴になった。友達として見てた頃は好きな外見が千鶴タイプでも問題なかったのが、ある時から自覚してて知られたくないから避けたんじゃねえかな。その後も気になって、何回か同じような確認をしてる。だから、それが一番の理由かは分からないけど、あいつはお前の外見が好きなんだよ、多分」

「んんなわけない!」

思いっきり否定した千鶴の顔と言ったら、頭の中で恥ずかしさと自惚《うぬぼ》れたくない気持ちと恐らく消し去れない嬉しさが混ざって爆発を起こし、無理矢理笑っているみたいだった。

「まあでも、私っぽくない子を選んでたってとこだけなら、あるかもしれない」

渋々といった様子を隠さない千鶴の納得から時は数ヶ月進み、あの温泉旅行の二週間後、俺と千鶴は再び会う約束をした。

新たな作戦会議を開くためではなかった。急遽《きゅうきょ》、とある場所に向かう必要が出来たからだ。

ついさっき俺達は目的地最寄りの駅前で待ち合わせ、それから郊外の住宅街を並んで歩いている。季節は完全に冬にさしかかり、冷たい風が俺達のかさつき始めた手の甲を攻撃してきていた。

なんでこうなった、ってのも色んな人に失礼だ。

「作戦は失敗でも、千鶴の意思が固まったなら意味あったな」

「そうだね。あの日以来、迷いと吐き気はなくなった」

旅行以降も千鶴と連絡は取りあっていたけれど、直接会って話すのは久しぶりだった。随分前向きになったようで何よりだ。何よりか？　友達をふるのに前向きってよく考えたらおかしいな。

千鶴のメンタル以外にも旅行での収穫はある。これは元より目的の一つで、久しぶりに集まったことをきっかけに響貴を含めあの面子をささいな遊びにも誘いやすくなった。どんなものでも難しいのは最初の一歩だ。動きだせばハンドルを切りやすい。

「気持ち的には、すぐにでも何か次の作戦に出たいところだけど」

「気を抜いたらタイムリミットまですぐだぞ」

「次はもーちょいムードある環境で二人きりになっても不自然じゃないかもね。あと、あのさ、ここまでついてきてる私が言うのもなんだけど、会社の人達知ってんの？」

「何を？」

「果凛ちゃんが仕事のお使いに友達付き添わせてること」

千鶴はニヤニヤして先ほど自販機で買っていたホットレモンティーを一口飲む。

「いいだろ千鶴にも目的あるんだから」

「果凛が華生のこと苦手だとは衝撃の事実だ」

「苦手じゃない。ただやっぱり仕事相手として一人で会うのはちょっと」

「まあ複雑だよねえ。接待する側とされる側は」

右手にビジネスバッグを、左手には都内に数店舗を構える洋菓子屋の焼き菓子をぶら下げて歩く俺の横で、革ジャン姿じゃない千鶴が肩をすくめる。万が一にもファスナーなど硬い素材で子ども達に怪我をさせないよう、らしい。

寒空の下で次の作戦についてあーでもないこーでもない言いながら歩いていく。ちょうど千鶴がお化け屋敷でつり橋効果がとか言ってたところで、両隣と似た形をした一軒家の表札に目当ての苗字《みょうじ》を見つけた。新村《にいむら》。ハナオの結婚相手、その苗字だ。

一応チャイムを押す前に背筋を伸ばす。千鶴に笑われた。

『果凛ちゃんに直接届けさせてもいっすよ、面白いから』

ハナオが俺の会社の担当編集にそうメールしたのが一週間前で、翌日にはせっかくだから菓子折り持って行ってこいと俺に指示が下った。明るくアットホームな良い職場なんだ、うちは。悩んだ末、俺は千鶴に連絡し人の子ども達を餌にして同行を願った。全く汚い大人になったよ。

チャイムに返事はなく、直接玄関のドアが開いた。ロンTジーンズ姿で眼鏡をかけたハナオが「よっ」と手を上げる。その後ろから小さな女の子が二人かけだしてきて、「だれかきた！」と騒ぎだすやいなや母の手によってすぐ家の中に押し込められていた。その様子を微笑ましく思いながら、門を開け玄関に近づく。

「いらっしゃい、仕事と遊びをグラデーションで生きるお二人」

「俺は百パーセント仕事だ」

「私は遊び。こんにちは二人とも私のこと覚えてるー!?」

「しらない！」

「しらなーい」

知らない大人に全く物怖《ものお》じしてない子ども達もすごいけど、上の子とは赤ちゃんの時に一度だけ会い、下の子とはカメラ越しに二回手を振りあっただけの自分を覚えてるか訊く千鶴もすごい。そしてありがたい。もし千鶴が子どもを苦手としていたら、ハナオに『千鶴が子ども達に会いたいって言ってるから連れていっていい？』なんて提案するのは無理だった。

リビングで子ども達に自己紹介を終え、俺はお母さんと仕事の話をしに来たことを伝えた。千鶴は二人と遊びに来たことを告げるやいなや、すぐさま子ども達に連れ去られた。どうやら一階の奥に遊び部屋があるみたいだ。

「お、千鶴お姉ちゃんはそのゲーム強いぞー」

「わたしもつよいよ！」

「わたしも！」

「ほんとかー？」

なんてはしゃぎながら廊下を歩いていった。

「波長あってんなあいつら」

幼さをいじるニュアンスで大学時代に千鶴のことを姉と呼び始めたハナオが、今は母として笑う。

「営業さん、コーヒーか紅茶は？」

「お構いなく。でもコーヒーかな」

「はいはい」

「これ言ってたお菓子」

「お、ありがとう。東京まで買いに行くほどじゃないけど持ってきてくれるなら欲しいものナンバーワン。座ってて」

俺は促されるままダイニングテーブルにつき、ハナオがカップを用意する音を聞きながら今日渡すファイルを鞄から取り出す。

ケトルでお湯の沸く音、カップに顆粒《かりゆう》タイプのインスタントコーヒーを入れる音、お湯を注ぐ音、立ち上る本格的すぎないコーヒーの香りがリビングにこもる。それら全てがこの場所の家庭を思わせた。ひょっとしたら、一人で来ることを躊躇していた自分は考えすぎだったのかと反省するくらいに。

「旦那《だんな》は夜までいないから安心していいよ」

ありがたいその一言で正気を取り戻した。

「コーヒーありがとう。それで、これが今回の契約書。読んですぐサインと捺印《なついん》してくれたら持って帰るし、後日郵送でもいい」

「今読む。ちょっと待ってて」

正面に座ったハナオは渡したクリアファイルの中から書類を取り出し、頬杖をついて読み始める。旅行の時にも思った、近くで見た彼女の顔は千鶴や舞たんと比べても出会ってから十年以上の流れを感じさせなかった。クリエイターってそういうもんなのだろうか。

社会人としての訪問目的は契約書にサインをもらうことと、ハナオにタッグを組んでほしいとうちの社員が狙う作家の本を渡すこと。俺としてはその作家の気難しさを担当編集から伝え聞いているので、もしハナオも含め打ち合わせをするなら絶対に居合わせたくない。

しばらくの無言の後、一度頷いたハナオが席を立ってペンと印鑑を持ってきた。紙がインクを吸い取る様子を俺は黙って見守る。奥の部屋から盛り上がる声が聞こえた。

二枚の契約書に判を押したハナオの手元から、俺は一枚を受け取り鞄にしまう。これで今日の仕事はほぼ終わり、あとは本を渡し、そしたらもう友達としてコーヒーでも飲みながら世間話を交え帰るだけだ。

昔からそうだけれど、ハナオは誰より平気で人を突き刺す癖に、相手をほっとさせるような空気を常に纏《まと》っている。ひょっとするとそれが相手を殺す極意なのかもしれない。

「旅行の目的はなんだったの？」

唐突な質問が、コーヒーに口をつけようとした俺の手をその場に縫い付けた。

「目的？」

「言い出したの果凛ちゃんなんでしょ？　舞がそう言ってた」

「俺は、舞たんと久しぶりにやりとりしてて、その中で旅行したいなって言っただけ。申し訳ないことにあとはほとんどあの子がやってくれた」

「上手くやったようで全くやれてないね。私ももし全員を集める目的があったらまず舞に声をかける」

ニコッと、警戒されるのを前提とした笑い方をするハナオに従って、俺はちゃんと警戒しつつ今度こそコーヒーを飲んだ。

「心配しないで。何も分かってない、かまかけてるだけ」

「なんだよそれ、なんもないよ。少なくとも俺には」

「ただ旅行したいなら私達のこと呼ぶかな？　っていうか、私を」

「呼ぶだろ友達なんだから」

「相変わらず果凛ちゃんのそういう見え見えなところ良いね。響貴の小癪なのも大賀ニキの無頓《むとん》着《じやく》さも好きだけど」

　結局何が言いたかったのか、本当にただ気まぐれにかまをかけただけなのか、ハナオは再度立ち上がるとリビングの隅に置いてあった紙袋を持ってきて、中からB5サイズの白い箱を取り出した。表面にはナイフとフォークの模様が印刷されている。

「せっかくこんなところまで来てくれたから、これあげる。プレゼント」

「食器？」

「レストランのペアお食事券カタログギフト。貰いものなんだけど期限今年中だし都内メインだから有意義に使って」

「旦那さんと行ったらいいのに」

「今は高級店に二人で行くより、あの子達連れてたまにファミレス行く方が幸せなんだ」

　プレゼントや言葉をどう受け取るかはこっち次第だ。俺は礼を言ってカタログを手元に引き寄せ、ハナオの穏やかな言葉をそのままの意味で受け止めることにした。

「ハナオは響貴とか大賀さんと連絡取ってた？」

「大賀ニキは作品を見たら感想くれるよ。響貴にも二年前かな、税理士の紹介頼んでその時ご飯食べた。そのあとも折に触れて」

「会計士って税理士の仕事も出来るんじゃないっけ？」

「監査法人にいる間は無理らしい。それ以前に友達と仕事したくない」

「お前が言うな」

色んな意味を込めたけれど互いに何も言わず笑った。そこに、大人になったからこそ手に入れた共有できる感情がある気がした。名前はきっと、甘受《かんじゅ》だ。俺がもう一口コーヒーを飲んだところ、泣き声が聞こえた。母はすぐさま立ち上がり「泣いてんのちづ姉じゃないだろうな」なんて皮肉りながら我が子と友人の安否を確認しに行く。

一人になった俺は手元の箱を開け、中に入っていたぶあついカタログの中身をぺらぺらと眺めた。

そうして次の作戦を決めた。

ところでハナオに会社から渡そうとした本は「私この作家の女性代表ですみたいな態度が嫌い」とけんもほろろに突き返された。

華生の家の子ども達は本当に可愛かった。あれからずっと出勤時には一緒に撮った写真を見てニヤニヤしてしまう。子どもの予定なんてまだ具体的には考えてなかったけれど、そろそろ彼と真剣に話し合いを持つべきなのかもしれない。年齢も若くはないんだし。近頃そんなことも考えて、結婚という現実を実感する。

満員のエレベーターを降りて勝手知ったるマーケティング部のオフィスに入るなり、出社一番声をかけようと思っていた後輩を見つけた。固定席のないフリーアドレス制になって以来、誰が出社しているのか把握するのも一苦労だけど、今日は目的の彼女が見つけやすい席にいてくれた。

幸先《さいさき》良い。

「紀伊《きい》ちゃんおはよう」

「有永《ありなが》さん、おはようございます」

「昨日上げてた企画書、私も見たんだけどめっちゃまとまってたね。あと単純に面白い」

「ほんとですかありがとうございますっ」

「朝一で嘘言わないよ。隣良い？」

鞄の中から必要なものだけ抜き出してデスクの上に置き、残りをロッカーに連れて行く。もちろん革ジャンではない上着をハンガーにかけ身軽になって戻ろうとしたら、ちょうどうちのが前を通りかかった。内緒にしている、という以前に社内でべたつくような趣味が私にはないから、軽く背中を叩いて「おはよ」とだけ声をかける。

今日はいつもよりなお一層、気合いを入れて仕事に取り組まなければならない。現時点で残業も決定していた。朝から超過勤務が予定されている一日なんて普段なら踏み出したくもなくなるけれど、今日ばかりはそう言ってられない。

明日と明後日《あさって》の二日間はなんとしてもきっぱり定時退社を決めなければならないのだ。

一日限定の自席につきパソコンの電源を入れる。他部署や懇意にしてもらってる販売店からの問い合わせメールを定型とはいえ使い回しにならないよう文面を作って処理し、会議に参加して、必要な書類を爆速で仕上げていたらいつの間にかお昼になっていた。隣の席の紀伊ちゃんも外食組と知っていたので共にうどん屋さんにでかけ、私は親子丼を頼む。パワー全開の日に、カロリーとか糖質とか気にしてちゃ駄目だ。

私のギラギラそわそわっぷりは正面に座った紀伊ちゃんにもよく伝わったようだった。

「有永さん今日、何かあるんですか?」

「ううん、今日じゃなくて、明日と明後日。だから今日中に仕上げられるもの全部終わらせようとしてる」

私より三つも四つも若い彼女はそれだけで大体の意味を理解した。

「クリスマスデート!」

そんなふわついた単語を気にかけたこともなさそうな老舗《しにせ》のお漬物が、テーブルに二つ置かれる。黄色と紫が反対色で美しい。

「一応ね」

「いいですねさすが、あ、いや」

「さすが？」

「いえさすが有永さんそういうのもちゃんとやるんだなって。でも、二日間ですか？　イブと当日。豪華ぁ」

「ううん、違うんだ。明日はパートナーとだけど、明後日は友達と食事会」

「なるほど確かにイブの方が大切っていいますもんね」

果凛もそう言っていた。けれど私にとってはイブと当日も、パートナーと友達も、大切さに差はない。二十五なら二十四より誘いやすいだろって主張する髭にそれを伝えたらなんか、ぬぬぬみたいな唸り方をしていた。

いやいや私からしたら、日付にかかわらず関係性にかかわらず、男女二人きりで行くクリスマスディナーなんか特別感しかない。良い意味でも、あれな意味でも。

紀伊ちゃんのクリスマスの予定は大学の友人達と女子会らしく、私も本来なら二十五日はそっちの方がいい！　って心の中で叫んだところで親子丼ときつねうどんが届いた。

響貴とクリスマスディナーに行くという作戦を企《くわだ》てたのは果凛だ。

華生が渡してきたものだって言い訳してたけど、私に渡す判断したのはあの子じゃないだろ！

作戦考えてくれててありがとう！

ただクリスマスはいくらなんでも露骨過ぎない？　って真っ当な疑問を呈したら、果凛がイブと当日に関する一般的な認識の話を持ち出した。

「でも何もクリスマスに」

「今まで二人でやってないこと仕掛けて、響貴をその気にさせるしかないだろ」

あの日、華生の家からの帰り道に寄ったファミレスで小声をぶつけあった。

「それはそうだけど」

「あと、これはかなり言いにくい最近ずっと考えてた次の作戦についてなんだけど」

「私ら最近言いにくい話しかしてないから言って」

果凛は一回、深呼吸を挟んだ。

「ギリッギリまで身を切るのは千鶴、出来るのか？」

「何それ歯切れの悪い」

「だから、響貴とそういうことしそうな雰囲気まで持って行く覚悟はあるのかってこと。酒の力借りてもいいし、多少は触れ合ったりしてさ」

一応、ファミレスで大声出すのがみっともないという理性が勝って、ウィスパーボイスで最大限の空気を吐き出した。

「出来るか！」

「まあ、そうだよな。考えれば考えるほど、響貴が普通の状況でお前に告白するなんて全く想像つかなくなったから一応言ってみた」

「ギリギリって手繋《つな》いだり、下手したらキスくらいも含まれるんでしょ、むーりむりむり」

「改めて思うけど大人がする会話じゃないなこれ」

「仮に、仮にそうなったとしてさ、告白されて、その段階でやっと私実は恋人もいて結婚もするんだ、なんて奴いないだろ！」

果凛は手元のホットコーヒーに一度、目の光を落とした。

「流されて直前で間違いに気づくみたいなことも、大人だったらあると思うんだよ。間に合わない場合もあるだろうけど」

なんだか遠い目をする果凛に、まさかこいつ、と勘が働いた。

「え、不倫したことあるわけじゃないよね、果凛」

「……まだ籍は入れてなかったな」

ここだけの話にしてほしいと付け加えられて、聞いた相手の名前に私は飛び上がるほど驚くことも出来たはずだけど、固まってしまった。一言だけ、口をついて出た。

「ふ、ふくざつー」

もう何年も前とは言え何やってんだあのバカ！　っていうか何が俺達互いについて話しすぎたなだ！　そんなでかいこと隠してやがって！

けどなんでその話を今更私にしたのか。その意味を考えられる大人になった。過ちを知ったところで絶交だ！　とはならない大人にも。果凛はそれこそ悪者になる覚悟を決めさせようとしたんだろう私に。考えてくれた作戦ごと、無下には出来ない。とはいえー。

セッティングは全て果凛がやってくれた。響貴に連絡をして、予約したディナーに行けなくなったから代わりに行ってくれないか。予約時に夫婦でのデートだと伝えた為に可愛らしいケーキなんかもついてくるからよかったら女性と。ここらへんの言い方、果凛らしく相当気をつけたようだ。当然、今年中に使わないといけないことや、予約の取り直しは出来ずキャンセル待ちに席が回されてしまうなど、言い訳もろもろ含め。

『前も言ったけどそんな相手いないよ。嫌みの電話か?』

笑う響貴に果凛は何度か練習した何げないトーンで提案する。

「別に本当はカップルじゃなくてもそう見えたら。千鶴でもいいよ」

『なんであいつと』

完璧な間で返ってきた、らしい。

「そういう遊びとしたら楽しそうじゃん。俺もリモートで見ときたいよ二人のクリスマスデート」

『デートって言うな。笑いこらえる気もないし、ただ話のネタにしたいだけだなお前』

私の予想としては、てっきり断られるんじゃないかと思っていた。それが果凛の話術が巧みだったのか、単に暇だったのか、意外にもすんなり私と響貴のクリスマスデートの予定が決定した。響貴から『一日だけ駒込《こまごめ》家だ(笑)』なんてラインも来た。駒込っていうのが果凛の苗字。響貴は楢原《ならはら》。

本物の駒込夫妻は今日偶然にも関西出張の日程が重なったため、明日のイブは休みをとってあちらでデートを楽しむらしい。あいつ死ぬまで奥さんを大切にしなかったら私が殺す。

親子丼だけでは飽き足らず、より脳にパワーが行くよう甘めのミルクチョコレートも摂取した私は午後もパワー全開で仕事を倒し二十三時に退社。おかげで翌日二十四日は無事に定時過ぎ三十分で切り上げられた。その後は、彼が予約してくれていたイタリアンレストランで普通に楽しく過ごした。ケーキも用意したりして。

日付が変わった時に、「これで二日ともいれたってことで」と実際声に出して言い訳をしたら、心が痛んだ。彼に対してだけではなかった。

朝起きてやるべきことやってたらすぐ、二十五日もまたいつもと同じように日が暮れた。


二人ともまだ十八歳だった。私は革ジャンを着て十個上の兄からもらったギターを背に大学へ通い、響貴は大体いつも荷物少なめに割と小ぎれいな格好をしていた。

軽音部の新歓で初めてあいつを見た時には、同じような外見の友達と集まって高いキーで切ない失恋の歌をやりそうだ、なんて思った。別にそれが悪いわけじゃない。単にそう思っただけ。だいぶあとになって言ったら「ギリギリ悪口だろ」ってあいつは笑ってた。

新歓で自己紹介くらい交わして、大きな教室の授業では週に何度か見かけるし、互いに認識もしている。そういう知り合いって大学入ったらいっぱい出来る。私はその頃、もう今ではほとんど連絡を取らなくなってしまった子達とつるんでいた。響貴も今は名前すらめったに聞かない人らと一緒にいた。

ある日たまたま互いの友人達より早めに来ていた教室で目が合い、初めて名前以外の情報を交換した。

あとから聞いたら、響貴は私を最初に見た時「革ジャンでグレッチのギターケースってそういう分かりやすいサブカル女子か」と思ってたらしい。いいけどたぶん悪口だろそれ。

待ち合わせ場所であるホテルのロビーに先についていた響貴は、ドレスコードに合わせた私のグリーンコーデを見て、わざとらしく感心の声を出した。

「千鶴のそういうかっこ見るの初めてで一瞬誰だか分かんなかった」

「果凛の結婚式思い出せ」

「あれ？　あの時も革ジャンじゃなかったっけ？」

んなわけあるか、ってコートを丸めて持つ響貴の肘あたりをちょっと押したら、果凛から渡された覚悟が私の腕を静電気みたいに痺《しび》れさせた。驚いた。

自分の意識だけの問題なのに、今夜の作戦上一応可能性をゼロにはしないと決めた、ただそれだけで、友達の体がいつもとは違う物体に思えた。

実はというか、これはもちろん響貴に教える気はさらさらないし、威力を発揮しないでいてくれるにこしたことはないんだけど、今日、そんな未来はこさせない気でいつつ、果凛のアイデアを無下にはしない用意をしてきている。その為に一回わざわざ家に帰ってから再出動した。準備中の自分への言い訳としては、感知できない身だしなみも大人女子のマナーってことで一つ。

私にそんな覚悟をさせた果凛は今日「そわそわするから仕事してる」なんて言ってたけど、どうせ手についていないだろう。そういうやつなんだあいつは。

「あの日も魂には着てたからそう見えたかな」

「だから無敵だなその理屈」

カップルみたいにどちらかがエスコートすることもなく、私達はエレベーターの方に歩き出す。流石はクリスマスというべきか。エレベーターに乗り込んだ皆が二人組で、仲むつまじい雰囲気を醸し出していた。カップルじゃないのは私達だけかもしれない。

事前情報はホームページでチェックした。どうやら華生が果凛に渡したギフトカタログはかなり良いやつだったみたいだ。ほんとにそんな成功するかも分かんない作戦に使っていいの⁉ってくらい。

最上階に位置するレストランのエントランスで上着と荷物を預かってもらった私達は、夜景が一望できる一面窓のちょっと薄暗い個室に通される。こんなシチュエーション、あの話聞いた後だからなんかの含みがあるとしか思えないんですけど。ねえ果凛ちゃん！

髪と蝶《ちょう》ネクタイをぴしっと整えたウエイターの男性二人が、それぞれ椅子を引いてくれる。私は響貴と目だけ合わせ上座へ腰かけた。今日は偽物とはいえ夫人だ。細かいところで遠慮すると不自然だろう。

本日コースを承っているという説明と一緒に、革のカバーに覆われたドリンクメニューを渡され二人きりにされた。今日は飲み物だけ私達の支払いだ。

「どうぞ駒込夫人お好きなものを」

「そうやっていじって、私ら全員一回本物からビンタされた方がいい」

「なんでそんな誰も得しない罰を。本物への贈り物にしよう」

私の罪悪感に対する真っ当な響貴の発言から、恐らく果凛のあの話は知らないいんじゃないかという気がした。

何が、かはともかく、せっかくだから私達はグラスのシャンパンで始めることにする。良い値段するけれど、年末だしいいや。会計士先生はそもそもそんな迷いなさそうに見える。

ウエイターさんにお願いするとすぐに届いたので、二人で軽くグラスをぶつけた。シャンパンを飲む姿が様になってる友達を見ると、未だになんだこいつって思うし笑いそうにもなった。その顔を見られて「なんだよ」って言われるまでがセットだ。

今日、響貴はもろに仕事帰りっぽくダークネイビーのスーツにブラウンのネクタイを合わせている。普段通りのシンプルな配色に対し、最初にテーブル上に並んだアミューズは白いお皿に緑色の葉っぱと、赤い木の実があしらわれていた。クリスマスだ。

「もうクリスマスじゃないらしいな」

「え、何が？」

「俺も詳しく知らないけど本来は日暮れまでがクリスマスだって聞いたことがある」

「あーだからみんな二十四日の方が大事だって言うのか」

「千鶴はその大事な方は何か予定あった？」

はい本日一発目の、どんなつもりで言ってんだお前をいただきました。しかしこれは単に探りを入れられているのかもしれない。流石に想定出来ていたので、答えを用意してある。

「昨日は普通に後輩とかと会食だった。響貴は？」

「果凛が今日の夜を空けろって言うから頑張ってた」

「それはお疲れさん。年末は忙しそうだもんね」
「もう八年目だから慣れてきたな。そういえば旅行の時に言ってた栄転は何系に異動?」
「説明してなかったか。メディア関連のマーケティングになる。芸能人にがっかりしてくるよ」
「LDH系の人達はすごい礼儀正しいって聞くな」
「体育会系っぽいもんねえ」

といってテレビに出てる彼らのイメージを知っているだけなので、本質は分からない。一途な恋の歌を奏でるバンドマンの不倫が報道されたりするんだから、商業イメージなんてそんなものかもしれない。

イメージと言えば、なんでもスマートにこなすように思われがちな響貴にも、ちょっと意外な可愛げがあったりする。

一口サイズのアミューズの後に配膳《はいぜん》されたのは、これまた色鮮やかなオードブルだ。数種類の前菜の説明を受けて、まず響貴が取る行動を私は分かっていた。お皿の上で、まるで素振りでもするようにフォークをクンッと僅かに振る。それからホタテとパプリカのマリネを素早くすくって口に入れた。

響貴は基本的に酸っぱいものが苦手だ。本人は「普通と苦手の中間くらい」なんて小癪なことを言ってるけれど、食べる前の挙動と微妙にひくつく頰が全てを物語っている。分かっている私は響貴が酸っぱいものを食べる時についつい顔を見てしまう。食べたくないなら残すか人にあげればいいのにと言っても、本人は頑張って食べるのをやめない。

私なら食べられないものは堂々と人に渡す。

「響貴、にんじんあげる」

「食べてみたら？　好きになってるかも」

「口付けて残したらもったいない」

皿を差し出し近づけたら、響貴がまだ使ってないスプーンでテリーヌのオレンジ色を丁寧に抜き取っていった。にんじんのほらあの、カロテン!!　って香りが苦手なんだよ。旅行でも同じこと言ったところ、華生から「うちの四歳児と嫌いなもの一緒」って言われた。今度ご飯会する機会あったら語り合いたい。匂いに敏感なだけだもんね。

フレンチがメインのレストランでコース料理、ということでシャンパンを飲み終わったら次はフランス産の白ワインを頼んでみた。響貴が俺も同じものをと追随する。

「大学の時から思ってるけど、旅行の時も、響貴ってほんとなんでも飲むし酔わないね」

「酔うよ。ただ千鶴がべろべろになって記憶もなくす段階を酔ったって呼んでるなら、酔わない」

「それはごめん！　記憶なくすとかないのか」

「そこまではないなあ。泥酔って癖つくらしいから、大体九割を心掛けて飲んでる」

「腹八分目みたいなもん？」

「そんな感じ。自分が何しでかすか分かんないのって怖いんだよ、節度はあっても千鶴みたいな勇気が俺にはなくて」

「うっせえ、今日は酔っても私が送ってやるから安心して飲めるよ」

「心強い、のか？」

グラスと首を傾けた響貴の疑心は分かる。信頼に足る行動を出会ってからこれまでしてきてない。私も華生と同じくホント行くときは行くとこまで行っちゃうんだよな。でも今日はそれを利用する。今までながーい伏線だったと思おう。

オードブルがなくなりお皿が下げられるタイミングで、一度会話が止まった。沈黙を苦に思うような付き合い方はしてないから、黙っていても良かった。けど私には響貴に対し今日訊きたいことがあって、ここぞとばかりに時間を使わせてもらう。

作戦上というよりは友達として知りたかった。

「会計士ってさ、今くらいからはどうなるのを目指すの？」

「もちろん色々いると思うけど、監査法人で立場あげていったり、辞めて企業の役員になったり、コンサルティングに行ったり、海外で働きたいって人もいるだろうな」

「響貴は？」

「俺はまだ具体的には考えてない。目の前の仕事をこなして、経験と出来ること増やしていって、ワークライフバランスも整えつつ」

「堅実だな先生」

「今を生きてるんだよ」

「かっこつけやがって」

笑うシニカルな顔に、私は本当の質問をぶつける。

「じゃあ、仕事と関係あってもなくてもいいけど今の響貴の夢は？」

「夢？　夢、かあ」

響貴が腕を組んで考える間に私達の目の前にはスープが並べられた。白エンドウを使ったポタージュスープ。先にいただくと、クリーミーさの奥に様々な味の風景が感じられた。ゆっくりと舌を漂わせるように味わう。

響貴はスープに手をつけない。まだ夢について考えている。そんなに思い浮かばないもんか？ちゃんとした答えを知りたいから、好きなだけ悩んでくれていいんだけれど。

実は旅行の後から、ずっとこれを訊いてみようと思ってた。私の部署異動を良い話だと言った響貴は、自分自身の未来にどんな良い話を用意しているのか。

もっと言えば、私に告白しない選択肢の先に何を待ち望んでいるのか、知りたかった。気持ちを隠し続ける未来で起こる特別が、響貴には見えているのだろうか。もし本人に望む未来があるわけではなく、ただ全員のバランスを考えて私に何も言わないのだとしたら、そんなもの、ぶち壊してやりたい。

今日その為の覚悟をしてきた。肌を曝すとか、触れ合うとか、友達とキスする？　違う。私が持ってきた覚悟は、響貴の本心からではない気遣いの破壊に使うためのものだ。過程で何かは、あるかもしれない。

「俺ねえ、夢って夢ないかも」

ようやく口を開いた響貴に、私はちゃんと補足を促す顔を向ける。

「見ての通りよく考えてるんだけどさ。これまでその時々の目標はあっても、大きな夢ってずっとなかった気がする。子どもの頃から」

「そんな人いる⁉」

偽りなく素直に驚いた。

「大学一年から会計士目指してたのは違うの？　あれ夢だと思ってたんだけど」

「それこそまさに順序立てて通過するつもりの目標だった」

「じゃあ今の目標は？」

「今期の決算を無事に終わらせること」

「もっと未来の」

「未来、いやー、考えるから先に千鶴の聞かせてもらっていい？　夢があるんなら」

質問返しは想像していた、でも事前に答えを用意するほどのことでもなかった。だからこそ驚いたんださっき。

「あるある。というか今まで夢がなかった時期はないと思う」

「凄いな。それは素直に尊敬する」

言葉の割に、贈られた拍手はなんかひねくれていた。

「あ、じゃあ、千鶴の覚えてる最初のから言って、最後に今の発表してよ。高校大学くらいのは聞いたことあると思うけど、変遷が気になる」

「なんだその恥ずかしい自己分析、いいけど」

自分の夢を恥じる覚えは何もない。ただ、それを堂々と友達に聞かせる行為は若干恥ずかしい。これも今日の覚悟の内なら仕方ない。

「最初のは覚えてるっていうか、小さい頃に言ってたって親から聞かされた夢かな」

響貴は静かな手つきでスープを飲む。

「畳になりたかったらしい」

スープを噴き出すエネルギーを飲み込む方に持って行くことで、マナー違反を避けたようだった。数秒目をつむって、響貴は久しぶりに口呼吸を思い出す。

「可愛い夢を想像してたから予想外だった」

「可愛いでしょ、家にあった畳の床が大好きだったみたいでね、こんな風になりたいって言ってたんだって」

「住みたいとか、畳の職人になるとかじゃないのがいいな」

「三歳頃だから、一番近づこうとしたらそのものだって思ったんだよ多分。で畳期が終わったら」

「幼児期みたいに」

「こっからは物心ついて、幼稚園の年長から小学校の低学年までは動物園の飼育員さんになりたかった」

両親によく連れて行ってもらったからだ。一番好きだった動物はレッサーパンダ。

「高学年になると、それが美容師になった。近所でよく行ってた美容室のお姉さんがすっごいかっこよくて、とかだと思ってるでしょ今?」

「え、思ってるよ。なんのひっかけ？」

「とにかく美容室の匂いが大好きだったの。住みたいって思ったけど、寝る場所ないから働くしかないと思って」

「そっか、それは今と繋がってる」

「うん、面接でも話してないから、思えばくらいのレベルだけどね」

新卒からもう七年以上勤めている今の会社に、初訪問した日のことを思い出す。まさか数年後そこで結婚相手と出会うなんて想像もしていなかった。入社した頃はめちゃくちゃ大好きな同い年の恋人がいたからな。社会人になってすぐ別れたのもいい思い出だ。悲しすぎて響貴の前で泣きじゃくったのも。

「で、中学に入ったらお兄ちゃんの影響で音楽聴き始めて、バンドマンかタワレコで働く人になりたかった。高校二年の終わりくらいまでそうで、こっからは響貴も知ってるよ。大学三年生まで私は夢訊かれたらずっと、佐々木亮介《ささきりょうすけ》になりたいって言ってた」

私が今でも世界で一番好きなバンド、a flood of circle のボーカル。

「俺それ初めて聞いた時、会いたいとか対バンしたいとかじゃなくて本人になりたいんだってびっくりした。考えたら畳期と根本一緒なんだな」

「ぶれないねえ」

「成長が」

「お？」

「いや何も」

わざとらしく目を逸らす響貴の唇の間に、色の濃い白ワインが滑り込んでいく。

「私もちゃんと進路のこと考えだしたら、実在する本人になりたいは意味が分からないなと思ったから方向転換したんだけど。同時期に身の回りの匂いを作るのがすごい好きになってさ。好きなものに関わってお金稼いで生活したい！　ってのはずっと思ってたから、今の会社が運良く雇ってくれてそれは叶《かな》ったな」

だから日々腹の立つことも一つや二つや三つではないけれど、感謝してる。こうやってワイン飲むお金も貰えるわけだしね。

「東京いなかった間は何期？」

「あの三年間は慣れない毎日に打ちひしがれてたのもあって夢が単純だった。ハワイに土地と家を買いたい期だな」

「あったかいとこに行きたかったのがありありと」

二十代前半のあの頃、最初は知り合いもいなかった転勤先の北の土地でやっていけたのは、友人達がよく電話やオンラインでのゲームに付き合ってくれたり、たまには新幹線に乗って遊びに来てくれたおかげだ。一度も行ってなかった観光地を響貴の誘いで一緒に歩いた。

それから二十六歳で東京に戻ってきた、直後だった。響貴が私のことを好きなのかもしれないと気がついたのは。涼しい顔の隙間から流れてきた風が、梨の香りに感じられた。危ない奴扱いされそうで、まだ果凛にも言ってない。直感は伝わりづらい。

「ハワイに別荘は今でもほしいけど、東京帰ってきてから今まで一番大きいのはずっと一緒、社長になること。つまり自主ブランドの設立と成功だね。もちろんめちゃくちゃ厳しいけど、勉強はずっとしてて繋がりも少しずつ作ってる」

「あ、それ聞いた」

「喋ってるかも」

「前回じゃないけど一年前くらいにべろべろの千鶴から、響貴がもっと可愛い子捕まえられるように良い匂いする石鹸《せっけん》作ってやる、って」

ようしごめん一回殺してくれ。多分権利あるぞお前。でも真正面から謝るわけにはいかない。

「し、親しき中にも礼儀ありって項目を私の辞書から切り取っていった奴がいるな」

「酒でもこぼしたんだろ」

おあとがよろしいようで、ってタイミングでスープの皿がウエイターさんによって下げられ、続いて魚料理が運ばれてきた。ヒラメのポワレだ。ポワレって結局なんなのか訊いてみると、フライパンを使って外側をカリッと中をふわっと蒸し焼きのようにする調理法らしい。二人ともさっきとは違う種類の白ワインをグラスで頼む。高い店のワインって美味しいけど量が少ない。

「私のターン終わったけど、夢は思いついた?」

丁寧な手つきで白身を切り取って口に運び、一回ちゃんと「美味しい」と口にしてから響貴は私の質問にやや斜めから答える。

「千鶴の話を聞いてて分かった。そもそも、俺、叶えたい夢があるから生きてるタイプの人間じゃないんだよ。大きい何かに向かって生きてない」

「そんな人いる!?」

もう一回素直に驚いた私に、響貴はやはり涼しい顔で頷いた。

「むしろ千鶴みたいにずっと何かを手に入れたい、夢見てた、って人は少ない気がするよ。この前旅行したメンバーでも、俺のイメージだと舞さん以外は俺の方に近いんじゃないかな」

「舞はそうだね」

聞くところによると子どもの頃から既にお菓子メーカーに就職したいと周囲に公言し、そこに至るまでの計画を綿密に立ててついには叶えた彼女。同類というには精密さが段違い。

「ハナオはとにかく目の前のことを面白くって感じだろ。果凛や大賀さんもこれを叶えたいんだ！　ってタイプじゃない気がする。本人に訊いてみないと分からないけど」

「響貴は」

「ん？」

「それで言うと響貴はどういう感じで生きてるタイプ？」

話の流れ上、それくらい訊かれるだろうに、そりゃそうなるだろうに、響貴は何故か、ふっと一息当たり前のことを訊くなとでも言いたげな笑いをもらした。響貴らしくない笑いだった。物分かりの悪い大人を前にした生意気盛りの少年みたいなニュアンスを伴っていた。

「俺は生きてる意味があるから生きてるよ」

鼻を通らず直接脳に語り掛けてくる、梨の香りがした。

次の瞬間には霧散していた。香りは人が動けば定まった場所に存在し続けない、常に揺蕩《たゆた》い流れていく。けれど確かにそこにあった。あの夢の匂いみたいに。

「だからそれが何か訊いてんだよ」

「急にいなくなって困らせないってのが強いかな。大人が持つ普通の責任感だと思う。家族とか職場もそうだし、俺が急にいなくなったら果凛が髭面で泣いちゃうから」

「ごめんなさいだけどそれはちょっと見てみたくもある」

響貴の言う生きてる意味は、私を好きなことと関係している？　さっきの香りから連想してみるも、判然としなかった。だって生きてる意味だっていうほど好きでいてくれるなら、さっさと告白して関係性を得る発想に至ればよかったはず。なのにしないのは、なんで？

想像できるのは、告白して断ち切られるくらいなら、どうあれ一緒にいたいと思ってくれたというくらい。

だとして、少女漫画と呼ばれようと少年漫画と呼ばれようと、私は思う。そんなに好きでいてくれるなら、やっぱりどうして早く言わなかったのか。

別に響貴と付き合っていたらというもしもを望んでいるわけじゃない。どれだけ可能性があってもそうはならなかったという現実、結婚して添い遂げようと思った相手に出会った現実の方が圧倒的に強い。それでも、友達だろ。

そんな理解されないと決めつけたような笑い方、するなよ。

会計をする際、何故か大学生の頃に響貴と飲んだ激安酎ハイの味を思い出した。

コートを受け取りウエイターの男性に見送られながらレストランを後にする。同タイミングで退店する妙齢のカップルと共に乗ったエスカレーターからは、煌びやかすぎて感想を持ちにくいイルミネーションが見える。私達はおよそ二時間ぶりに地上に降り立った。

大きなツリーの飾られているホテルのエントランスで、響貴と目を合わせる。

「どうします夫人」

「せっかく偽夫婦でのクリスマスだ。もうちょい行こう。明日午前休取ったし」

「準備いいな。俺は明日普通に仕事」

「よし分かった三時間は寝なきゃいけないってことか」

「テンションが大学生なんだよ」

あいつ忙しいしさっさと帰られたらどうしよう、なんて心配を私も果凛もしなかった。こっちから行こうって一言誘えばいい。響貴はしょうがないなって顔をして、結局は付き合ってくれる。

「でもどこ行く？　何個か知ってるところあるけど、ちょうどバータイムだし人多そうだな」

「そうだね、どうしよう」

私にだって考えるふりくらい出来るから！　って果凛に言い張った。

「あ、私一か所だけ空いてる穴場知ってるかも」

「いいね、どこ？」

「ここからタクシーで十五分くらい。普段は楢原響貴ってやつが住んでるんだけど、今いないと思う」

「人んちをレンタルスペースみたいに」

苦笑に続いたのは「酒もつまみもないからコンビニ寄っていこう」だった。

普段なら終わってさえいなければ電車を使うけど、気分はクリスマスだしタクシー乗ろうって謎理論を押しつけた。響貴の家に行くには私の職場の最寄り駅と同じ路線を使うことになる。十二月二十五日にこんなぴしっとしたところを同僚に見られても困るって、響貴なら言外に察したかもしれない。

タクシーの中で、もし果凜が仕事終わってたらリモートで呼び出そうと提案した。あいつは今まだ出張中という設定だ。私に目的があってお宅訪問しようとしているのを隠す煙幕に過ぎず、あいつは東京に戻ってきているし、いくら電話しても接待中か何かのご様子で電話に出ない。

到着してからの作戦に私はいっそう気を引き締める。響貴がレストランで夫婦ごっこに惑わされてロマンチックに告白してくれてたらこんな作戦必要なかったんだけどな、なんて二十歳のわがまま女の子みたいなこと言わない。

タクシーの支払いは助手席後方に座った響貴が目の前の画面でさっと済ませてしまった。こっちが何か言う前に「行きだけ俺が払う」とかまされた。「かっこつけやがって」と自然に返した。

炭酸水なら二リットルはあるという寂しそうな冷蔵庫のため、コンビニでウイスキーとウーロン茶と氷を選んだ。あとチョコレートとチータラも。響貴のリクエストでピーナッツとジン、コンビニワインも籠《かご》に入れ、ここは私が払った。これまでとこれからの空間使用料だ。

さあいよいよ響貴のお家《うち》なんだけれど、これが広い。

私が東京にいない間に引っ越し、響貴が五年ほど住んでるこの場所に初めて遊びに来た時、絶対誰かと同棲していると踏んで疑いをかけまくった。実際半同棲くらいの時期もあったのかもしれない。それにしても一人で住み続けるには広い。果凛も全く同じ感想を抱いたらしい。

あと男が一人で住んでるにしては妙に洒落《しゃれ》てるのも気になる。あー果凛に注意される。あくまで私が今まであがったことのある男性の部屋と比べたらって意味だ。靴がたくさん置ける玄関からリビングに入ると、ダークブラウンの床に落ち着いた柄のラグや背もたれのしっかりしたソファ、木製のローテーブルが置かれていて、灯《あか》りは基本、間接照明のみ。リビングとスライドドアを隔てて隣り合った寝室もそう。仕事と読書は浴室側にある仕事部屋でするから、生活スペースは落ち着きを重視したらしいけれど、うーん、マジでこれ本当にごめんなさいないじりを本人不在でしたことがあって、舞と飲んでる時に、あれ女の子抱くための部屋だって言ったことある。ごめん。

「コートかけとこうか、床に脱ぎ散らかすのがよければそれでも」

「別にあれこだわりじゃないから、はいありがと」

人んちでうろちょろするのも悪いので、私は勝手にソファに腰かける。適度な感触でちょうどいいんだこれが。と、せっかく良い椅子に座ったのも束の間、視線を上げた先にある写真を発見した。私はそれを近くで見ようと足に力を入れる。壁際に設置された低い本棚の上にコルクボードが置いてあり、そこに貼られた多くのメモに紛れ、一枚だけ写真があった。

この間の旅行で撮った六人での写真だ。私も舞からデータで貰った。

「これプリントしたんだ？」

「そうそう、最近プリンター買い替えてさ、写真も印刷出来るやつだから試しに」

「へぇ」

グッとこらえて目を逸らし、再びソファに戻る。響貴はリビングに繋がるキッチンから氷を入れたグラスと冷えた炭酸水を持ってきてくれた。上着を脱いでネクタイを外し胸元を緩めている。響貴の首筋に感想なんて持ったことない。でも意識してみると目のやり場に困った。

二人でハイボールを作り早速果凛に電話をかけた。予定通りに出ない。実はさっき移動することについてラインはしてる。即ついた既読の文字だけで十分だ。

仕方なく改めて二人でグラスを軽くぶつけ、乾杯した。レストランで飲んだワインは四杯。あれしきのアルコールで酔うのはあまりに嘘くさい。それこそまだ夜は長いのだし、ひとまず響貴に何か暇つぶしがないか訊いてみる。撃ち合うゲームでもいいけど、酒を忘れるほど本気になってしまうからそれ以外で。今夜の作戦は酒がある程度入ってる、と思われなければとてもじゃないけど実行出来ない。

ソファを客に明け渡し、自分は斜向《はすむ》かいに置かれたオットマンに座る響貴は数秒考えた後、何か思いついた顔で立ち上がった。そしてリビングの隅から黒い長方形の箱を持ってきてローテーブルに置く。サイズは実家にあった二つ折りの木製将棋盤よりちょっと大きいくらいだ。

「バックギャモンやったことある？」

響貴が蝶番《ちょうつがい》のついていない方から箱を開けると、中には丸い白黒のコマがたくさんとサイコロが二つ入っていた。

「子どもの頃パソコンに入ってたのやってみたけど、ルールよく分かんなかった記憶だけある」

「大人にはめちゃくちゃ簡単だから暇つぶしにやってみよう」

「響貴ボードゲームの趣味もあったんだ、知らなかった」

「千鶴が知らなかったってことはつまりないんだよ。これ俺がゲーム好きだっていうのをどこかで聞いてちょっとだけ勘違いした仕事関係の人からもらったやつ。まだルール覚えただけ。初実戦だ」

単純に興味がわいた。めちゃくちゃ簡単だと言うなら熱くもなりすぎずいいだろう。私は初めてのバックギャモンに同意して、ハイボールを一口飲む。鼻に甘い。

コマを並べるところから響貴がルールを丁寧に説明してくれた。聞いてみると、確かに名前だけはよく知るこのゲームが何故もっとメジャーでないのか、不思議なほど簡単だった。ようは自分のコマをサイコロの目によってゴールまで運んでいくすごろくだ。全てのコマをゴールまで移動させられたら勝ち、で、途中二つ以上重なった相手のコマに移動を阻まれたり、上に載られたコマに殺されてふりだしに戻されたりする。逆もまたしかり。酔ってでも出来るように酒飲みが作ったゲームなのかもしれない。

「クリスマスの夜にウイスキー飲みながら旧友とバックギャモンって古い洋画みたいだ」

「俺のイメージだと旧友って言葉にはあと十年要るな」

冗談のつもりなのだろう響貴から、先攻後攻を決める為にサイコロを渡される。私はこの瞬間を十年後も共に思い出せるよう願いながら賽《さい》を投げた。気合いを入れ過ぎて床に転がってしまった。

これも冗談で響貴が流し始めたクリスマスメドレーに合わせて、私達はそれぞれのコマを動かしていく。序盤は、正直どういう戦略がいいのか分からずひたすら自分のコマを前に進めた。響貴も同様だったようで、バックギャモン用語でいうところのブロックもヒットもほとんど偶然のようなありさまだった。ただやがて気がつく。これが運で戦うすごろくではないことに。自分のコマをどれだけ進められるかは運でも、どのコマを動かすか、そして相手のどのコマを進ませないようにしたいのか、重要な選択の連続だ。

あとこれ真剣に考え始めたらシンプルなルールながら長期戦だしお互い黙ってしまう。さっきから二人とも盤上を睨《にら》みつけ、時々グラスの中の氷を鳴らしている。雰囲気の作りようや話の持って行きようがない！　暇つぶしどころじゃない。手を抜けない仲なのだから、こうなることくらい予想しておけばよかった。かと言ってわざと負けて早く終わらせるなんて言語道断だ。初心者ながら思うに多分、最後のコマを一個でも二個でもいかに進ませないかが鍵っぽいな。

私の手番の際に響貴が、氷の溶け始めた二つのグラスを手に取り立ち上がった。キッチンで軽く洗い新たに氷を入れてくれているのが音で分かる。冷蔵庫を開く音と炭酸のはじける音がありがたい。運ばれてきた透明な飲み物からはジンの香りがした。私が飲み物の味を変えたい派だと知っている。

「ありがとう。この間に言うけどなんだこれ全然単純じゃない」

「俺も頭ぐるぐるしてる」

響貴の手にも透明な液体の入ったグラスが握られていて、酒が頭を動かすわけでもないのに二人とも考える合間に飲んでしまう。かかってる音楽は、ジョン・レノンのハッピー・クリスマス。

結果、四十分を超える激戦の末に私は負けた。家主に気を遣ったわけでもこれからの作戦を考えたわけでもなく普通に負けた。こういう時に誤魔化してへらへらするのが嫌いな私は「負けました」って宣言した上で、いーー！　ってなった。響貴は笑ってた。

「素面の時に再戦だな覚えてろ」

「捨て台詞も酒を言い訳にするのも雑魚《ざこ》キャラだなあ」

いーー！　ってなって手が届くところにあった響貴の肩を押す。一発押しても揺るがなかったのでもう一回くらい小突いてやろうと腕を伸ばしたら、捕まえられた。

「やめろやめろこぼす」

それ以上は何も起こらず腕は放され、響貴は「人生ゲームの二の舞にならないように」とバックギャモンの箱を閉じ、元あった場所へ収納するため立ちあがる。

ソファに残された私は、摑まれた部分を見て感触を確かめていた。

あっちから触られたのは今日初めてだった。けれど響貴の指から、体温から、表情から、私のように痺れを感じている様子はなかった。痺れ、というのはあくまで私の感覚かつ表現で、緊張や動揺や興奮が見られなかったってことだ。

つまり響貴がもし私と似た感覚を有するとしたら、あいつは私の肉体との可能性を意識すらせず、ゼロにしているように思えた。願いや想いの量がどうかは知らないけれど、期待や秋波はない。当たり前だ。私達が十年以上かけて作ってきた関係性から行きつく正解がそれだ。いつか指を触れさせ合ったこともある、肩を組んだこともある、飲み会の後いつの間にか床に並んで寝ていたこともある、友達として。

私はグラスに残った氷に、ウイスキーを軽く注ぎくいっと飲んでから今度はもうちょっと多めに注いだ。炭酸は入れない。薄めては酔わない。何より、酔っていると思われない。間違っている飲み方だ。

「ちゃんと水飲んどいた方がいいぞ」

「正解ばっかり言うなよ」

響貴は正解を出し続けた結果として、これまで私に何も伝えなかったのだという気がした。

最初の作戦会議で出た果凛の言葉を思い出す。

相手が泥酔してるタイミングで大事な話するような響貴なら、俺から縁を切る。

嘘だよ絶対。大丈夫。だからちょっとだけ一緒に間違えよう、響貴。

私がロックで飲み始めたのを見て、響貴はキッチンでワイングラスに今日一番安いワインを注ぎ戻ってきた。「食器は基本貰いもの。ワインより安い」と笑いながら。

きっかけがいる。もっと触れ合ってもおかしくないやつ。

バックギャモンで頭を働かせすぎた私達は、こないだの旅行話からもっとぼんやり出来る遊びを始めた。私は舞と実際にやったこともある。人数、季節、移動手段など、いくつかのルールを決めて架空の旅行予定を各々立てるのだ。終わったら互いのを紹介しあうけど、勝敗はない。それもいい！　って言うだけ。

「春にしよう。現実味出てくる方がやる気でる私は」

「人数はこの前みたいに六人？」

「二人でいいじゃん。あれは舞レベルじゃないとめちゃくちゃになるよ」

響貴と旅行って言えば、私の転勤先まで遊びに来てくれて一緒に観光した日を思い出す。こっちに親戚《しんせき》いるから久しぶりに来た、って言葉すら嘘かもしれないと、あの時から思ってる。

空間を漂う音が、クリスマスメドレーからテレビで流れるディスカバリーチャンネルになっていた。時々聞き取れる英単語がスマホをいじる作業ＢＧＭにちょうどいい。

席も替わった。お手洗いを借りる際「今度は家主さんが背もたれを使って」とソファに移動させ、戻ってきて私も響貴の右隣に座った。「結局こっちに座るのか」と笑われながら、横並びになって初めてこのソファが二人用にしては広いことに気がついた。

遊びとはいえ、きっかけづくりとはいえ、旅行予定もちゃんと考えた。春、響貴と二人きり、そんな想像がもう現実にはならないかもしれないと知りながら私は、親友の地元に一緒に行ってみたいと思いついた。それほどの距離でもないからすぐ行けるけど、子どもの頃に親に連れて行ってもらったきりだ。ぼんやり認識していた名物や観光地を調べてみる。二人ともスマホを操作する沈黙の間にたてる氷の音とコップを置く音が、旅行雑誌に貼る付箋《ふせん》みたいだった。

出来た。舞みたいにはいかないけれど素人なりに。

まず、朝一番に集合したら一時間くらい電車に乗って、目的地に着き次第ロッカーか宿泊先に荷物を預ける。私には行ってみたいお寺があって、竹が生い茂るその場所で幻想的な雰囲気を一緒に味わおう。良い気分で駅に戻ったら早めのお昼ご飯だ。しらす丼なんかいいな。お腹いっぱいになったら、海沿いを走る電車に乗る。一枚丸ごと路線について歌われたアルバムを二人とも知ってるから、一駅ごとにお互いのiPhoneで曲を聴きながらでもいい。ベタに大仏でも見て、響貴は「子どもの頃から見てる」なんて笑いながら言うかもしれない。特に好きな曲のタイトルに使われてる駅では意味なく降りてみたりして、途中で砂浜に立つのもいい。まだ冷たいだろうけど、海を眺めながら超適当な話でもしよう。夕方には宿の近くに戻り、買いもしないのに雑貨店でも見て回る。ついついこないだのメロンパンみたいに買い食いしちゃって、夕飯入るのかこれなんて心配するんだ。それで夕飯はつまみながら酒飲もうって言って、居酒屋でほろ酔いになって、宿に帰る。チェックインして買い出しして、響貴の部屋でまたバックギャモンで勝負だな。負けっぱなしは嫌だから、今度はきっと私が勝つ。楽しみ。

「千鶴」

「ん?」

「大丈夫か?」

言われて気づいた。両目から、止めどなく涙が溢れていた。顎《あご》から落ちてチェック柄のスカートに染みを作っている。今日は泣かないって決めていたはずだった。なのに、今日を境にしてもう実現しようがないのかもしれない情景を思い描いたら、意識もせず自然と。全く困らせられる自分の涙腺の弱さには。

「あーごめん、思い出と酒に浸ってしまったー。平気」

「ならいいけど、思い出？」

響貴が不思議そうな表情を浮かべ、すぐ驚いた顔になる。

「なにその顔」

「急に泣いてる奴に言われたくないけど、いや想定してる旅行先、もしかしたら一緒かも」

楽しそうな響貴からスマホを受け取る。

画面にピントを合わせスライドさせてるうちに、また二つ染みがついた。

響貴の予想は外れていた。二人の考えた旅行の目的地は別々だった。

片や行き先に、私の地元を選んでいた。

「忙しいタイミングでも最悪、朝ごはん食べて出勤できるだろ。仕事でしか行ったことないからこの機会に良いなと思って。知らなかったけどナポリタンが有名なんだな。十代の頃から好きなバンド達の聖地だし、何より俺の幹事は素人だからタダで案内してくれる奴が欲しい」

いつも通りシニカルに笑う響貴はなんの作戦もなく、裏の意図なんてなく、きっと何かしらの好意しかなく言ったのだろう。友達として、好きな相手として？　どちらも持って悪い感情じゃない。だから、悪いのは私だ。ずっと私。

強引だけど、きっかけにさせてもらう。

「お前はほんっと、こんなとこでも私を！」

ちょっと早いか？　いやいい。よくも泣かせてくれた。ここから反撃。

本音ではもう今夜、これ以上の楽しいや嬉しいを受けとりたくなかったんだと思う。決意が、にぶりそうで。

響貴の肩を理不尽に押す。少々迷惑だと自覚できる大きさの声を出してグラスの中身を呷る。喉が焼ける感触がする。それ以上に、相手に強い酒をまた入れたと見せつけられる。旅行予定を考えてる間に体内で回って、これがとどめになったという設定だ。

もし、過去の自分や今の若者たちに注意喚起できる機会があるとするならば教えておきたいことがある。

大人しか出来ないめちゃくちゃずるい必殺技があるんだ、騙《だま》されないように。

あいつら、自分の酔ってる度合いも嘘つくんだぜ。

「何を隠そう私は響貴を案内役にしようとしてた」

急な感情の変化は酔っ払いのお約束だ。にへらっと笑って、スマホを響貴に渡し見てもらってる隙に、眉毛と唇に力をこめる。

「響貴は、ほんと、そういうところあるなあ」

一からの演技は恥ずかしくて出来ない。だから結局わりとギリギリまでは酒を入れてしまった。さっきの涙はその代償。けど、数ヶ月前にここで大暴れした夜とは違う。心身のコントロールが利いているし、明日まだ絶対に記憶がある。

「そういうところってなんだよ」

「響貴お前、この前もしょう、え、何が？」

「こっちの台詞だよ。もう呂律《ろれつ》まわってないって千鶴」

「大丈夫、平気。なんだっけ、そう」

ちゃんと自分は大丈夫なんだという姿勢を見せるため無意味に背筋を伸ばす、それが余計に周囲には酔ってると分からせる。プラス自分の首をやたらめったら触る。これは私の癖。二つとも、私が完全に酔ってる時にしがちなことをパートナーと果凛から聞き出した。無自覚だった。

もう一つある。

「果凛が、私の胸が小さいって？」

「んなこと言わないだろあいつ」

信頼されてんな。片や酔ってる私の口走る事実に信ぴょう性など全く感じていないようで、響貴は笑って残り少なかったワインを飲み干す。

おかわりを注ぐためだろう、立ち上がろうとした響貴のブロード生地を私が掴んで押さえて阻んだ。

「行くな聞けっ」

「うわ、また絡み酒」

「またって何？」

「覚えてないお前にずっと絡まれてんだよ」

「マジで⁉　ごめん！」

「いいよ、聞けって何を？」

「えーとね」

シャツの腕部分を摘《つ》まんだまま、私はもう一口ウイスキーを飲む。もうほとんど残ってない。

「うーん」

私は摘まんだシャツを中身ごとこっちに引き寄せ、響貴の右手を自分の膝の上に持ってきたら中指の先から手の輪郭をなぞる。ぐるっとして、今度は相手の手首から肘に向かって階段を上るように手の人差し指と中指を歩かせる。これが私のもう一つの酔ってる時の癖らしい。自覚はないのに目撃情報を得ている。我ながら何が目的だ。そして響貴ほんとごめん。何回かやってんだろうな、困り顔でされるがままになっている。

「そうだ。果凛が私はほら、革ジャンが似合うっていう」

「魂に着てるんだもんな」

「着てる」

急に笑顔になってからまた真剣な顔に。

「あとは、細身なのと、男顔なのが関係してるっていうさ」

「女子高とかでモテるタイプの顔か」

「共学だったけどチョコ貰ったことある美味しかった」

「何人も女の子泣かせてそうだな」

「それはお前だろっ！」

「失礼なっ」

響貴って、完全な酔っ払い状態だと分かってる私ともこんなにちゃんと会話してるんだな。何回も繰り返してるならもっと適当にあしらったってよさそうなのに。

苦笑する響貴の顔を見てハッと唐突に右手を伸ばし、真ん中わけにセットしている前髪の右側を持ち上げる。

「なんだよ」

「響貴もあれだな、良い顔になってきたな」

「お前は俺の師匠か何か？」

「最近ちょっと私にもその顔の良さが分かって来た、うん」

こんなこと、わずかに本音だとしても素面で言えるか。これだけ酒入れてても恥ずかしくて頷きを入れて目を逸らしてしまった。

もし私が受け取る側だとしたら照れるか冗談だと解釈するかで大笑いするだろう。一方、響貴は取り乱しもせず、私の手から顔を逃がす。

「その距離やめて、目がちかちかする」

「照れんなよお」

脇腹をうりうりすると、顔をしかめて「もーこいつ」と気持ち迷惑そうに、けど実際にはそっと攻撃を制される。

正直もうここら辺で背中に手ぐらい回されても良い気がしている。

でもそうならない。なってない。つまり私らが私らだったってことだ。あ、やばい、脳内のボキャブラリが怪しくなってきた。

私はいつもワイングラスを持って歩く自分を想像する。体内のアルコール許容量の話だ。何飲んでもそこに純粋アルコールが溜《た》まっていって、やがて溢れた時に吐いたり記憶をなくしたりする。今はギリギリまだ三ミリくらいは限界まで猶予がある。もちろん油断は禁物で、グラスを持つ私は立ち止まらない。ずっと歩いている。ほんの僅かな段差や曲がり角で、こぼしてしまうかもしれない。ある時急にストンといく。酒や酔いをそういうものだと捉えている。

その前に決着をつけなくては。

響貴の好きだって気持ちはどうやったら溢れるんだ。私は今なんて恥ずかしいことを！

「自分の顔はこの年になってよくなったとか思わないから響貴はいいなあ」

「俺も自分では思わないよ」

まだまだ余裕があるみたいで、響貴はワイングラスに少量のウイスキーを入れて口に運ぶ。取ろうとしたら避けられて左手側の床に置かれた。

「じゃあ響貴から見て私の顔どう？」

「千鶴の顔？」

私は自分の顎に手を当てキメ顔を響貴に向かって作る。普通の表情でなんていられない恥ずかしすぎる。案外、舞のドヤ顔は毎回ロマンチックな演出への照れ隠しでやっているのかもしれない。十年以上経って友達の心の奥底を知ってしまったかも。

顔について訊いたのは、別に果凛の言い分を信じてるわけじゃない。でも可能性はゼロじゃない捨てきれない、念のためだ！　テレビではさっきから雪山の特集をやっている。白い光に照らされキメ顔で耐える時間が辛い。もうどっちでもいいから響貴早く答えてほしい。どうせ本心がどうだろうと誤魔化すんだろ。

「千鶴はずっと良い顔してる」

「はい？」

普段より二オクターブ高い声が出た。響貴は高音に軽くビクッとなったついでみたいにグラスを拾い、唇をつける。口の中を空にしてから、グラスを持たない右手で軽く顔を指さされた。

「でも今の方が年齢と顔があってきた。出会った頃よりかっこいいんじゃない？」

「それ」

ついにこぼれたのか。こんなにふいに簡単に。真正面から顔を褒めるって。

「まさか、告白？」

響貴はもう一口含んだ液体をあわや噴き出しそうになって、どうにか前かがみになることでエネルギーを分散したようだった。

目をつぶり二回、鼻呼吸でバランスを取るようにして、口の中のものをようやく飲み込み、グラスをちゃんと床に置いてからわざわざ一回頷き拍を取った。

「しねえよ！」

思い切り否定して大笑いする響貴、普段ならたまに見せる無邪気な笑い方がこいつのチャームポイントでもあるんだけど、今は頭がぴりっとした。

「前に言ったよ多分、俺自分の弱そうな顔にコンプレックスあったから、性別違うけど、千鶴の強キャラっぽい顔つき羨《うらや》ましいなってずっと思ってるよ。今、千鶴にとって外見のバランスが一番良い時期なんじゃないかってこと」

笑いの余韻を一息忘れてたとでもいうように、響貴は軽くもう一度鼻で笑う。

「大人になってから告白って言葉、初めて聞いた気がするな」

ごめん今までにも何かやってしまってることあるかも。

謝ったって時すでに遅しだ、自分でも初めて知った。どうやら酔った状態で本当にイラってすると、私、口より先に体が動く。

何をしようとしたのかは、結果的に何も出来なかったし、実際のところ私自身にもよく分かってなかった。ただ、一回立ち上がってソファに片膝立ちで体の正面を響貴に向け、呆気《あっけ》に取られる友達の首の後ろに左手を置いた。

「まぎらわしいことして」

それが最後の能動的攻撃となった。

多分、前傾姿勢を取ろうとしたところで、床についていた右足の膝が崩れた。こぼれていた、さっきの勘違いか響貴の笑いか突発的な怒りでか分からないけれど、私の中のグラスにはもう半分も入っていなかった。脳内の、普段は酒を受け止めるはずじゃない部分にまで染み込んで、私が無理矢理動かそうとするからより伝っていく。

ついには体を支えられず、前のめりに倒れた。響貴がいて、ソファに片手をつき顔から激突することは避けたけど、しなだれかかってしまった。回路がショートした。

ここから先、何をしたか何を言ったか、次の日になっても記憶はある。あるんだが、本当に私の正常な判断で行動したんじゃないということだけ重々承知することを果凛に話す時には約束してもらおう。

少なくともすぐに起き上がりはしなかった。

「響貴、ほんとお前」

ゆっくりと私の両肩に体温が触れる。起こそうとしてくれてる。私は気になることが出来て、優しさを無視した。響貴の首筋に鼻先をくっつける。

「なんか、良い匂いするぞ」

「整髪料だろ」

いや違うこれ、その奥に私が息を止めても香るものが。

脳に直接語り掛ける甘酸っぱいそれと、酒と多分アドレナリンとかが混ざった。

完全にぶっ壊れた頭は躊躇一切なく、私に多量の涙を流させた。水流は脳から口元にまで至り、川上から本音だけ連れてきた。

「ごめん響貴ほんとごめん」

もう三十になるんだぞ私まるで子どもみたいだって、振り返れば簡単に言えるかも。

「友達なのにごめん」

響貴が両手にいれた力を緩める。まるでそれごとソファに投げ出すような音がした。作戦をばらしてしまうような一言を、響貴はどう受け取ったのだろう。全てを理解はされなかっただろうけれど、まるでそこにしかないという私の弱点を撃ち抜くような。

「いいよ、友達だから」

完全にコントロールが利かなくなって、化粧なんてずたぼろになった頃ようやくソファに座り直し、響貴が持ってきてくれた水を飲んだ。ティッシュで洟もかんだ。私の涙腺の弱さたるやそれでも止まらないので、促されるままソファに横になり深呼吸を繰り返した。ずっと隙を見ては響貴に謝っていた。なだめられ、朝起こすからそのまま寝てもいいと言われたので頷いた。帰れる気がしなかったし、ここで帰ったら響貴に心底見損なわれそうな気がした。

ゆっくり呼吸をしていると、やがて落ち着いてきた。響貴にも伝わったのか、ぼんやりとした意識に私を無視した生活音が届いた。ゴミを捨てる音、食器を洗う音、間を空けて、ドライヤーの音や、歯磨きの音。

体に覆いかぶさった厚い布の感触を確かめ、寒くないかという質問に頷く。余力が生まれたので、指でOKサインも出した。控えめな笑い声が聞こえた。

リビングの電気が消され、本格的なまどろみに入るその日の最後、耳に届いたのは、おやすみじゃなく、薄く口ずさまれる月の歌だ。

『この度の失敗は、全て私の不徳の致すところでございまして、関係者の皆さまには大変ご迷惑をおかけし、また大きく信頼を損ねましたことを、深く謝罪申し上げます』

「謝罪会見じゃねぇんだから」

年末のリモート会議で会社帰りスーツ姿の千鶴から受けた報告は、これも謝罪会見じゃねぇんだぞって話で、失敗の詳細そして一時的な活動自粛のお願いだった。俺も賛成した。あんな顔してちゃ、響貴じゃなくても告白しない。

どうやら踏み込んで触れ合っての作戦失敗が相当こたえたらしい。意気込みを失い、代わりに迷いと吐き気が戻ってきたんだとか。本当に申し訳ない、自分は最低だ、を繰り返す中に一つ、響貴に嫌われたくなかったと漏らした瞬間があって、あいつに対しそんな心配をするまでなのかと驚いた。タイムリミットが迫る中で、年末年始は俺らとの記憶を消してゆっくりするよう促したのは、千鶴がそこまでしてもあいつは何も言わないんだなという諦めもあってのことだ。作戦を続行するのかも含め、今は首謀者の回復を待つ気になった。

だから急に決まった舞たん企画の新年会にも、千鶴は欠席。幹事曰く『千鶴と華生とは女子会も別に企画する！』からみんな寂しくないそうだ。流石だな。と思ったら、今度はスケジュール上どうしても響貴だけ日程が合わなかったらしく、こっちはこっちで男同士飲みに行く予定をたてた。

開催地はハナオが帰りやすい場所になるかと思いきや、『舞のとこに泊まるー』とグループラインに投稿があり、都内の焼肉屋を集合場所に指定された。結構な有名店で舞たんが選んだにしては珍しく思った。

一月の第二土曜、店に入り名前を告げると座敷の個室に通された。ふすまを開ければ俺以外の三人は既に立派な座卓についていて、全員が物音に振り返ったので冗談っぽくお辞儀をした。

「あけましておめでとうございます」

返事を受け取って俺はコートを脱ぎ壁際のハンガーにかける。席は空いていた大賀さんの横、舞たんの正面だ。掘りごたつ式だった。

「コースにしちゃった」

という舞たんの言葉にかぶるようにふすまが開く。店員の女性からコースを始めてもよいかという確認と共に、飲み放題のメニューを渡された。俺はレモンサワー。他の三人はビールを頼む。

「果凛ちゃん痛風でも出た？」

「いいや大丈夫。年始に奥さんの実家でビールばっかり飲んだ日があったから、しばらくいいかなと思って」

痛風、そんな言葉を笑い話ではなく会話に登場させる日が来るとは、みんなと出会った時には思いもしなかった。

ドリンクと共に一品目のキムチ盛り合わせが一人一人洒落た皿に分けられて届き、乾杯といただきますの挨拶を済ませてから早速摘まんだ。酸っぱめで俺好みだ。

「響貴も千鶴も残念だったな」

口の中で広がる味から連想して言った。みんなも同調すると思ったのに、何故だか舞たんとハナオが顔を見合わせる。明らかに何か言いたげな二人を黙って見ていたら、ハナオが「どうぞ」と発話を譲り、舞たんが諦めたような顔をした。

「実はその件について、果凛くんに謝らなければならないことがあります」

「私もある」

箸《はし》を置いていかにも申し訳なさそうな舞たんに、もうビールを半分ほど減らしとても人に謝る態度ではないハナオ、そして全く心当たりのない俺が見つめ合う。大賀さんはゆっくりキュウリを味わっている。

「まず前段として、今日のスケジュールやお店決めは私がやってまして」

「ありがとう、さすが舞たん」

「いえいえ。それで、千鶴の体調不良は予期せぬ出来事でほんとお大事に、という感じなんですが」

仮病だけどな。

「実は最初から、千鶴と響貴くんだけどうしても来られない日程と場所に調整しようとしてまして」

「幹事上手いとそんなことも出来るのか。え、なんで？」

「順を追って説明するけど、そのことを私達は共有してたから、果凛くんだけ騙したみたいな形にして、まずはごめんなさい」

ぺこりと頭を下げる舞たんについついこっちも会釈をしてしまう。

「その、目的は？」

「まあどうぞ食べながら聞いてください」

謝罪の部分はもう済んだからか、話していると調子が出てきたのか、舞たんはいつものドヤ感を出しまるで自分が作ったかのように料理を勧めてくる。俺が言葉に従いキムチを咀嚼《そしやく》する隙に、ハナオが店員を呼んでハイボールを頼んだ。

「本当に最初に遡《さかのぼ》れば、大学四年生の頃の話をしなくちゃいけないんだけど、いったん話は去年に飛びます。果凛くんと旅行の話になって、私がみんなに連絡したでしょ？」

「その節もありがとう」

「いえいえ、あの旅行自体すごい楽しかった。しかし私達は果凛くんには言ってない裏の目的を持って参加しておりました」

「よっ」

今のはハナオの合いの手だ。つまり二人で何か計画してたってことか。しかも俺と関係している何かを。

小説や漫画だったら、こういうのを展開って呼ぶんだろう。自分の会社から出る本だったら嬉しいけれど、現実ではどうかな。善し悪しあるぞ。

「実は、あの旅行の前から私達、千鶴と響貴くんを本気でくっつけようとしてるんだよね」

「……ほうっ」

なるほど。まさか俺らより先に別方向から動いてる部隊がいたとは思わなかった、でも。

「なんで、って驚くほどじゃないか。あいつらあの時も相手いないっつってたし」

「そうそう、果凛くんに伝えなかったのは二人とゲームで頻繁に連絡取ってるって言ってたから、バレないように念のため」

「良かったかも、俺酔ったら口軽いし」

「んなことないでしょ」

今のはハナオの否定だ。俺の軽口をまとめて笑顔で一掃するみたいな。そんな彼女もまた、形は違えど告白大作戦を決行していたと知るとギャップが面白い。なんて思った自分がいかに甘かったか、すぐ思い知ることになる。

ハイボールが届いた。

「そういえば千鶴が女子部屋でめちゃくちゃ二人からいじられたって言ってたな。でも他に何かしてた？　響貴に結婚しろって言ってたのは分かったけど。あとは謎の黒歴史動画集もそういう狙い？」

「あれは完全に舞のスタンドプレイ」

「華生に味方の背中を撃つなと怒られました」

「私の方はちづ姉を温泉でのぼせさせようと長話したり、濃い酒作って潰そうとしたりしてた」

パフォーマンスなしで、大根キムチをテーブルに落とした。

「ふらつくちづ姉と心配する響貴が夜中に二人で密会ってとこまで、あまりに思い通りに行き過ぎてびっくりしちゃった」

「ルール無用かよお前」

大根を拾って口に入れ、汚れをおしぼりで拭く。ハナオの物理攻撃に比べて自分達の作戦がいかに可愛いものだったか、我ながら微笑ましい。こんなことあんまり言いたくないけれど、女子の同性に対する容赦のなさが怖い。

「あれ？　二人とも温泉行ってたのに知ってるんだな、千鶴と響貴が屋上で涼んでたの」

ハイボールの入ったグラスを口につけたまま、ハナオが人差し指で目の前に座る人物を指す。

「大賀さん……」

「依頼されただけだ」

スパイまで用意してたのか。二人をしっかり呆れた目で見比べると、大賀さんは申し訳なさそうに笑った。そういえばこの人も響貴に千鶴をすすめてたな。

「でも結局、旅行では二人の間に進展はなかったみたいで、楽しく友達として帰ってきちゃったわけだけどね」

「いいだろそういう旅行だ」

「そういう旅行じゃなかったってことが分かった旅行だった。こっから私が果凛ちゃんに謝らなきゃいけない部分。ごめん、果凛ちゃんを疑って操った。今夜はその罪滅ぼしだから、どうぞ私のお金で食べて飲んでくれ」

ふすまの向こうで聞いてたわけじゃないんだろうけど、ハナオが言い切ったベストタイミングで二品目の肉刺しが俺達の前に並べられた。綺麗なさしを見ながら、ハナオの言う操るの心当たりを記憶の中で探る。金は大人としてちゃんと払う。

「果凛ちゃんがここまで上手いこと行動してくれるとは思わなくて、流石の私にも罪悪感が生まれちゃってさ」

「契約書持ってこさせたことか？」

「ううん、ペアカタログ。急に無邪気を装って旅行の提案を舞にしたり、当日も寒いからなんて理由で一緒に屋上行くの断ったくせに妙にそわそわしてたりさ、何かやってるなと思ってて。もし私の勘が正しければ、時期的にもちょうどいいし、あれを響貴かちづ姉に渡すんじゃないかと予想してたんだよね。どんぴしゃ」

「舞たん、俺この人怖い」

友達相手に鳥肌立つってあんまりない。母の顔して今は子ども達と一緒にファミレス行く方が幸せなんだじゃないよ、うっかり心温まったぞ。舞たんは同意の意味だろう、深く頷いた。

「ちなみにクリスマス何してたかは、響貴に電話して確認しました。税のことのついでみたいに」

あの日について、俺はハナオに夫婦で予約してたものの行けなくなったことを電話で謝罪していた。いつかばれた時には直前に譲り先を思いついたと言い訳するつもりだったのに、まさかこんなに早く響貴を狙い打ってくるとは。

「クリスマスに二人が出来てればそれでよかったんだけどね。どうやらそれはなさそうだし、こうして私達は果凛ちゃんのヘッドハンティングにかかったってわけ。目的があえば、協力出来る」

「そういう会か今日は」

「私達の目的はちづ姉と響貴をくっつけること。そっちもそういう類《たぐい》なんじゃない？　ちなみにさっきから部外者みたいな顔してるけど大賀ニキもノリノリだから。旅館でも逐一男子部屋の様子ラインしてきてたし。果凛ちゃんの仕掛け人初心者な怪しさも筒抜けだった」

「大賀さん……」

人を食ったような顔で肩をすくめる年上の友達に呆れた目を向けながら、俺は迷った。

ここでこちらの作戦を明かし、彼女らの思惑通り協力出来れば、選択肢は大きく広がるだろう。俺らにも利がある。ハナオの容赦のなさや舞たんの幹事力が俺にはない発想をくれるかもしれない。あと意外と乗り気だという大賀さんも。

ただ、それは目的が合致していればという話だ。俺が動いていた告白大作戦は、千鶴と響貴をくっつけるためのものじゃない。微妙にずれている。

一方で、目的地が違っても道筋は一緒だという考え方もある。目的はばらさず、響貴に告白させるまでなら仲間になれる。なにせこっちにはタイムリミットがあって、千鶴は戦意喪失している。今、俺一人でどうにかするのはもう無理かもしれない。

「そういえば、なんで今さら二人をくっつけようと思ったんだ？　相手がいないことは、旅行の時に訊いてたから知らなかったんだろ」

時間稼ぎの意味もあったし、協定を結ぶか決裂する前に少しでも情報を得ようとした。友達の裏をかこうとして、ずるい大人になったなほんと。

舞たんが手を挙げる。

「言い出したのは私だから答えます。千鶴に関しては、一年くらい前にリモート女子会をした時に、彼氏いるのを確認してた。でも、これは、私だけじゃなくて華生も言ってたんだけど、千鶴のことだからもう別れてるだろうって」

「大学時代から年単位で付き合ってるの見たことないもん」

実はそうだ。千鶴は、あいつの恋愛に対する漫画みたいな熱量に見合う男が今までいなかったのか、付き合っては三ヶ月くらいで別れを繰り返して来てた。だから千鶴も結婚が決まるまで自分から言い出さなかったんだろう。

つまり一年続いた末の結婚って、相手がよっぽどの理解者ということなんだ多分。

「千鶴に新しい相手がいるならそれはその時として、次に別れたタイミングを狙えばいいという話になって、本当は今年の一月から始める予定を立ててたの。旅行が入ったから多少フライングしたんだよね」

「響貴に本気の相手がいるかどうかは運だったけど、ちょくちょく大賀ニキから情報貰ってた」

大賀さんはこくりこくりと頷いている。作品見たら、の連絡はその意味もあったのか。気持ちは、ばれてないんだな。

「今年の一月っていうのは？」

「千鶴が三十になるでしょ？」

その通り、一月二十二日が千鶴の誕生日、これでみんな揃って三十代突入だ。

「果凛ちゃんはそこも気が合うんだと思うけど、あの女はほんと漫画みたいなこと言い出すじゃん。それがさっき舞が言ってた大学四年生の頃の話、はいどうぞ、私はおかわりを頼む」

「勝手だなー！　私も同じのお願い。いや果凛くんごめん、私と華生はさ、大学の頃も千鶴にずっと響貴くんと付き合えばいいのにって言ってたの。すぐ別れちゃう千鶴を知ってるから、理解してくれる人と一緒にいるのがいいだろうし、本当にお似合いだと思ってたしね。それを私達があまりに続けてたら、四年生の時、千鶴がこう言ったの」

ベタなことが好きな俺には、話の流れでなんとなく先が読めて、ゾッとした。

「三十になってどっちも結婚してなかったらちゃんと考える」

「あいつっぽいわー！」

そんな使い古された台詞を現実で言うやついるのかよ、って顔で笑いながら心の中で、重なったタイミングの悪さと、本人は絶対に覚えてないという確信と、ひょっとして響貴も同じようなこと考えてないだろうなという絶対に当たってほしくない想像から、悪寒が来た。思わずハナオが呼んだ店員にお湯割りを頼んでしまう。

舞たんとハナオの作戦がそんな時を超えた壮大なものだとは思わなかった。横で大賀さんが「ロマンチックだな」と呟く。この人が一番悪い大人な気がしてきた。

あと一年、早かったり遅かったりすれば今とは違う現実が訪れたのかもしれない。そう思うと、時の流れって本当に残酷だ。

「果凛ちゃんこそ、なんでこのタイミングに動いてるの？」

ハナオの疑問はもっともだった。しかし明らかに望みが俺達とは別で、ともすれば互いが敵ですらある相手にどう答えればいいか。俺の目的は、響貴の明確な失恋だ。相容《あいい》れない。かといって手を組むふりをして彼女らを誘導し、残り少ない時間で響貴の告白に持って行くなんて難題に立ち向かえるのか。

俺が言葉を選んでいるのに気づいたんだろう、舞たんが自らの顔の前で手を振る。

「くっつける、って言ってもね。そんな今すぐ結婚！　とか言いたいわけじゃもちろんなくて、人生で一回くらい付き合ってみてもいいんじゃない？　って提案をしたいの。千鶴は、響貴くんが友達過ぎて照れてるけど、この間の旅行でも一緒にいたら一番安心するって言ってたし、それがあの子の幸せに繋がればいいなと」

「もう三十超えて友達に戻れないこともないだろうし、ね、果凛ちゃん」

「う、うん」

思わず頷いてしまった。

「私も思ってることは舞と大体一緒かな。今更恥ずかしい言い方だけど、あの二人が好きだからね。ひょっとしたら一番良いかもしれない選択肢を、照れとかプライドが阻んでるのはもったいないと思う。後悔してほしくない。はいどうぞお待たせしました大賀ニキ」

「気遣い人間の響貴に、安心して帰れる場所があればいいなとは思ってる」

「俺だってそうだよ」

皆の思いに誘発され、考えなしに心の先端にあった言葉を出してしまった。心が脳を追い越した。大人の発言としてあまり推奨される種類のものではない。

ただおかげで自分の勘違いには気付けた。

友達と敵対なんてしていない。

くっつかせたい、失恋させたい、それらはどちらも相反するような理由じゃない。あの二人が好きで、幸せになってほしい。後悔しないでほしい。それだけなんだ。あまりに嘘偽りない心がもはや恥ずかしいくらいだった。

作戦を開始した個室で、千鶴が言ってくれた言葉を思い出す。

怒ってくれていい。これは、裏切りだ。

もちろん相手の事情もあるだろうし、多少は加工する。千鶴や響貴の今後に支障がないようある程度は削る。

「あの、実は」

千鶴には最近結婚を約束した恋人がいる。相手の事情で今は基本的に伏せている。自分はたまたま二人が居合わせたところに遭遇し知った。響貴が千鶴のことを好きだと考える俺は、二人に直接は働きかけず勝手ながら旅行やディナーをセッティングし、せめて後悔がないよう響貴が伝えられるタイミングと機会を作っていた。

話を聞いた三人は驚いた顔をして、すぐ思案を始めた。該当するような記憶を、頭の奥から取り出そうとしてるみたいだった。

「婚約までしてるんだ、そして片想いは響貴くんの方なんだ」

「私は自覚なしの両片想いだと思ってた。果凛ちゃんの感じ方で構わないんだけど、ちづ姉のそれはきちんと成立しそうなの？　あと響貴の片想いはほんとに？」

「千鶴の方は、今までとは違う感じがしてる。響貴の方は、少なくとも俺はっていう前提で、間違いないと思う。自覚もあると思ってる」

「響貴はちづ姉の婚約知らないんだよね？」

「知ったら絶対話題にのぼるだろうからな」

「つまり、これ悪い意味じゃないんだけど、果凛ちゃんは成功しないとは知ってるけど、響貴にはちづ姉に告白して心の整理をしてほしいと思ってるわけね」

「そう」

　文章にしてちゃんと聞いたら最悪なことやってるな。俺の罪悪感をぶっ刺そうとしたわけじゃないだろうけど、ハナオの方からしっかりした舌打ちが聞こえた。

「果凛ちゃんの感覚が正しかったとしたら、あいつ好きな女を自分ちに呼んでただ泊めるってどういう了見だよ」

「旅行の時言ってたやつな」

「それもだけど、クリスマスディナーの後に響貴の家で二人飲んだらしくて、また千鶴に絡まれたって笑ってたよあいつ」

　俺も二人から聞いた。響貴は上手く千鶴の落ち度を隠し、千鶴は恥じながら自らの醜態をつまびらかに懺悔《ざんげ》していた。

「俺は、そんな状況でも何も言わなかったなら、もう仕方ないかって思い始めてた」

肉刺しを食べ終わった人間はまだ一人もいなかったけれど、次のメニューであるタンの煮込みが運ばれてきた。もちろん放っておかれる。

「響貴くんって付き合ってた人、前にいたのはいつなんだろう？」

「俺の認識では、ちゃんと付き合ってたっていうのは、もう五、六年」

大賀さんを見ると、二度頷いた。

「それが丸々、片想い期間ってこと？」

「かもしれない」

「大丈夫かな響貴くん、想いを伝えない後悔もそうだけど、そんながっつり片想いしてる相手、しかも千鶴が、結婚って」

「だからせめて、すっきりした方がいいんじゃないかと思ったんだよ。舞たん達のくっつけるっていう作戦がまだ効くならよかったけど、千鶴には相手がいて、どうにか響貴の気持ちだけでも」

「う――――――――――――ん」

今のはハナオの唸り。舌打ち後の発言以来、黙って後ろに両手を突き天井を見上げていた彼女から突然サイレンが鳴った。まあそんな声をあげたくなるのは分かる。響貴がどうすれば動くのか答えが見つからない。もっと欲望に忠実な人間が相手なら、千鶴が全てを告げる瞬間まで待って危機感を持たせる、なんて作戦もあるのかもしれないけれど、響貴の場合それは確実な失敗を意味する。大賀さんの言う気遣い人間のあいつが、好きな相手であり親友の結婚に水を差すわけない。

「さっき言ったように、半分諦めもあるから何か進展があればと三人に話した。一応言うけど内密」

「あのさあ」

自分の世界から戻ってきたハナオが俺の言葉を遮った。彼女は腕を組んで目をつぶり、首を一回傾げる。それから音がするような激しいまばたきをして、こっちを向いた。

「今から言うこと、冗談とか意地悪じゃないし、私にも果凛ちゃんや舞や大賀ニキに嫌われたくない気持ちはあるんだっていう前提で聞いてくれる？」

「なんか知らねえけど怖いよ、聞くけど」

「響貴のは仮だとしても、全員の望みをまとめるとさ」

ハナオの容赦のなさは、俺が考えもしなかった手段を導きだすかもしれない。

「ちづ姉を心変わりさせる方が早いでしょ。あと簡単」

「いや、だから婚約してるんだって」

「たかが婚約でしょ？　お金払えば破棄出来るよそんなの」

流石に千鶴に対してひどすぎる、って、先ほどの前提がなければ反射的に思ってしまっただろう。舞たんは目を可能な限り丸くし、大賀さんは顎に手を当てて、次の言葉を待っている。

「響貴のそれはさ、もう信念だよ。ずっと好きなら、もう自分からは言わないって多分。それに比べて婚約はただの契約じゃん。どっちが折りやすいかなんて決まってる。みんな二人に幸せになってほしいんでしょ？　もちろん、響貴にも」

千鶴や響貴だけじゃなく、俺はハナオとも十年来の友達で、だから彼女がただ俺達を言い負かしたいわけじゃないことくらい分かってた。あえて強い言葉を選ぶのは、相手の常識にひびを入れようとしている時だ。

「私はそうだよ。知らない、急に現れた婚約相手のことなんて」

はっきり言い返そうとしたけど、常識以外、自分自身の言葉なんて、それこそ信念を持つハナオに太刀打ちできるようなものをすぐには見つけられない。

「千鶴が選んだ相手だぞ」

精いっぱいだ。

「年齢は関係ない？　三十だから、これくらいが妥当だから、なんとなくプロポーズしたされたはない？　そういう年だよ？　収入は？　地位は？　顔は？　体形は？　どれで相手を選んででもいいけど、響貴があの子を好きじゃなかったなら、だ。私は響貴と一緒になってほしい」

すぐ怖い質問が来ると分かった。セットした目覚ましのアラームが鳴る一分前に起きてしまうような朝を思い出す。

「果凛ちゃんは違うの？」

「舞たんなんとか言ってやってくれよ」

対等な関係であることは間違いなく、ただやはりその中にもある役割として感情豊かな千鶴と自由なハナオの手綱を握ってきた、悪く言えばフォローをさせられてきた、良識の顔を見る。

そこにいつものドヤ顔はなかった。代わりにまるで、今にも罪悪感におしつぶされんとするような彼女がいた。

「私は、華生みたいに、たかが婚約だとは思えない」

「そりゃそうだよ」

「でも、ごめん、果凜くん」

今度は頭を下げず、舞たんはまっすぐ俺の目を見た。

「相手の立場とか思うのは私の一部分だけで、本当の本当は、響貴くんより千鶴を大切にする人の想像がつかない」

おかしなことだ、想像がつかないって言葉で、想像をしてしまうのは。

「しかも、大好きなんでしょ？　ごめん、本当に」

「いや」

これを舞たんのせいだなんて言うのはお門違いだ、きっと自分でも気づかないうちに隠してた宝の箱を表に出してしまい、女子二人にふたを開けられただけだ。

ずっと抑え込んでいた想像をしてしまった。

親友二人が仲良く暮らす家に、いずれ子どもが生まれ、そこに親子で楽しめるようなお菓子やおもちゃを買って出かけ「大きくなったな」なんて言う、自分の姿を。

「大賀さんは」

「無暗に肯定はしない」

彼なりの言い回しながらいつも、自分自身の考えを答えてくれる。

「肯定されるかどうかで決定を下さない自分やみんなの味方をしたいとは思う」

逃げ場を失い、違うなこの言い方もずるい、逃げることも逃げないことも自身で選択が出来る。その中で俺は自分自身の意思をはっきりと認め、全てを取り払った気持ちを自覚し、誰のせいにすることもなく、三人に向けて頷いた。

「確かめよう、ただし一度だけ」

大人のくせに、四人も揃って友達の恋愛に口を出そうなんて、馬鹿馬鹿しい。そんな風に言いきれる大人になってしまうんだとあの頃は思ってた。

ようやく口に運んだ牛タンは冷めていて、きっと店側が食べさせたい味ではなかったのだろうけれど、まだ美味しかった。

そこから話し合いが始まった。真ん中に設置された鉄板でメインの霜降り肉が焼かれ終わった頃、プレゼンター舞たんを中心とした、千鶴の思いを揺らすイベント計画が出来上がる。

「華生の家の子達が、私達みたいな悪い人間にならないことを祈るばかりだよ」

拭い去れない罪悪感と肉を一緒に噛み締める舞たんを、母が笑う。

「何言ってんの。私くらい悪いやつにならないとこんな世界で生き残れないよ」

鋭利な子育て方針にみんなで苦笑するやら納得するやらしていたら、急にハナオが真剣な表情で静かに語った。

「よくても悪くてもね、望むものに手を伸ばしてほしいんだ」

ハナオは、なんだかんだ真摯で友達想いだよなという印象は本物だとして。

作戦決行当日の朝、全員がリアルタイムで会話を聞けるよう、スマホに繋ぐ集音マイクやワイヤレスイヤホンを渡された時には、もしや遊んでるだけなんじゃないかと一抹の不安を覚えた。

「いや用意したの大賀ニキだから」

「え⁉」

「依頼されただけ」

やっぱりこの人が一番よくない大人な気がする。


下腹部あたりがこのまま燃焼でもするのかというような罪悪感にも、三十年生きてれば過去に覚えがある。なので自己嫌悪や後悔からも、いつかは自分の力で立ち直らなければならないと知ってる。

年末年始は実家でゆっくり過ごした。うちの彼ともそれぞれの実家で過ごす最後の年かもしれないからと、干渉し合わないことに決めた。舞によって企画された新年会には果凛の配慮もあって行かなかった。多分まだ響貴と顔を合わせるのはしんどいだろうってことで。それはそれとして悩みもしたんだけれどもね。

半月ほどかけ「このまま敗走で終われるかよ」と作戦への気持ちを練り上げ復活させた頃、舞から嬉しい連絡が入った。私の誕生日を祝うために一月か二月のどこか一日を空けてほしいというのだ。二月になれば互いの両親への挨拶など計画していたものの、一月は比較的余裕があった。候補をあげさせてもらい、開催日は一月の最終土曜日に決まった。華生も加えた女子会の話は聞いていたので、三人でディズニーランドにでも行くのかな、なんて適当に考えていたら流石は舞、私の予想を軽やかにかわしてきた。

『私のアテンドで都会オリエンテーリングをやるよ！　街中を歩いて、行ったお店にそれぞれスタンバってる友達がいるから、千鶴への誕生日プレゼントを一緒に選んでもらうイベントさ！』

ドヤ顔が声から伝わってくるようだった。

「何店舗も行くの？　私の誕生日だけ豪華過ぎない⁉」

『末っ子が三十歳になるわけだからね。ちなみにメンバーは去年旅行したみんな。千鶴も誰かに誕生日プレゼント渡し忘れてたら、この機会にお返しするのもちょうどいいかと思って』

「確かに、舞と響貴にしかあげてない」

十月が誕生日の舞には旅行の幹事を務めてもらったお礼も兼ねて、美味しいと評判のトマトジュースセットを贈った。五月誕生日の響貴には、もう何年も果凛と連名でウイスキーの響を贈っている。じゃあ果凛には？　って感じだけどあいつも別に毎年くれないからな。響貴宛が習慣と化してるだけだ。全員が三十を超えた今年、何か贈り合うのは単純に楽しい。グループ付き合いではあるけど、人間関係に対する考え方の基本は私とあなたの一対一だ。

当たり前のことに思い至る。あの夜以来一ヶ月ぶりに響貴と会うのか。落ち着いて思い返せば誤魔化しようもなく、酔ってぶちぎれてやけくそでキスしようとして力尽きて抱き着いて泣いたあの夜。改めて友達に最悪だな！　男女逆なら犯罪だぞ。いや逆じゃなくてもだよ！　そう思ったらあの夜の私を殺してくれてありがとうアルコール。そしてあまりにも寛大な友達。どっちともあれから距離を取ってた。

『念のためだけど、みんなから詳細は探らず当日楽しんでね。私から特別なプレゼントもあるから』

舞の指示通り、私はその日までの毎日を仕事とプライベートに打ち込んで過ごした。一夜だけ果凛とゲームをしながら通信で告白大作戦再出発に向けての会議をしたけど、具体的な策は生まれなかった。現実問題、旅行中に二人きりでも、特別な日のディナーでも、あれだけ密着してても響貴からは何も言われなかったのだ。そもそもあいつ私のことただの友達としか思ってないんじゃねえのか、って逃げの言葉を選べば楽になる。それでも確信があるから、「まだ諦めるのは早い」と自分を奮い立たせた。次はなんだ、余命宣告でも受けたって嘘つく？　それは流石に私の倫理観が。いやこないだのは許されると思ってるわけじゃなく。

そうやって気を揉《も》むことは残されていたとしても、誕生日を数日通り過ぎたイベント当日の朝、起きてからの私はおおむねわくわく出来ていた。

友達がみんなで私を祝ってくれるなんて、最高の一日だ。後ろ向きな気持ちで迎えるのは、もったいないし申し訳ない。舞と約束してる集合時間は十一時。私は朝ごはんを食べ化粧をして季節に見合った服装を選んだ。街の雰囲気を考えるとカジュアル過ぎない方がいいかもしれない、革ジャンではない上着を着て小さい肩掛け鞄を持ち一人暮らしの家を出た。

風の少ない晴れ渡った空は友達と遊びに出かけるのにおあつらえ向きだ。

「ようこそ本日は千鶴さまの為に企画されたこちらのアトラクションにご参加くださりありがとうございます。私、アテンドを務めさせていただきます、兵動《ひょうどう》舞と申します」

「あら、何卒《なにとぞ》よろしくお願いいたします」

百貨店前で待ち合わせた舞は、案内人風なんだろうコートとシャツにスカートをブラックコーデにまとめ、首から上をいつものドヤ顔にハットで飾って現れた。

「早速だけど、一店舗目へ向かいましょう」

舞はスマホだってあるだろうにわざわざ重そうな洋書風のメモ帳を広げる。パフォーマンスでも楽しませてくれるのが彼女だ。何の店なのかも、誰がいるのかも、どうせ上手くセッティングをしてくれているのだろうから訊かない。

「二店舗終わったらお昼ご飯ね。買い物中は私消えるけど、お昼は一緒に食べよう」

「買い物中もいてくれていいのに」

「みんなが千鶴とお買い物デートするの楽しみにしてるから、もちろん私も」

誕生日のリップサービスでも嬉しいし、緊張が走った。このアトラクションを思いついたのは舞でも、響貴だって賛成したということだ。一体どういう気持ちで。

心の臨戦態勢を整える為に最初は響貴じゃない方がいい。なんて私の思惑に配慮したわけではないだろうけど、街中を約五分てくてく歩いていくと、有名チョコレートブランドの路面店前に見慣れた髭が立っていた。

「おはよ果凛、随分洒落たお店に」

言いながら私はまずほっとした。果凛との気楽さは朝一にぴったりだ。華生や大賀さんが嫌なわけじゃなくて、それぞれとの関係性の楽しみ方があるってこと。

「甘党代表としてここに配属された」

「なるほどね」

「お二人ともどうぞお買い物を楽しんで。それではしばしのお別れです」

舞は決めていた台詞なのだろうか、流暢《りゅうちょう》に口にするとすぐに背を向け十字路を曲がり姿を消した。不思議な町の魔法使いみたいな去り方に小さな拍手を贈る。

今日のイベントを告白大作戦の為には利用しないと決めていた。

事前に果凛から『せっかくの舞たん企画だし、明日は作戦のこと忘れて楽しんで。また次の日から作戦会議でもしよ』って気遣いのラインを受け取った。友達の気持ちを無下にはしたくない。私は普段より過剰に口角を上げた笑顔を見せ、果凛もそれに対応した表情を作ったことで、横たわる問題を今日はいったん脇に置いた。

ところで実は、私チョコレートがかなり好き。大学時代に、舞がお菓子会社に就職したら一番に試食させてって、ずっと言ってたのがこの私だ。

なのでさっき果凛の顔を見てほっとしながら、テンションはしっかり上がっていた。店の中に入ればそこはまるでお菓子の家かと思うような甘い匂いに満ちていて、嗅覚《きゅうかく》からの幸福は脳を活性化させる。一日を楽しみにできる良いスタートが切れる。私の感覚に想像でアクセスした舞のチョイス、流石。

「うひー、ずっといたら虫歯になりそう良い意味で」

「本で実店舗名出してたら修正させられるぞ」

「久しぶりに来たなこういうちゃんとしたチョコレート屋さん」

ひそひそと話す私達の関係をどう思ったのか分からない。店員の女性が「何かありましたらお気軽にご相談ください」と声をかけてくれる。今のところは何もない。

「バレンタインとかで来ないんだな」

「義理チョコは二十五でやめたし、本命はいつも手作りにしてる」

「毎度毎度、千鶴っぽいわ」

「どこが？」

「さらっとしてぱきっとして気持ち重めなのが」

「好みのチョコレートだ」

おおあとがよろしいようで、ってところで果凜に一つ提案をした。響貴とクリスマスディナーの時に駒込夫人へのプレゼントをしようって話をしたんだけれど、まずは私から二人にチョコレートのセットを贈ってもよいか。言わなくとも、もちろんそこには果凜を作戦に駆り出してるしってのも含まれる。

「うん、うちの奥さんも喜ぶと思う」

奥さんには結婚式で会って以来だ。カラッとした笑顔が印象的で目に浮かぶ。あとあえてここで蒸し返すことじゃないけど、死ぬまで大切にされなかったらやっぱり果凛は私が殺すから安心してほしい。

ショーケースに並んでる商品をあーだこーだ言いながら見比べて、私と果凛は同じものを贈り合うことに決めた。お店のシグネチャーなセットで十六個入りだ。それらは宅配で各家に届けてもらうとして、私は三粒入りの箱を別に購入する。それを早速お店の外で開け、果凛に一粒、彼がスマホで連絡するなり角を曲がって現れた魔法使いな舞に一粒あげて、一緒に味わった。街中で友達と高級チョコレートを立ち食いとは、大人の遊びだ。

「ごちそうさまでした。それではぼちぼち次のお店に向かおうかと思いますが、果凛くん何か言い残すことはありますか？」

一日で五店舗プラスランチも回るのだから当たり前だけど、三十分ほどのお買い物タイムはすぐに過ぎ去った。恐らく前半で時間に余裕を持たせたいのもあるだろう。

すかしてんのかチョコ屋さんに入った時からポケットに手を突っ込んでいた果凛は、そのまままたすかしたことを言った。

「真っすぐ素直に千鶴らしく一日楽しんで」

「小学校の標語みたい。後でまた会う？」

「まあまあいったんな」

そう言うと恐らく舞の真似なのだろうけど、すんなり背を向けて去っていった。十字路を曲がる時の背中が笑っていたから、「あいつちょっとコンセプト馬鹿にしてる」とチクってやった。

舞にさっきの店で何を買ったのか報告しながら、コンクリートの歩道をまたゆっくり歩いていく。次の目的地も近くて、三ブロック進んだ先を二回左折すると、見覚えある場所の前で良く知る顔が待っていた。

「はっぴばーすでぃ、ちづ姉」

「ありがとう！　正直、音楽系あるなら響貴かと思ってた」

「子ども達に簡単な楽器触らせたくてさあ」

「私利私欲だ！」

二人で笑っていたら、舞は買い物を楽しんでほしいとメッセージを残し再び路地裏へ消えていく。

「魔法界に帰ってくみたいだけど、待ち時間カフェで茶ぁしばいてるだけだから」

「関西生まれがここで」

しばかれる茶はともかくとして、私はまたもお店に足を踏み入れる前からこっそり心を躍らせている。本当にいちいちチョイスが良い。

二軒目、ここは建物全体を店舗とした大きな楽器店。ホールや音楽教室まで入っている贅沢《ぜいたく》な場所で、私は一度だけ大学時代に響貴を含めた軽音部のメンバーと冷やかしに来たことがある。

普段足を踏み入れる楽器屋とは違う高級感がホテルのフロントみたいな一階から漂っていて、特別感がとても誕生日だ。

「何でも買ってあげるよ。新しいギターにする？」

「私が返せなくなるからほどほどにして。それに次買うギターはもう決めてるんだよね、ずっと憧《あこが》れてたけど趣味で持つには高いから三十超えたらって」

「高くても一生使うなら買ってあげるのに。我等友情永久不滅でしょ？」

「うっわ！　中学生の時以来思い浮かべたこともなかったフレーズ聞いて今頭がパーってなった。いいの、一生使うから自分で買う」

華生のネタに変なアドレナリンが出て首筋に汗を感じた。

それは懐かしさに対するものでもあったし、彼女が口にした言葉の意味するところが、二人の間柄には全く似合わないと分かっていたからでもあった。狙ったのだろうか？

些細な疑問を連れたまま、まずはエスカレーターで地下に降りる。私が前に、華生が後ろに立った。足場が動いている間は特に何も言葉を交わさなかった。

実はその間さっきのドキッとも相まって私は、華生と二人きりの時に抱く独特の緊張感を普段より一割増しで背後に感じていた。

それはまるで居合斬りの射程に入っているようなひりつきだ。恐らくは似た感覚を華生側も持っていて、つまり友達として互いの性格や相性を正確に理解していることを意味する。じゃあさっきのはやっぱり狙ったんだろうな。露悪的な彼女の目的はあってないようなものだとは分かっていても、身構えてしまう。

居合斬り。他人がこの喩《たと》えを聞けば、多分ある種の勘違いをすると思う。私は、相手に斬られるんじゃないかと心配をしているんじゃない。いつも不安なのは、自分が間違って斬ってしまうんじゃないかの方だ。

私達は友達だけど、とても悪く言ってしまうとお互い、明日にはこの子のことを嫌いになっているかもしれない自覚がある。華生も絶対にそう思ってる。

けれど今は好きでいられる。そういった危うい関係から感じられる香りはシナモンのようなニュアンスを持つ。さっき一緒に買い物をした果凛との間には感じられない、刺激的なエッセンスを私は特別な絆《きずな》だと信じているけれども、言葉で確認し合ったことはない。ひょっとすればただの一時休戦なのかもしれないのが、ちょっと怖くていつも心にひっかかっている。

きっかけを語ると大学二年生時にあったもろもろ、すれ違いや睨み合いや無視のし合いで非常に長くなる。大人になってみれば、ようは互いの正義が嚙み合わなかったってだけだと分かるけど、今でも華生とその話はしないし、他のみんなは明らかに地雷だと思って触れるのを避けている。

「おお、すごい完全にバンドコーナーじゃん」

「来たことないんだ？　私もこの階しか入ったことない」

先ほど言った購入予定のギターはそもそもメーカーが違うので置いていない。でも華生に私の夢を見せたくて、ネットに出てる商品情報をスマホで検索した。

「これ。ブラックファルコンっていう」

「いいね、名前もデザインも馬鹿な男の頭ん中って感じがして」

私や多くのギターファン、その他ジェンダー的な問題とか色んなものに引っかかるようなことを平気で言って、「褒め言葉だよ」と華生は何事もなさそうに付け加えた。それ言っとけばなんでも許されると思うなよ。

「確かにがきんちょが買う値段じゃないかも」

「がきんちょが無理して買っちゃうってのも憧れたけどね」

「過ぎ去った憧れの方が美しいでしょ。それじゃあ私はちづ姉がお試しで弾いてみたい楽器買ってあげよかな」

「相変わらず名言っぽいこと言ってすぐ流せるのすごいな。あっ」

自身への評価にドライな華生の提案で、私はうちのバンドのオリジナル楽曲に活用し、いずれはステージ上に持ち込みたいと考えていた楽器の存在を思い出した。きっと値段も手ごろなんじゃないだろうか。

「タンバリン、にしようかな」

「うちの子達に？」

「ううん私が欲しい」

「え、ちづ姉そんなファンシーな音楽やってたっけ？」

「タンバリンって結構バンドマン使うんだよ。そうだ、娘ちゃん達にもお揃いの買ってあげようかな！　一緒に叩きたい」

「人んちの子と物理的に波長を合わせようとしてるの怖いんですけど」

そんなこと言われたら逆にはっきり目当てが決まった。でもせっかくなので、他の商品もぐるっと見ていく。デートの時間は大事にしたい。初心者向けから最上級品まで様々な価格帯の楽器達を眺めながら、お互い最近聴いている音楽の話をした。

「ちづ姉が好きなあのバンドまだ活動してる？」

「してるよ！　この間も新譜出した。相変わらず音がかっこいいし、歌詞の価値観も超よかった」

「私は歌詞軽視だからなあ」

「それ昔から言ってるよね。そんな奴いるの？　って最初思ったもん」

「歌詞あってもいいけど、言葉の響きだけよくて何言ってるか分からないくらいなのがいい」

だから私達は一緒のアーティストを見に行ったことなんてないし、カラオケも二人きりでは行かない。みんながいるカラオケでは華生はいつも中島《なかじま》みゆきの曲をしっとり歌いあげる。それは好きなんかい。

いよいよ私達は、パーカッション類の置いてある上階へとエレベーターで向かう。着いてすぐ見かけた男性店員さんに場所を訊くと、コンサート用の数万円するものを紹介された。華生が「タンバリンが？」と私の気持ちを代弁してくれたことで店員さんにも全てが伝わったらしく、高級革の張ってないタイプをすすめられた。ただ残念ながら幼児が使うにはまだちょっと素材がふさわしくないそうだ。一緒に叩くための子ども用は、私が後日別の店で探して贈ることになった。小さいキーボードとも迷ったけど、二人ともに一つずつあった方がいいでしょ。

タンバリンを簡単にラッピングしてもらって、華生の手から大切に受け取る。

「ありがとう、ライブで使う時には連絡する」

受け取る際に手を握ったら、華生は逆にふわっと手の力を抜いた。知ってる、嫌がってるわけじゃなくて照れてるだけだ。先生って呼ばれる人種は正面からの礼に弱いみたいだ、なんでだろう。上辺の礼を受け取りすぎたのかもしれない。

デートの終わりは名残惜しい。レジ前を離れたら、どこかでお茶してる魔法使いを召喚するため華生がスマホを取りだして操作する、とばかり思ってた。

二人でエレベーターに乗って一階まで降りる。外に出ても、連絡してないから当たり前に舞はいない。

「私がラインしようか？」

ひょっとしたらスマホを忘れたのかも、そう思って訊くと華生は首を横にふった。

「舞呼ぶ前にちょっとだけいい？」

「うん、何改まって」

私達は入り口の前から五歩外れ、近い距離で向き合う。横を通行人が過ぎていく以外は、まるで告白されるみたいな状況だった。

「いや、こんな機会なかったら言わないと思って」

「その喋り出しは何、怖いんだけど」

今まで意図的に言わなかったってことは、言うべきではないか、もしくは言いたくなかったかのどちらかじゃないのか。

「この年になるまで塞いでたから」

なにやら飛躍した予想を私がする前に、華生は急に気をつけの姿勢をとった。

そして両腕を体に沿わせたままぺこりと、腰を折り頭を下げた。

「あの時はごめん。ちゃんと謝ってなかった」

人間の記憶って複雑で単純だ。

華生は詳しく説明しなかった。なのに、あの時という、無限に可能性を考えうる言葉で、私の頭を何種類もの映像が、感情が、香りが駆け巡った。

一気に、華生の姿がぼやけた。

「そんな急にやめてよこんなとこで華生お！　化粧が。私もあの時には謝れなかったごめん！」

私も急いで頭を下げる。下を向いたというのに、涙は目から直接地面に落ちず、わざわざ頬を伝っていった。横を通り過ぎる通行人の視線を感じる。不思議な光景だろう。

彼らに、十年前の喧嘩がこんな場所でようやく雪解けを迎えたと言ったら、呆れられるだろうか。

もし詳しく説明を求められたとしても、ちゃんと伝えることは出来ないように思った。どれだけ言葉を駆使し、あの時、腕を摑んで振り払われた指の痛みや、友達に向けてしまった視線の冷たさを説明しようと、あの鮮烈な時を共有していなければきっと分からない。互いの生き方を卑怯《ひきょう》だと感じていて、伝え合ってしまった。言葉にして客観視すればなんとも若いきっかけでしかない。だからこそこの心に貼りついていた怖さを剝《は》がす感触は、他の大人に決して理解出来ないはずだ。

「この女殺すと思ってごめん」

「ごめん私も思ったあ」

子どもみたいなことを言いながら今更ながら真剣に謝る。全く年末年始に私はどれだけ体内の水分を友達への謝罪に使っているんだ。もちろん母である華生の方がいくらか大人で、彼女はジャケットのポケットから綺麗に畳まれたブランド品のハンカチを取り出すと、私の手に握らせた。

「これも誕生日プレゼント。絶対泣くだろうと思ったから」

「じゃあ後の予定がある時に言うなあ、でもありがとう」

良い匂いのするハンカチで目もとを拭う。申し訳ないけどお店のガラスを鏡にしてちょっと顔をチェックする。

「ほんと華生さあ、タイミング」

「お互い三十になったし素直になろうかと思って」

「嬉しいけど」

「舞がせっかく機会をくれたしね。他にもなんかあったかなあ。せっかく誕生日だし、ちづ姉もまだ言い足りなかったら受け止めたげるよ」

「私?」

目の下をちょんちょんとしながら考えてみる。華生の言い方から察するに、言わせたいことがあるのかも。でも私にはもう響貴みたいに言えてない想いなんてない。なんだろう、思いつくとすれば。

「え、あのもしかして」

探ってみても、あれくらいだ。

近くで舞が自主的に待機している可能性も考え、華生に二歩近づく。彼女も動作の意味を分かってくれたみたいで、顔を寄せた。

「果凜、とのことじゃないよね？　その、結婚前の、ワンナイ、と？」

珍しい表情だった、華生にしては。素早く顔を引き目を丸くして、それからじわじわと震え、やがて耐えきれなくなったというように噴き出し、腹を抱えて笑い出した。

「あんたこそタイミング！」

「違う⁉　ごめん！　実はちょっと風の便りで」

「私は良いけどさあ。どっかで察知して冷や汗かいてるかもよ。申し訳ないなあ」

涙まで出てきたみたいで目元を拭いながらニヤニヤとそんなことを言える華生に、邪悪なんてとっくに通り越した胆力を感じる。

「華生より、相手がいた方にかなり非があるよ」

「そうかなあ、私は瞬間の気持ちに嘘なんてなかったって信じてるけど。たとえ、どんな状況に置かれてたとしても」

「うーん、にしても」

籍入れてなかったたっつってもなあ。

「あと一生いじれる相手が出来て楽しい」

「やっぱり華生も悪いな」

共犯という結論が出たところで、華生が「これ以上は可哀そうだ」とスマホを取りだし舞に連絡をした。なんだかんだ、この場のことを知りようもない相手まで気遣える優しい子なのだ。ラインかメールを送ったら三分ほどで、十字路を曲がり案内人が現れる。

「あれ？　舞、なんか怒ってる？」

「私？　まさか怒ってない怒ってない！　こんなハッピーな日に。ねえ華生、私なんか変に見える？」

「全然」

すくめられた華生の肩を舞が一回ぽんと触り、これからの予定が発表される。

「それではここからランチタイムで女子会となります。事前に華生から千鶴が泣くと思うのでお化粧直しが出来る環境をと承っておりました」

「準備良すぎぃ」

ありがたい。響貴はともかく、大賀さんにこんな日に泣いてるのを見られたら心配されてしまう。見慣れられてりゃいいわけではない。

舞が予約してくれていたのは、最初に待ち合わせた百貨店の中にあるパスタの美味しいお店だった。まだ少し時間があったので、お言葉に甘えて化粧室でささっとメイクを直して戻る。そしたら華生と舞が怖いくらいの不自然な笑顔で囁きあっていた。ひょっとしてまた何か私への仕掛けについて話し合っていたのだろうか、もうちょっと時間をかけたらよかったかもしれない。

お昼ご飯中は思い出話で泣かされることもなく、会社の健康診断がザルすぎるから三十を超えたタイミングで一回くらい人間ドックを検討した方がいいとか、出産に伴う母体への負担とか、他人の育休を休みだと思ってる奴は社会の為に殺した方がいいとか、とても十代で出会った頃には考えられない話をしながら店の一押しパスタを口に運んだ。華生や舞は赤裸々に語っていたのに、うちのはあんまり子どもに興味なさそうなんだよな、とはまだ報告してないので言えないのを申し訳なく、そして心細く思った。

楽しくお喋りをして一時間ほど、華生が夕方には子ども達を実家から引き取らなきゃならないということで、今日のお別れを告げられた。改めてのお礼を真正面から伝えると、やっぱり少し照れ臭そうにしていた。

「タンバリンは一時、私が預かるね」

舞の言葉に甘え、袋を渡して次の目的地へ向かう。ひょっとしたら魔法使いにしか利用できないロッカーがあるのかもしれないし、私の買い物中に茶でもしばいている果凛や響貴に預けてくるのかもしれない。どっちでもいいと思った。

次のメンバーとお店の系統は予測がついていた。それを見事に当てた私は、様々な店舗が入っている建物内の一角に彼を見つけて「ほらやっぱり」とつい口に出した。

「誕生日おめでとう千鶴さん」

大賀さんは、何故か私のことだけさんづけで呼ぶ。響貴の言葉を借りれば、顔が強キャラだからかもしれない。

「ありがとう、大賀さん。旅行の時の話から絶対こういう系だと思ってた」

私は、すぐそこにスペースを取っているアウトドアブランドの看板を指さす。「バレバレはちょっと照れるぞ」と、大賀さんは全然照れてない様子ではにかんだ。

「それでは、わたくしのことは気にせずゆっくりお買い物をお楽しみください」

三度目も同じように魔法使いはどこかに消えていく。大賀さんは「舞たんの関わるお菓子は魔法世界から着想を得てるのかもな」とだいぶロマンチックな感想を呟いた。

大賀さんと二人きりになるのは実に八年ぶりだった。

しっかり年数を覚えているのは、大学卒業前に食堂で会ってご飯を食べたのが最後だったからだ。かといって苦手なわけじゃないし、相手もそうだと思う。大学時代はこのグループ内で二人だけ受けてる授業もあったし、彼が提案したキャンプ場にみんなで行ったこともある。この前の旅行中に飲んでる時もその話になって、響貴が先輩と山登りをしたという話に私がちょっとだけ興味があると言ったら、いつか初心者向けな山登りでも企画しようかと提案してくれた。

だから今日は、そのイベントに必要なアウターやリュックなんかを選ぶんじゃないかと予想していたのだ。三十を超えてまだ友達のおかげで始められることがあるとは、素晴らしい。

「そうは思われてないかもしれないけど年上だからな、インスピレーションでグッと来たら値段を問わず」

出会った頃の私は十八歳、三つ上なんて高校時代もかぶってなかったわけで超年上に思え、とてもじゃないけどため口なんて使えないと思った。

「そう言われたら、びびっと来たの値段見ずにとっちゃおうかなー」

同じ学年だからいつしか敬語を忘れた、ってわけじゃないと思う。そういう相手もいるけど大賀さんには違う。

知っている言葉で出来る限りの説明をすれば、あの頃から大賀さんは私達に、年上に不遜《ふそん》な態度を取るという遊びを提供してくれていたような気がする。そしてそれを彼自身も楽しんでいる。だから対等な友達ではあってくれつつも、舞のように年齢差を完全に忘れさせるふるまいをしない。あくまで年上の友達として接してくれる。

さっき華生とあんな話をしたから、つい大賀さんとの関係も見つめ直してた。でもそういうのっていいのかもしれない。ちょうどみんなが三十を超えたタイミングで。きっかけは違えど、響貴とのことだってそうだ。

扉などないお店の中に一歩入り、まずは店頭のものから物色する。正直アウトドア系は完全な門外漢だ。社会人になって時間が限られてからはより一層。大学時代もそのキャンプ体験を除けば、観光地じゃない自然の中なんて夏フェスくらいしか記憶にない。超安いブルーシートに座って響貴達と「あちい」って言ってた思い出だ。

「定番はやっぱウインドブレーカーなのかな」

「もうちょっと手を伸ばしてもいい気がする」

金額で、か、もしくは個性か、判然としなかったけどあえて訊かなかった。大賀さんとは大学時代からわざと明確にせず会話を進めることがままあった。遠慮してツッコまないわけじゃなく適当さが楽しい。

そういえば、大学時代に大賀さんと街中で偶然会って盛り上がり、コンビニの酒で路上乾杯だけして別れたことあったな。意味分からないけど面白かったあれ。さっきの華生とのやりとりで、記憶が色々一緒に引きずり出されてきた気がする。

街で良く見るタイプのリュックの値札を見る。これは流石に背負うにも友達に背負わせるにも高いか、なんてくだらないことを考えていたら、大賀さんが横でグローブを見ながら出し抜けにいつも通り明確ではないことを言った。

「本来なら賛成しないんだ」

その意味を考えてみる。

「もしかして、私がこんな一日かけて祝ってもらってるのが?」

「まさか違うけど、そうだったら面白いな。こうやって商品選びながら。千鶴さんだけ盛大にやってもらって偉そうだな、とか」

「変な人どころじゃない」

静かに笑いあう。私は果凛達との馬鹿笑いも、華生との示し合わせたような笑いも、そしてこの大賀さんとの含み笑いも、大切に思って来た。卒業して社会人になってからは特に。

「祝う気持ちは思いっきりある。そうじゃなく、これは独り言で聞き流してくれていいから、Tシャツでも見ながら」

言われた通り、私はTシャツが重ねられた棚の前に移動し、特徴的なブランド名の可愛いデザインを見比べていく。値段も手ごろだしいいかも、アウトドアって感じじゃないけれど。

「本来、人が人の心をどうにかするなんて無理がある。強く言えば、思い上がりだな。人を根底から変えることはめちゃくちゃ難しい」

「大賀さんは思ってそう、自然の人だもん」

頷きながら一瞬、告白大作戦について言っているのかと思った。果凛が喋っていない限り、さすがにそんなわけはないし、私は心を動かそうとしてるんじゃなく行動させようとしてる。

「けど、心の奥底にある気持ちに、大切な誰かの願いが沿ったならそれは、変わってしまうというよりは、認識するって感覚に近い気がしてる」

「うん、なるほど？」

「あの魔法使いは今日、千鶴さんを祝う他にもう一つ、大きな願いを持ってあっちの世界からやってきたみたいだ」

広げていたTシャツを畳みながら、大賀さんの顔を見ずに「願い」とだけ呟いた。訊きたいことが伝わるだろうと信じた。

「あの子の願いが、千鶴さんの根底に沿ってるかどうか俺は知らない。でもこうして事前に独り言を喋っているのは、二人の友達として、結論がどうであれ真剣に向き合ってほしいからだな。どうか心に受け止める余地を残してほしい」

本当に明確な部分が一つもない。曖昧《あいまい》だ。でも、決まってる。二人の友達として。

「もちろん」

「安心した。勝手に」

私達は顔も見合わせず、隣のアウターコーナーを見ていく。防寒用のジャケットはかなりするけれど、薄手のものならば大人が贈りあうのに不都合のある値段じゃない。

「申し訳ないけど、知らないていでいてくれないか。前の二人と同じように本来は何も伝えないはずだったし、恨むなら俺を恨んでいいから」

「たまたま耳に入った独り言を報告しないから大丈夫。でもなんだろう出馬のお願いだったら困るな」

私の薄いボケにも、大賀さんは笑ってくれた。

言葉のまま何事もなかったように、私と大賀さんは服の生地を触り比べたり、体に合わせてみたりを繰り返した。結論として先の二人よりちょっとお高めの、一年中活用できるというフーディを買ってもらうことになった。店員さん曰く雨や紫外線防止にも大活躍だそうだ。それのマウンテンブルーといういかにもな色を一着キープしておいて、今度は大賀さんへの誕生日プレゼントを選ぶ。

もちろん、どの最中も頭のなかではずっと巡っていた。

聞いてよかったんだろうか、舞のことだから口止めも徹底していたはず。大賀さんが約束を破るほど、私が受け入れられないような願いなのだろうか。

今は買い物を全力で楽しもうと思っても、やはり考えてしまった。舞が一体何をしようとしてるのか。

真っ先に思い浮かぶのはもちろん響貴のことだ。旅行でも言われたし。だとすれば申し訳なくもあり、仕方なくもある。だって私には相手がいるもん。いざとなったら、ちゃんと説明しなければならない。もし今相手がいなかったとしても舞の願いを聞き入れることは出来なかった。

ってていうか、それは響貴に言ってくれって話で、友達である私を好きだった何年かの間にあいつは何も伝えてこなかった。こっちだって誰とも付き合ってない時期は当然あったのに。

他の話題ならいいな。なんなく聞き入れられる可能性もある。一緒に起業しよう、だったら今は無理でも業種と時期によっては話し合っていつか実現できるかもしれない。友達にゃ会計士もいる。

万が一、舞からの告白だったらどうしようか。いや性別がどうこう以前に友達二人から友情だけじゃ飽き足らず恋心まで向けられてるなんて自惚れもたいがいにした方がいい。

何であれ、報いたいとは思った。華生が勇気を出し謝ってくれたきっかけも恐らくそれなんだろう。舞の思惑に参加する過程で思い出して、だからあの子、機会をくれたと言った。副産物だとしても舞には感謝したい。

まったく、同じような時期に友達巻き込んだ作戦たてちゃってさ、仲良いな私達。

「これ別に遠慮とかじゃなくて」

色々と見比べた中で大賀さんが選んだのはバケットハットだった。私が受け取る服の三分の一以下の値段だ。正直なところアウトドア用のグッズはほとんど既に持っているらしい。だったら別のお店でもと提案したが、大賀さんはせっかくだから同じ店で贈り合おうと帽子をかぶったままレジに向かった。日焼けした肌と優しい顔によく似合っている。

別々で会計をしてもらい、お互いに手提げ袋を交換した。一体いつの間に呼んだのか、店を出ようと視線を向けた先に魔法使いが既にスタンバイしていた。彼女に今日の格好や消え方がそう見えることと、新商品の発想はそっちの世界から得てるんじゃないかと伝えてみたら、眉尻を下げさせてしまった。

「冗談でも何かを真似して作ったとは言えないよ」

「あ、そうだねごめん」

「だから、発売されたお菓子からこの世界にはなさそうな味や匂いがしても、内緒にしててね」

自分の唇に人差し指を立てる舞を見て、改めて私の友達は最高だなと思った。


多少のアクシデントはあったものの、前に一途で素晴らしいと評してくれた舞たんからこの世のものとは思えない白い目を向けられたくらいで、作戦は順調に進んでいる。

新年会で肉を育てながら俺達は、千鶴の揺るがし方について話し合った。

「ちづ姉はそもそも響貴との関係性を友達だと決めて他をシャットアウトしてるから、急に強いシチュエーション放りこんでも拒否反応示してダメなんだ。段階踏まなきゃ」

「周り倒さないと攻撃当たらないタイプのボス戦みたいだな」

「ゲームはポケモンしかしてない」

「一撃必殺技が効かないタイプのポケモン」

「なるほどね。そうだから、ちゃんとお膳立てをしてあげる必要がある。ちづ姉の感情と思考を少しずつ、響貴との関係性を見つめ直す土台に載せよう。誘《おび》き寄せて狩る」

俺の周りがそうなだけなのかもしれないが、撃ち抜くとか狩るとか女性陣は恋愛事の表現が物騒だ。

可能なのだろうか。自立した一人の大人の心を操るなんて、と実際レストランの予約を響貴に託した俺が心配を口にしたところ、「果凛ちゃんよりも更にチョロインなんだから」と受け止め方の難しい解説が入った。

朝から拠点にさせてもらってる喫茶店内の会議室で、残り少なくなったホットコーヒーを飲む。向かいの席にはハナオが千鶴にプレゼントしたタンバリンが置かれている。舞たんが先ほど持って来たものだ。女子会中はマイクを切ってあった為、ハナオから追加で何を聞いたやら舞たんは終始ニッコニコなのに俺と一切目を合わせず再度店を出ていった。こっちの修復も時間かかりそうだぞ。

ワイヤレスイヤホンで千鶴と大賀さんの会話を聞きながらこれからのことを思う。舞たんへの言い訳ではなく、まずは千鶴と響貴のことを。もし俺達の思惑通りに行ったら行かなかったら、どちらにせよ全員でのアフターケアが必要になる。俺の場合は特に上手く行かなかった時、舞たん達と行動に出たのはつまり裏切りなわけだから、きちんと説明をしなくちゃならない。

　自分が正しいだとか思っていない。そもそも誰も何もしなくたっていい。縁起でもない方を向けば千鶴の結婚生活は二、三年で幕を閉じるかもしれない。三組に一組が離婚する社会だ。そうなればまだ年齢は三十代前半、そこから響貴と人生を作ることだって十分に出来る。もっと言えば、四十代でも五十代でも響貴となら。そちらの可能性に賭《か》けないのは、響貴に待つ時間を過ごさせたくないからで、何より千鶴の悲しみを願いたくないから。二人それぞれの幸せを偽りなく思って今日の作戦がある。

　根本的には自分のためだろうと誰かに指摘されれば、そうだ。少なくとも今日の作戦に参加している四人は迷いなく頷く。気がつかないふりなんてしない。

　問題は今、その自分のためを俺は見失いつつある。響貴の失敗前提の告白も、千鶴の婚約破棄も、本来なら見たいはずがない。けれどこの作戦にのっている以上、過程なのだからその先を見据えるべきだと納得する自分ももちろんいる。

「わざと作戦をちょっとばらそう、心に緩衝材を作る」。ハナオの提案した通りの動きを大賀さんがこなしている様子がイヤホンからはずっと聞こえている、やがて買い物も終えたようだった。

　俺は呼び出しボタンを押し、来てくれた女性の店員にアイスのカフェオレを頼んだ。

舞に別の目的があるということで、より確実に残りの順番が知れた。満を持してのラスボスなら舞のドヤ感にもあっているし、もしお願いが響貴に関係あるとすれば、仲良くお買い物をさせてからの方が私ってほだされやすそうだ。自分で言うことじゃないけど分かってる。

仮に響貴関連だったとして、まあ恐らく色恋沙汰《ざた》だろう。あいつとの間にないものはそれくらいだ。舞に知られてないいだけで先日やけくそでキスしようとしたりは……。

「続いてはあちら、一階から全てのフロアが文房具屋さんという素敵な建物です」

「会計士っぽいな」

心に勝手なダメージを食らったまま つい口に出してしまった。

「あ、ごめん、次は私。会計士じゃなくて」

「ええ、普通に舞が最後かと思ってた！」

口が滑った動揺を咄嗟に隠したにしては上手くない？　あとで果凛に褒めさせよう。

「会計士の方が良かった？」

「いや、そういう、ことじゃなくて」

これは下手だった認める。なので舞からすればこれを機に畳みかけてきたってよかったのに、よくないいけど、なのに彼女は響貴の話題ではそれ以上攻めてこなかった。店頭で立ち止まって私にぺこりと頭を下げ、案内人からデート相手への転身を宣言した。

「日本一の文房具屋さんとも言われているお店で、来たことある？」

「文房具にこだわり全くなくて、いつも近所で済ませちゃう」

「それでは是非お楽しみを。みんなには悪いけど若干長めに時間もらってる」

「時間を引き延ばす魔法使っても誰も文句言わないよ」

本心で言った。同時に、その時間を使って私に伝えたい願いがあるのだなと、勘ぐって裏の納得をしてしまう自分が変に大人でちょっと嫌になる。私ってそうじゃないだろ、こう、さらっとぱきっと気持ち重めなはず、自分で言うな。

店内に入ったら、一階で飲み物が売られていてまず驚いた。カフェ併設なら分かるけど何故かレモネードだけ販売している。

「飲む？」

「今は大丈夫。もしかしてレモンがあるからここ響貴担当じゃなくなった？」

「響貴くんレモン嫌いなんだっけ？」

「あいつガラナと酸味が苦手なんだよ。いつも我慢して食べてるから今度見てみて。顔引きつってる。ワインは何故か平気みたいだけど」

「ふーんそっか。ガラナは私も苦手」

素知らぬ風の顔で舞は肩をすくめる。大人って素知らぬ風の顔をよくする。何も感づかないいで相手をいじって遊んでいる。今のは確かに、自分から仕掛けられてもない罠《わな》に飛び込んでいった感じだ。でもさめちゃくちゃ仲良い男友達っていうのは前提なんだし、そりゃ話題にも出てくるよ。あとガラナ美味しいだろ。

「実は千鶴へのプレゼント候補は決めてあるんだ。それは四階で、まずはそうだな七階から見ていこう。物事には情緒がいるじゃない」

「イントロ長い曲で育った世代だからね」

「私はいきなり歌始まるのも好きだよ」

舞の会社のＣＭに今期使われてる曲は一体どっちのタイプだったろうか、って思い出そうとしてたら、エレベーターはあっという間に七階へ私達を運んだ。

そこは一階とまるで雰囲気の違う、カラフルでコンセプチュアルな空間だった。舞がこの階から始めた理由が分かる。眩《まばゆ》い。数えられないほどたくさんの色が画用紙やペンという形を持ち、壁にも棚にも並んでいる。絵や工作が好きな魔法使いがいたら多分こんなところに住んでいるだろう。見たことのない色のマジックペンを手に取ってみて、これらで企画書もカラフルにしたら楽しそうだと思った。

「実は私のプレゼントみんなのと比べてかなり安いから、欲しいのあったら追加で言って」

「いいよ値段関係なく舞の渾身《こんしん》の品でしょ。全部飛び越えていくよ」

「ハードルが上がっていってるなあ！」

「ハードル上げる生き方してるじゃない」

舞は様々な場面で重宝される、所謂《いわゆる》出来る人だ。私達は大学時代から舞の能力に甘えっぱなしで、イベントやプレゼンでは数えきれないほどお世話になってきた。併せて彼女が一人で抱え込むだけの人間じゃないというのも私達に伝えてくれているから、今でもこうして仲良く出来ている。

いつ考えても、あれがあって本当に良かったという舞との思い出があるんだ。

華生はどうだったか知らないけれど少なくともそれまでの私は悪気なく、飲み会や授業や学祭でのあれこれをへらへらと舞に任せてしまってた。積み重なったある日、気がつけば私と華生は舞の一人暮らし部屋に呼び出され、クッションの上に正座していた。その場には舞が本気で怒っちゃうと駄目だからって立ち会いをお願いしたらしい、苦笑いする響貴もいた。マジ喧嘩をした私や華生よりだいぶ理性的だ。舞も私達の前に正座をし、まずは自分も良くなかったと反省しつつ、せめて一緒に動くという姿勢ぐらい見せてくれってちゃんと叱られた。怒られたっていうより叱られた。バイト先で客からの文句なんて鼻で笑ってた私らだけど、友達からの切実な気持ちはちゃんと心に効いた。社会人になって改めて思う。あの時の舞がちゃんと伝えてくれたから、私達は友達でいられるし、もっと言えば社会で生きていけている。

ぐるっと回って階段を使い、六階に下りると今度は一転、ほっとする家みたいな雰囲気の空間だった。並んでいるのは、アルバムやフォトフレーム達だ。なんとなく響貴の家のコルクボードを思い出す。お詫《わ》びもあるし、フレームくらい買ってあいつに渡そうかな。作戦は関係なく。

「ちょっと個人的に買い物していい？」

「買ってあげるよ」

「ううん、私もプレゼント用だから」

「誰に？」

「ひ、響貴に」

会話の流れとか考えずに喋ってるな私よ。

「ふーん」

「こないだあいつんち行った時に私達と撮った写真が無造作に貼られてたからさ、いいかと思って」

言い訳したけど、これもだな。どんどんオウンゴールへの道をドリブルしていってる気分になる。ちょっとした逃げで目の前にあったカラフルなアルバムを手に取った。

「あいつんち広いし。今度みんなで飲み会しに行こう」

「なんかクリスマス一緒だったらしいね」

それ知ってるのか、誰から聞いたんだろう。果凛は共犯だから言わないはず。

「うん二十五日に夜ご飯食べて普通に飲んだ」

「響貴くんの家に泊まったって、響貴くんから聞いた華生から聞いた」

お前かよ！　告白するつもりはないくせに、勘違いされるような出来事を平気で周りに話すってどういう。そういうの前に小癪だって言われてたぞ。

「大学時代なんて皆あいつのとこ泊まってたじゃん。響貴には悪いけどその延長だよ」

「長年、響貴くんによって成り立ってるんだねぇ」

「これ可愛いな、恥ずかしがりそうだからこれにしてやろう」

ここで頷くのがまずいことくらい分かって、つい無視してしまった。もうくっついちゃえよとか言われるの目に見えてる。くっついてるんだ、別の人と。後々ちゃんと報告するから、今はごめん。

花柄の安いフォトフレームを会計し、これまた可愛い紙袋に入れてもらって肩掛け鞄にしまう。今日は上着にポケットがあるから、鞄の中には財布と化粧道具とフォトフレームしか入ってない。

次は五階。こちらは私が想像するいかにもな文房具を販売してるフロアだ。オフィスでのライフハック的な道具が所せましと並んでおり、会社の後輩達を連れて来たくなる。お、それいいな。会社の経費には出来ない文房具を買ってあげる会、チームを統括する立場になったらやろう。ここは簡単に一周して、いよいよ舞がプレゼントを想定してくれていたというフロアへ。

四階はノートや筆箱の階だった。

それを知って正直、身の回りの品をプレゼントって舞にしては普通だな、ドヤ顔に見合わないな、超失礼ながらそう思った。しかし流石は我らの幹事兼プレゼンター兼お菓子工場の魔法使い、ちゃんと、予想を超えてきた。

「ここで色や素材を選んで自分だけのノートを作れるんだ。今日のこと忘れないように、二人で特注のノート持ちたいと思って。調べたところ組み合わせは四千万通り以上」

「何それ素敵」

「それぞれ好きに作ってもいいし、お揃いのを持つのも、お互いのを作るなんていうのもいいよね」

「まずそこから選ぶのか迷うなあ。お互いのをつく、いや」

直感そのまま指定しかけたところで、あの旅行計画の遊びが脳裏をよぎってやめた。せっかくのプレゼントを自分の失態とリンクさせたくない。大人だから立ち直りはしたけど大人なのにあんな迷惑のかけ方しちゃ駄目なんだよほんと。笑って許してくれることに甘えっぱなしは駄目だって舞から習ったはずなのに、根本で成長してないな。

「お揃いのにしたい！　舞と繋がってそこからエネルギー貰えそうだし」

「じゃあ私も千鶴のパワーを貰おう」

「あげるっ」

舞といちゃいちゃしながら始めた特注のノート作りは、思ったより細かいセクションに分かれていた。選ぶのはA4、B5というサイズや色や文字くらいだろうと思っていたら、最初のブロックはまず綴《と》じ方から。リング綴じ、無線綴じというのがあって、私達は存在感を理由にリング綴じを選んだ。続いてサイズや表紙裏表紙を決め、綴じるリングの色合いも指定する。そんなところまで？　と最も驚いたのが中紙部分だ。印刷されている罫線《けいせん》の種類だけでなく、書き味を決める材質まで選べる。しかも十枚単位で何種類も組み合わせられるっていうんだから、熟考したい人には大変だ。私はスパッと直感で決めちゃうタイプなので、ノートの内面をビシッと決めることが出来た。最後にオプションとして、留め具の有無や表紙に刻む文字を選ぶ。留め具は特別な日ということで本革のものにしてもらい、表紙の文字については舞から提案があった。

「例えば今日の日付と、参加してくれた全員の名前を小さく入れて、自分のイニシャルを表紙の真ん中にデザインしてもらうのはどう？」

「何それ良い」

もちろん大賛成だ。名前はアルファベット順に並びを決める。CHIZURUからHIBIKIで、KAOからKARIN……ちょっと一回並べ方検討しない？　とは藪蛇《やぶへび》でしかないので言わないが、これさあ。

「ね、ねえ舞。せっかくだし華生はハナオの方がいいかも」

「うんそうしよう」

何がせっかくなのかも分からず悪あがきで出した案に、意外にも舞が妙なニッコニコ顔で乗っかってくれた。てっきり私と響貴の名前を横に並べて、そこから話を展開してくるんじゃないかと思ってた。

ともあれ、これで私と響貴の間に華生が入って、なんかひっかかる二つの並びが解消される。

表紙は私のを青に、舞のを黄色にした。紙を並べたら青空と太陽みたいに見えた。ノートは注文から三十分ほどで完成するらしく、その間に私達はまず一階でレモネードを買い、持ち込み可能なフロアで文房具を見て回った。中には手紙を書きその場で出せるスペースもあって、魔法使いがまじないをかけた手紙を送る工房に見えた。

ちょっと時間を余らせ四階に戻ると、私達のノートはもう完成していた。店員さんから手渡され、今後このノートがある生活を思うと良い気分になる。初詣《はつもう》でお守り買った時みたいな、まだ何も叶ってないのにパワーアップしたような感覚と似ていた。雑には使えないな。

レジでラッピングしてもらい袋もつけてもらって、舞から受け取る。

「おめでとう、そしてようこそ千鶴」

「このノートが魔法使いの国への鍵みたい。今日一日のことも全部ありがとう、舞」

もちろん三十代へ、という意味だと分かりながら受け取った袋が、ノート一冊とはとても思えない重量を伴っていた。驚く。

素材のせいじゃない。アルコールを飲んでいる時、急に酔っぱらう瞬間があるみたいに、緊張したんだ今まさにこの瞬間。

舞との買い物を終えた。

つまりもうすぐ、私は彼女から何かしらのお願いをされるはずだ。大賀さんの口ぶりでは、私が受け入れがたいような願いらしい。どんなものであろうと受け止めて正面から答えようとはとっくに決めている。だけど心配もある。果たして私の受け止める態勢は舞の願いに見合っているだろうか。

エスカレーターで一階まで降り、レモネードの空き容器を店員さんに引き取ってもらって外に出た。華生のパターンなら、ここで向かい合って願いを告白される。いや華生から受け取った友情をパターンなんて言うのは失礼だろ。

華生には華生の、舞には舞の、大切なものの渡し方があるはずだ。様々な形を想像する。

そして今日何回目でも人生何回目でも良い、思う。流石は舞。私の想像は全て飛び越えられた。

お店の前で向かい合って一礼される。

「私の案内人としての役割はここで終了です。ここからは千鶴一人で」

「え⁉」

驚き以外では使わない声が出てしまった。

「まだ、響貴のお店は？」

それにお願いは。

「一度デート相手に転身してしまった私はもうプロの案内人には戻れません。今後も千鶴とのデートを全力で楽しみたいから」

「私もすごく楽しかった」

こちらも二人の気持ちが見合うものであればいい。そう舞のにんまり顔を見ながら本気で思っていたら、彼女はコートのポケットに手を入れ、一枚の白い封筒を取り出して私に差し出した。

「ここから先は、この封筒が案内をしてくれるはずです。中には地図と」

てっきりその溜められた間に、得意のドヤ顔が差し込まれると思った。でも舞は深呼吸をして、今までよりいっそうぐっと私の目の中に入り込もうとするような顔でこっちを見た。

「過去の千鶴からの伝言が入ってる」

その顔は大学時代、私達にちゃんと伝えなければならないと意を決し、正座する舞を思い出させた。

「伝言?」

「そう、過去の千鶴から渡されたの。今の千鶴に伝えてって」

「タイムスリップも出来るんだ、魔法使い」

受け取った封筒は外側に何も書かれておらず、中身は見えない。可愛らしい太陽のシールで封がされているってことは、舞がいなくなってから開けるべきものなんだろう。

過去の私が舞に託してまで伝えたかった言葉って、想像もつかない。

「何か問題あったらこの街にいるから連絡して」

「この年で迷子もないと思うけど」

私の軽い冗談にお互いへらへらしてから一転、舞はまたさっきの顔に戻る。

「いったんお別れの前に、一つだけお願いしてもいい？」

ついにだ。

私は心に力を込めようとして、違う、と大賀さんの言葉を思い出す。受け止めるなら余地を持つべきだ。舞を待たせないくらいの深呼吸をする。

「うん、何？」

一体、どんな大きな願いなんだろう。

「千鶴、次のお店ではね、響貴くんと一緒に買うものを、真剣に選んでほしい。色とか手触りとか匂いとかちゃんと確かめて、手に持ったこれで本当にいいのか、何度でも悩んで考えて。千鶴が心からそばに置いておきたいものを選んで。これが私からの、一生のお願い」

「……そんなこと？」

店の種類さえ分かっていない今、舞のお願いはぴんと来るものではなかった。想定していたどんな願いと比べても、そんな簡単なことで一生のお願いを使っていいのか私が不安になるくらいだ。

「もちろん、いいよ。響貴と何買うか真剣に考える」

「ありがとう。じゃあ、響貴くんも待ってると思うし楽しんで来て。せっかくだから高いもの買ってもらいいな」

「そうだ先生の気前の良さに期待しよう」

「大賀さんのプレゼントとノート預かっとくね」

荷物をお願いして、大体の方角だけ教えてもらう。舞はこれまでみたいには背を向けて消えたりせず、手を振って私を見送ってくれた。彼女の姿は私が角を曲がるまで見えてたから、何度か手を振り返した。こんなところも演出を徹底している。

一人になって、建物の陰で風を避けながら早速、封筒を開いてみることにした。伝言がめっちゃくちゃ気になったし、行き先も分からないのだから、見てみないと何も始まらない。どちらにも心当たりはない。

可愛いお菓子の蓋みたいに、シールをぺりっと剝がす。

中には二つ折りにされた二枚の便箋《びんせん》が入っていた。まず手前の方を開くと、手描きの地図だ。目立つ建物の名前は記してあるけれど、肝心の目的地はココとしか書かれていない。恐らくこれまでと同様、近づけば響貴がいて分かるんじゃないだろうか。

問題はこっち。私はもう一枚の便箋を取り出す。一体、過去の私が舞に何を託したのか。タイムカプセルを一緒に埋めた記憶はない。どうやってか舞の手に渡ったメッセージなんて、やっぱり想像がつかない。

恐る恐る、ゆっくりゆっくり、私はその便箋を開いた。

文字が目にうつる。

情報が脳に届き、お昼に華生から謝られた時と似た現象が起こった。

記憶が映像や香りの塊となって、頭の中を一時的に支配した。

似て非なる部分もある。華生が呼び起こしたのは、蓋は閉まっていたけれど、持っている事実も置いてある場所も覚えていた記憶だった。

今回のものは、どこに置いてあったのかも、そもそも持っていたことすら忘れていた記憶だ。周りの思い出ごと全部まとめてしまっていて、もう何年も見ていなかった大きな段ボール箱を、舞が力ずくで目の前に持ってきた。ひょっとすると華生との一件で整理され、捜しやすく、運びやすくなっていたのかもしれない。

それらの思い出は現在とリンクし、舞の言葉と繋がって、彼女の本当の願いと狙いを知らせる。

「やっば」

人の往来する道端で立ち止まり、たった一文の手紙を読んで涙ぐんでる大人、やばいのは確実に私だ。

脳の一番手前にあった言葉をつい口ずさんでしまった。呟いたんじゃなく、口ずさんだが近い。感情がのっていたし、どこかメロディがあった。

『三十になった時に結婚してなかったら、響貴との仲を真剣に考える』

どういう気持ちで言ったのかまで、全て同じ箱に入っていた。

思い出す。舞や華生が、私が失恋する度あまりに響貴を薦めてくるから、でも当時の私にはいじりにしか思えなくて。あの頃は響貴だって私のことを友達としか思っていなかったはずで、だから、何げなく答えた。

自分の薄情さがやばい。響貴にも失礼だ。けどそれ以上に、あの時いじり目的だってあったのかもしれないけれど、私の何げない言葉をずっと覚えていて、真剣に私のことを考え、ここまでの段取りを組み自分自身の言葉に向き合わせようとしてくれた舞に対してあまりに。

そして私は気づいている。鈍感で何も考えない大人には運良くならなかった。舞のさっきのお願いは、これから買うプレゼントのことじゃない。

彼女は私の現状を知ってる。果凛から聞いたのかもしれないし、前にリモートで話した関係がまだ続いていると思っているのかも。どちらでもいい。

それでも響貴を、と言ってるんだ。

軽々しくそんなインモラルな提案を出来る子じゃない。恋人を乗り換えろだなんて、あらゆることに対しきっちりしている彼女の倫理観に反する意見なはず。

「舞……」

名前を呼んでも魔法使いのようには現れない。当たり前だ。彼女は時間を飛び越えたのでもなんでもなく、大学生の頃からの私の友達、社会人になって会える時間が減っても互いの誕生日や年末年始には必ず連絡を取り合い一緒に年を取ってきた。

名前を呼びたかったのは、彼女だけじゃない。大賀さんはもちろん、華生も果凛も、舞の思惑を知って参加してるだろう。賛同かは分からない、けれど止めはしなかった。果凛は別れ際、私に罪滅ぼしのようなメッセージを伝え、華生は私との関係を見つめ直すきっかけとし、大賀さんは受け入れられるかはともかく受け止めてほしいと。

みんながひどいなんて、特に果凛が裏切ったなんて思わない。あいつにとって私と同様に、舞も響貴も友達で、持ち掛けられた時にはきっと相当悩んだはずだ。そういうやつだあの髭は。だから受け止めたい、真剣に考えたい。それは心から、なのだけれど。

私はポケットに入れていた華生からもらったハンカチで目元を拭う。こぼれてはいない、大丈夫。逃げはしない。

響貴を寒空の下で待たせているはずだ。ひとまず店に向かおう。

地図を確認しながら目的地に向かって歩く。もちろん一つの可能性が頭をよぎっている。舞は、響貴の想いも知っているのかもしれない。これも果凛から聞いた可能性があるし、私達と同じように響貴の言動から気づいた可能性もある。

だとしたら響貴にも計画について話しここで満を持して告白大団円を狙う、なんて響貴の性格を知っている人間ならそんな作戦はたてない。あいつは好意以外の要素、例えば立場とか空気とか相手が気にしなければならないような状況を告白には絶対選ばない。バランス人間だから。舞だってそこらへんの印象を響貴に持っているはずだし、華生も果凛も大賀さんもいるんだから誰かが止める。

つまり、舞の作戦を受け入れるなら、私から言えって意味なんだ。

全身がいくつもの感情にかき乱されふつふつと沸き立ちじっとしていられなかったがどんな街にも信号はあって捕まってしまう。仕方なく目立たないよう踵《かかと》を浮かせて背伸びをしながらふと、舞との別の会話を思い出す。大学時代のじゃなく、さっきの。

高いもの買ってもらい、な？

ちょっと、待て。ちょっと待て。私から言いやすい状況を作り出せる高いものって何？

私は思わずあたりをぐるり見渡す。外国人観光客や接待客の多いこの街での高いものなんて枚挙にいとまがない。

信号が青に変わり、周りに合わせて私も一歩踏み出す。一体、舞は私に何を選ばせようとしてる？

花束？　シャンパン？　ジュエリー？　手触りって言ってたか、ゆ、指輪？

一歩一歩その場所へと向かっていく、駅に近づき人が多くなっていく。やがてその先にスマホをいじりながら立っている響貴を見つける。またいつもと同じようなコートにスラックス姿だ。

舞からの連絡を受けたのか、顔を上げてきょろきょろしだしたあいつと、まだ横断歩道を一つ挟んでいるのに目が合った。

一気に緊張がはねあがるのだとばかり思っていた。

こんな時でも私、あいつの顔を見たら安心するんだな。

手を挙げて挨拶し、普段通りの歩調で近づいていく。

「タイミングよく手を挙げて横断歩道渡るから小学生みたいだった」

「第一声それ？」

色々考えて来てたのに、相変わらずの響貴に友達として自然な反応が出てしまった。

「誕生日おめでとう」

「お、ありがとう。そして、こないだはごめんなさい」

何度目か分からない謝罪にやはり響貴は「もういいからまた次暴れた時に謝ってくれれば」とシニカルに返してきた。

二人の間に見えない齟齬《そご》がある。私が謝っているのは、友達を相手にあんな失礼なまねをしたからで、響貴が許しているのは酔って絡んで泣いたことだけだ。もう二度とあれはやらない。

「舞さんから次の店のこと聞いた?」

「ううん」

地図を頼りに辿り着いたのは、駅にほど近い大きなビルの前で、特定の路面店ではなかった。

「じゃあ参りましょう。案内人もやれって言われてるから」

「よし祝ってくれ」

「さっきのしゅんとした顔はなんだったんだ」

響貴の様子はいつもと変わらない、私も。

二人して建物の中に入って行く。外壁に掲示されていた有名チェーン店達の看板からすれば、そこまでの高級店が入っているとは思えないが、舞のことだ油断できない。今度こそ心に力を込める。響貴の背中を見ながらエスカレーターで階数を上がるごと、ひとまず気持ちとは別の覚悟は決めていった。ようしもう宝石でも指輪でも何でも来い。高すぎるお店だったらこんなの貰えないの一点張りでいく。それだけ決めた。

響貴は三階のフロアで空に近づくのをやめる。同じ高さに立ってから、私は辺りを見回す。メガネショップやスタバがある中、響貴が私と一度目を合わせ手の平で指し示したのは、そのフロアで一番大きな入り口を持つ目の前のお店だった。

「ここ?」

驚きを出来るだけ噛み殺した。どんな予想をしていたんだと勘ぐられないように。

意外だった。店頭には、シンプルなデザインのゴミ箱やタオルが並べられている、激安ではないだろうけれどそんなに高くもなさそうな生活用品店。まさかお揃いの歯ブラシ選べなんて露骨なテーマ、舞から響貴に言わないだろうし。どうしてここなんだ。

「買い物する前に、一個千鶴に謝らないといけないことがあるんだ」

「おお、何?」

ここでの謝罪は不穏すぎるけどなんだ。

「舞さんとどんなの贈るのがいいか話しあってる時、千鶴が引っ越すっていうの先に話しちゃってさ。まだ伝えてなかったの知らなくて、ごめん」

「ああ、そんなこと?　全然いいよ。実はあれ先延ばしになったんだ。部署の人員確保出来てなくて、異動も半年か一年先になった」

残念だけど私もサラリーマンの立場だ仕方ない。

「そうなんだ?　じゃあタイミング悪かったかな」

「いやでもタオルとかゴミ箱とかいくらでも持っていけるし」

「一応、舞さんと話し合って俺が担当することになってたのが、家具なんだけど」

そうかなるほど。

「……家具⁉　ごめん大きい声出た」

子どもみたいな反応と大人の恥じらいが私に備わっていた。びっくりさせないよう心の中でもう一回叫ぶけど、家具⁉

「高いって！」

「流石に十万二十万するようなものはあれだから、サイドテーブルとか椅子くらい」

「いやあ」

値段以外にも問題があるんだよ。

私の引っ越しは、まだ果凜にすらちゃんと言ってないけど、うちの彼との新婚生活のためで。その引っ越し先の家具を買うっていうのはつまり、私が夫と一緒に住む家に置かれる家具を響貴と選ぶってことだ。私を好きでいてくれる相手が、夫と使う家具をプレゼントしてくれる。って舞、よくそんな地獄イベント発生させられたな！

いやいや、もし婚約まで知って計画したとしたら、絶対これ考えたの華生だろ。舞みたいな良い子に出来る所業じゃない。ちづ姉はその地獄に飛び込むの？　もしくはそこを地獄にしない選択をするの？　選んで。

「その沈黙は何？」

「いや家具は想像してなくて、絶句してた」

これは本当に。まあ、舞も華生もそこまで鬼畜じゃないだろうから、せいぜい響貴と一緒に住む自分をリアルに想像してってところだろう。大学生の時に二日三日なら普通に連続で寝泊まりしてたことあるけど。

舞の言葉を改めて思い出す。

真剣に選んで、色とか手触りとか匂いとか、私が心からそばに置いておきたいものを。

かき乱されるとか超えて、もはやかきむしられる。

「今度は胸に手あててどうした？　もし体調悪いならちょっと休んでもいいよ、最後のターンだしゆっくりしても」

「大丈夫、舞の恐ろしさを出会って十二年目で再認識してるだけ」

「ああ確かに、今日のこと最初聞いた時、千鶴だけ盛大だな俺も同い年なのにって舞さんにちょっと抗議した」

嘘つけ、どうせ張り切って友達の誕生日祝いに協力したくせに。

それは嬉しいんだけど本当にどうしよう。これからの行動選択肢って、一体どんなのがある。
一、そもそも家具は高すぎるからと断り普通に使える小物を買う。
二、無邪気な顔して新居で使う家具を響貴に買ってもらう。顔はなんでもいい。
そして三、多分これが舞の望む結果。響貴と使うような家具を、買う。

ポケットに片手を入れて指折り数えてみても、指が余る。今のところこれくらいしか思い浮かばない。三は除外！　と端《はな》から切り捨てるのもまた、大賀さんや舞との約束に反するようで出来かねる。真剣に向き合って考えると約束したんだ。

過去の私の提案をどう受け止めるのか。

「欲しいのがあるかはともかくちょっと家具見てみようか。舞さんが俺にどれくらい出させようとしてるのか気になる」

「うん」

響貴との仲を、真剣に考える。考えるだけならまず実行できる。

シニカルに笑って先を行く響貴の背中に、私がこの人に対して抱いている印象を、急いで一回付箋のイメージで貼り付けてみることにした。響貴とは私にとって何者か。華生が私との関係性を改めて見直してくれたように向き合う。

響貴についてなんて、すぐに浮かんでくる。

まずは良い奴。これは大前提だ。次にバランス人間。いつもどこかに偏りが出ないよう気を遣っている。皮肉屋だ。でも馬鹿にされてる感じはしない。心が広い。私だけでなくみんなに。公認会計士。それは事実。バンド好き仲間。今度は私が練習に付き合う。ゲーム仲間。そういえば今年まだ響貴とはやってないな。飲み仲間。節度を持ちます。お互い色々知ってる。恥ずかしい部分まで。

それら以外も全部含めて、友達。

「ソファはこれくらいするよなあ。誕生日三年分くらい」

緑色のソファの座面を触り、響貴が楽しそうに私の方を向く。きっと私が向こう三年間の誕生日を使うからと言えば買ってくれるだろうし、来年そのことを私が忘れていても笑って正してくれるんだろう。私に向けた気持ちが原因じゃない、それもまたこいつの性質だ。

「三年先も友達なのを表明するなんて、ロマンチックだな先生」

「それわざわざ言う方が恥ずかしくない？」

「うん言わなきゃよかった」

「ロマンチックじゃないなあ」

響貴の軽口に笑って、私はソファの上に載ってた同色のクッションを手に取り値段を見てみる。あの甘い梨の匂いを思い出す。あくまで私が匂いと捉えているなんらかの波長。申し訳ないと感じるだけで、嫌いな匂いじゃない。

全部が私にとってかけがえのない響貴だ。

舞達の提案と向き合い響貴との関係性について考えたら、今までと何も変わらない一つの答えにしか辿りつかなかった。変わらない、でいたかった。

私はずるい。

温泉旅行で共に背負いたいと思ったくせに。

あの夜、共に間違えようとけしかけたくせに。

ずるいとは分かっていながら私は、もう一度、確認をしてからでも遅くはないと考えた。

ずるさを憎んだ時期の私も確かにいた。大人になり、私はずるさを持ったまま歩き出せる人間になってしまった。

「私なりに失ったロマンチックを取り戻すために言うなら、十二年も友達やってるのがまず凄いよ。枝分かれする選択肢無数にあったでしょ」

「流行りのマルチバースってやつな」

「パラレルワールドみたいな。響貴と友達以外の関係かぁ」

私はまた、何げなさで失礼を重ねようとしている。

「あったと思う？　生まれる前から考えだしたら、兄弟とか家族とか先輩後輩とか」

何げないから目は合わせなかった。

「付き合ってたりとか」

「んー、ないな」

響貴は一度、考えるふりをした。

「そりゃ同じ家に生まれた場合とか言い出したらきりがないけど、俺はもし可能性があるならまた千鶴と友達になるよ」

そうか、そうだよな。

「おうロマンチック」

「今のは完全にふってただろ」

笑う響貴の肘のあたりを押す。ずるい私の匂いを霧散させたかった。

少しでも、なかったことになれば、黙ってこの関係が続けば、簡単だ。なんて思ってしまった自分の匂いを。

そうかやっぱり響貴、私のこと好きなんだよな。

「きっぱりしすぎ?」

最初の作戦会議の際、俺は腕を組んで首を傾げた。

「そう。果凛も分かってると思うけど、響貴は普段から極端な意見を避けてるでしょ。だから基本、決定的に誰かの悪口を言ったりしないし、人の意見はいったんちゃんと受け取ろうとする。肯定できないって時は、どっちとも取りがたいことを言ってさ」

「その通りだな」

「なのに私との恋愛についてだけ真っ向から否定するんだ。それに初めて気がついたのは、東京帰ってきて一年くらい経ってかな。響貴と飲む約束してて、その日急に妹さんが泊まりに来たって言うからせっかくだし会ったんだよね。それで付き合ってるのかって訊かれてさ、あいつ思いっきりそんなわけないって言ったんだよ。それだけならいいけどすぐ妹さんから、じゃあ果凛とか舞さんって人と付き合ってるのかって訊かれた時は、可能性はゼロじゃないな、みたいに言い出して」

響貴の恋心に気がついた理由を千鶴から聞いて、いくつもの記憶が一気にフラッシュバックした。大学時代、響貴と果凛はもう付き合ったらどうだという周囲から何度も受けたいじりに対し、あいつはいつも煙に巻くようなことを言っていた。恐らくあの頃は千鶴との関係についても同じように。

「バランス人間なのにな」

「だからなんじゃない？　私の感覚だけど、あいつ照れてるとは違う気がする。多分、バランス取ってるんだ、自分だけが知ってる真実と」

「つまり、違うってちゃんと言ってなきゃ自分保てないくらい千鶴が好きだってことか？」

噴き出して真っ赤になった千鶴は「だから問題なんだろうが！」と叫んだ。そしてすぐ「ごめん大きい声出して！」とちょっとだけ声量下げて謝ってきた。それから「好きってなんなんだよ」と青春の悩みみたいなのを呻《うめ》きながら頭を抱えた。

あの日以降、俺は何度も確認作業を重ねた。千鶴の言った通りだ。響貴は千鶴との関係性だけ今とは別の可能性を遮断している。

千鶴が文房具店で舞たんと別れたのをきっかけにして、俺はイヤホンを外した。当たり前だけれど、響貴にはマイクを渡していないからだ。あいつらはこの時間を本当の二人きりで過ごしている。

成り行きも結果も、二人の意思に任せる。今日の作戦を実行する四人で最初に約束した。説得や、まして脅迫を、たとえ間接的であってもやらない。俺達は響貴という選択肢を千鶴の前に提示するだけ。あるかもしれない未来を思い描いてもらいたいだけ。

大賀さんはさっき散歩をしてくると言って喫茶店を出た。ハナオは本当に帰った。子ども達のこともあるが、同時に彼女の予想するこれからが現実になった場合、言葉や表情で無意識にも千鶴を説得してしまう、という自己分析のもとだった。

俺とハナオで、今後についての想像は一致している。一人は離脱し一人は残ることを選んだ。俺が残った理由は強くない。最後まで見届けたいという気持ちと、何かあった時にかけつけられるようにというその程度だ。ただ予想が当たれば俺が残った意味もなくなる。

俺らは、千鶴が今日のうちに決着をつけると思っていない。一度この問題を持ち帰ると踏んでいる。自分一人で考える時間を持つだろうと。

そうなれば、ある意味では俺達の作戦は成功だと言っていい。婚約者のいる千鶴に相手を乗り換える選択肢を持たせたのだから。友達をそんな風に悩ませるのが改めて大人のやることかと思う反面、大人だからやれてしまうのだきっと。

千鶴は案内人の思惑に気がついただろう。舞たんの性格を考えれば、彼女が遊び半分で今回の提案に打って出たわけではないとも分かるはずだ。その気持ちを千鶴が無下に出来るとは思えない。

既に任務を終えた俺には待つ以外の選択肢はなく、テーブルに置いたスマホで気もそぞろにソシャゲをプレイしていた。

カップの中身が無くなる頃、画面の上部に現れた知らせを視界の端で捉える。ピントを合わせて、慌ててソシャゲの間違ったボタンを押してしまったが気にならなかった。

『千鶴に呼ばれた。行ってきます』

いよいよ来た。一体何がどう転んだのか、間違ってもいい人ぶった精神性を持たないため、俺は再びイヤホンを耳に差し込んだ。

買い物を終えた私達は建物を出て、日が傾き始めた空を同時に見上げた。狭くて、街を実感できた。

「この後って舞さんどうするんだろ？　千鶴は聞いてる？」

「いや何かあったら連絡してとしか。でも、果凛もまだいるの匂わせてたからみんなでご飯じゃないのかな。響貴はこの後忙しいの？」

「いいや大丈夫。じゃあ舞さんに連絡するか。何かあったわけだし」

響貴はシニカルに笑う。

「うん、ただ、響貴ほんとにごめんなさいなんだけど、ちょっとだけ待っててもらってもいい？舞と少しだけ二人で話したくて」

こんなお願いを断られるわけがない。

「お、もちろん。主役から是非、感謝の気持ちを伝えてあげて。俺は果凛捜しでもするよ」

「舞と拠点同じだろうしあっちの方じゃないかな。髭が目印だから覚えといて」

笑い、じゃあまた後でと手を振って響貴を行かせる。私はその場で立ち止まったまま舞にラインを送った。返事はすぐに来て、どこかのお店に入ろうか相談が来たので、響貴を待たせたくないと断った。腰を据えたら、私達にはきっとするべき話がありすぎてしまう。

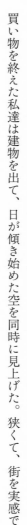

立ち話のために舞から指定されたのは、私が元いた場所から国道を一本と線路を一本越えた先にある、大規模イベント用施設前の広場だった。万が一誰か知り合いが近づいてきても分かるよう、見晴らしのいい場所を選んだのかもしれない。絶妙だ。

今までどこにいたのか、徒歩五分ほどで着いた私よりも早く、彼女はさっきまでの格好から帽子だけを引いた姿で既に立っていた。周囲に人のいないスペースを選んでくれてる。

私はポケットから手を出し、歩み寄る。第一声を何にすべきかは、一歩ごとに私の中でも意見が分かれた。目の前に立ち舞の顔を見た時ようやく、何が彼女に対し一番失礼なのか気づけた。

「響貴は友達なんだ」

舞の表情を見れば、それだけで通じ合った。

きっと二人共に分かっている。

この件に関し、お互いの意見が一つになることなんてないのだと。

だから本当ならば一言も交わさなくたっていいはずだ。けど不必要だと分かっていても、言葉は重ねなければならない。大人になってから成長させた、察する能力なんてもの無理矢理に捨てる。

「だから違うんだよ。今も昔も、舞の気持ちに応えられなくてごめん」

舞も、全く同じ姿勢で向き合おうとしてくれたみたいだ。その証拠に引き下がらなかった。

「でも一番安心するんでしょ？」

「考えたんだ」

十分ではないかもしれないけれど、精いっぱい。

「ちゃんと受け止めようと思って、好きってなんなのか真剣に、高校生や大学生の時に必死で考えたようなこと、もう一回」

そしてやっと分かった。舞と私の間にある、ひょっとすれば私と今日参加した全員の間にある、意見の食い違い、その正体。響貴との間にだってあるかもしれない。

「私にとって安心は恋愛じゃない」

十年近く、舞が忘れず抱えてくれていた私の言葉を私が否定した。ひいては、彼女らが私と響貴の間に望んでいてくれたのかもしれないものを全て。

「でも、愛情でしょ⁉」

だからつい強い口調になってしまった舞の気持ちも分かりはした。

「千鶴は、好きかどうかまだ分かってない相手と付き合ってみて、一緒にいるうちに好きになったことはないの？」

「ある」

「じゃあ」

次の言葉もまた否定だ。この数ヶ月間、私と果凛がやってきた作戦に対する、数年間の響貴の想いに対する。でも私の真実だから仕方がなかった。

「それは全部、告白されたからなんだ」

好きだと言われたから好きになる、そんな単純なものではないはずだと自分では思って来たけれど、大人になった今ただその中身を具体的に説明できるだけで、最初から単純極まりないものだったのかもしれない。

「勇気を出して告白してくれた相手のこと知りたいなと思って付き合う。なんでこの人は私のことが好きなのかを考えているうちに、その人の中身が見えてくる。素敵な人だと分かっていつの間にか私の方が好きになってる、何度かあった」

大人になったらみんな告白なんてしないと言うのならそれでもいい。

「子どもみたいでいい。私は一番安心できる友達に告白しないし、響貴からもされてない。私達には恋愛の始まりがない」

舞達は間違ってない。とても仲の良い男女が友達に一組いて、もう二人で生きていけばいいのに、そう思って始まりのきっかけを作ろうとすることは何も不思議じゃない。間違っているのは、始まってすらいない、芽すら覗かせないものを摘み取ろうとしていた私だ。

「舞、黙っててごめん」

勘違いした舞は「じゃあもしされてたら」と続けようとした。重ねて申し訳ない、私の謝罪はそれに対してじゃない。

「結婚するんだ、私」

息を呑《の》みこみ呆然《ぼうぜん》とする舞の様子を見る。私は一度頭を下げてから、改めて伝える。

「結婚するんだ。告白してくれて大好きになった人と」

舞は何も言わず眉尻を下げ、それからゆっくりと一度まばたきをした。

「私が舞にもっと早く伝えていればよかった、ごめん」

「どんな人？」

「私にとってかけがえのない、舞と同じくらい大切な人」

最初で最後かもしれない、友達の結婚報告を受けた舞の第一声が祝福でなかったことも、二人で話していて私よりも先に舞の方が涙ぐむようなことも。

「彼には、舞って大事な友達がいるのも話してる。響貴のことも話してる。華生のことも、果凛のことも、大賀さんのことも」

誇らしい友達を彼にも知ってほしくて。

「同じくらい大切なのに、舞達には話さない私が間違ってた。秘密にしてて、本当にごめん」

泣く自分を恥じるように、舞は目元を拭う。その隙を狙って悪いけど、まだ伝えなければならないことがある。

「だから響貴にも言った」

少し開いた舞の唇から、声になっていないはずの一音だけ聞こえた気がした。

「響貴にも、結婚するってちゃんと」

「どう」

訊かなくても分かっていてなお、答える必要がないと分かっていてもなお、だ。察するなんて不確かなことを続けてきたから、こんな大きな街で三十代の女が二人、同じ目をして向かい合わなければいけなくなった。

「めちゃくちゃ喜んでくれたよ」

舞の方から何をそんなと思ったのだけれど、彼女は急に私を抱きしめ、祝福ではなく謝罪の言葉をかけてきた。震える背中を、私は撫でた。


「そうか分かった」

「急に何を」

ソファは固いのが好きとか柔らかいのが好きとか、買いもしないものの感想を言いながら二人並んで座ってみたりして、ずっと考えていた。

「やっぱり家具は誕生日プレゼントとして高すぎる」

「まだその段階を考えてたのか」

優しく笑う響貴が立ち上がろうとするのを私はこの前みたいに乱暴じゃなく、膝に手を添えて制した。当然、不思議そうな顔をされる。

「値段だけが問題じゃないんだ」

「引っ越しの手間？」

「いいや」

響貴がいつも言うように、子どもみたい、ではなく、本当の子どもであれたら良かったのかもしれない。そうすれば数十秒後の涙を私は、喜びからだけではないと正直に言えた。

「改めて、家具を買いに行く約束がある」

響貴なら察したんじゃないかと思う。それでもこの友達は、眉を顰めて私の発言を待った。

「響貴、実は」

一呼吸、果凛だけではなく、関わったみんなに心の中で謝罪する間が必要だった。

「結婚するんだ」

「……ここで報告⁉」

驚きつつ、見る見る今までとはくらべものにならないほどの笑顔になっていく響貴の表情を目に焼き付けようとした。

「なんだそれ、おめでとう！　そりゃあ家具はダメだな、そうか引っ越しそれもあるのか見破れなかった」

「ごめんちょっと今まで事情あって黙ってたんだけど」

「全然！　そっか千鶴が結婚！」

その顔は純度百パーセント、祝福の声色で。

「おい結婚報告して泣くってなんなんだよ」

「いやそんなにお祝いムード出してくれると思わなくて、ありがとう」

「しかも売り物のソファの上で、千鶴の思念が入ったって買い取らされるぞ」

いつも通りシニカルに。優しさをちゃんと潜ませて。私は泣いているのだから早く鼻が詰まってくれることを必死に念じていた。意味なんてなくても。

「結婚かあ、報告場所は珍しいけどほんとおめでとう」

「マジありがとう。そう、だからよかったら小物でさ、響貴とチーム感あるやつ一緒に買おうよ。我等友情永久不滅でしょ？」

「中学の時に同級生の女子が言ってた以来だそれ聞いたの」

華生からもらったハンカチで目元と頬を丁寧に拭って、ソファコーナーのおかしな二人と見られないようキッチン用品売り場に移動する。

「結婚するってことは、まだ籍は入れてないのか」

もちろんそこに下心など見えるはずもない。

「うん、来月ようやくお互いの実家に挨拶って感じだね」

次の発言については特に、果凛に強く心の中で謝っておく。

でももう、相手の思いを勝手に察しないと決めた。大好きな人と結婚する私を、かけがえのない友達に披露する。その一番真っ新《さら》な自分と、向き合う。

「式あげる予定でさ、来てくれる？」

「もちろんっ。革ジャンにグレッチのお色直し珍しいんじゃない？」

「そっちの本性は社内であんまり知られてないんだよ」

どちらもが貫くことにしたのだからこれで良かった、だなんて、そんなかっこいい、潔い話じゃ全くない。ただ舞達から受け取った全てに、響貴から向けられた全てに恥じないよう、心だけでも頭だけでもない自分自身と向き合って、私から響貴に向けた一番上の気持ちを選んだ。

意地を張って、お互い傷つくことにしただけだとも言える。

私は響貴に高品質のタオルはどうかと提案した。大学時代から私はライブや練習前、防音ではない空間で歌の準備をする際、必ずタオルを口に当てて喉を開く習慣があった。

「響貴もまたバンド始めたらちょうどいい」

「タオルの用途ってもっとあるよ」

色は響貴が選んでくれた。私には水色。

「少し早いけど、花嫁にサムシングブルー」

その言葉を私は、自身の結婚式について調べ初めて知った。幸せを願い、花嫁が結婚式で身に着ける装飾品や、友人達が贈る結婚祝いに青を取り入れる。

思ったよりもタオルの箱が大きかったので、贅沢だけどそれぞれの家に配送してもらうことにした。これからを考えれば、荷物に気を取られたくなかった。

レジの店員さんから宅急便伝票の控えを響貴が二枚受け取る。店の外にまで出て、改めて私に一枚をきちんと両手で手渡してくれた。

「誕生日と結婚おめでとう」

「ありがとう。なんか照れるな」

受け取ると、響貴は自然に笑顔をまた深めた。

「お幸せに」

「響貴も」

自分で言っといてどうしたという感じだ。響貴からは「やっぱりタオル貰って来た方がよかったんじゃない？」と笑われた。

結婚報告について聞いたところで自主的にイヤホンを外した。

画面を見ると、響貴から居場所を訊くラインが来ていた。

申し訳ないけれどそちらを一旦無視して、俺は今日の作戦に関わった面子のライングループにメッセージを投稿した。

『いつかみんなでちゃんと千鶴に謝ろう』

二件の既読はすぐについた。返信が来ることはついになかった。

全ての作戦が終了した。俺達に残されたのは敗戦処理だけだ。舞たん達の方はともかく、告白大作戦は首謀者が自決したみたいなもの。そういう風にたとえるなら、俺は正体のバレた二重スパイ、殺されたっておかしくない。

死ぬつもりはなくともビンタくらいならされる覚悟で、最後の反省会は千鶴を家に呼んだ。荒れているだろうと思ったから家に俺一人の日を選んだら、会ってみた千鶴は意外と落ち着いていた。思えば初めて足を踏み入れる俺ら夫婦の家に、「お邪魔します」と大学生の頃には考えられない丁寧な挨拶をして玄関マットを踏んだ。

「改めて、独断で作戦を変更してしまい申し訳ないです」

ダイニングテーブルに簡単なつまみとグラスが揃ったところで、俺は殴られるどころか頭を下げられた。

「いいよ、千鶴が始めた作戦なんだから」

怒ってくれる方が気持ちを清算出来ると思ったのは、俺の都合だ。

「大丈夫か？」

「響貴？　あの日のことなら、表面上はいつも通りだった」

「あいつもだけど、お前は？」

千鶴は水で割った麦焼酎を飲みながら一回、目の動きだけで天井を見る。

「うんー、理想的じゃないけど、そもそも正解なんてなかったわけだから、収まるべきところに収まろうとしてるのかな」

自分に言い聞かせているような結論が、千鶴らしくなかった。思い残したことならいくらでもと、言外に表現している。

「あともう単純にさ、結婚に向かってポジティブになっていかないと全員に失礼だし。大体こっから超忙しいんでしょ？」

「まあな。いくらでも時間あると思ってたらあっという間に式当日迎える。俺らはまだ二十代半ばだったけど、千鶴は三十代だから余計早いだろ」

「んなことない、とも言いきれない」

普段通り、笑っているように見えた。

本心は知らない。しかしいずれにせよいつかは表面上だけでなく、その顔を芯《しん》からの日常に、いつも通りにしていかなくてはならない。大人のみならず生きる皆がその努力をしている。

ゆっくりと飲みながら、式場の話や式にかかる謎の金額についての話をした。最中《さなか》、千鶴がふと思い出したように「そういえば」と水割りを作りながら切り出してきた。まるで何度も練習したかのような、ふと思い出したというトーンだった。

「結婚式前に、うちの彼とみんなで食事会はどうかなって」

「みんな?」

「果凛達」

笑顔で受け入れれば、正しい大人なのかもしれない。俺なんかを相手に緊張し、視線が揺れるのは酒のせいだということにして。

「男側は俺が嫌がったことにしていいから、女子達が了承したらそっちだけでやればいい」

「でも」

「板挟みにされる俺の身になってくれ」

うんざりだという顔をすると、千鶴は薄く笑って「うん、ありがとう」とこぼした。礼を言われるようなことじゃなかった。

反省のため集合したのに、あの日の話はほとんどしなかった。響貴に報告し祝福された事実は喫茶店で待機中にラインで知らされ、誰と何を買ったのかなどの情報はあの後の軽い飲み会で聞いたけれど、子細は知らないていでいる。響貴以外との買い物を盗聴してたと明かし殴られるのは、千鶴が落ち着いてからでいい。

披露宴のウエルカムボードを時間があればハナオに頼みたいらしい千鶴に、プロのイラストレーターへ出版社が支払う額の相場を教える。そういうこの年になったからこそ出来る話を続け夜が過ぎていく中で、一度だけだ。響貴について千鶴が自分から話したのは。

ほんのり顔を赤らめた千鶴が頬杖をつき一度だけ。

「パラレルワールドの話をしたんだ。響貴と」

「マルチバースとかか」

「まさに」

千鶴はため息をついて、俺が買って来ていたピーナッツを齧った。

「今回はちょっと間違えたけど、全部、丸くおさまった世界もあったかな」

「……多分どの世界のあいつも、同じ笑い方ですかしてるよ」

冗談や優しさと捉えられたかもしれない。千鶴が「まあねえ」と笑って話題は流れた。

実際は、願いに近かった。そうでなければならない、という。もっと誰もが納得する結果を手に入れた俺達を羨むなんて、抗い悩み生きる今があまりに報われないからだ。

荒れる様子も泣く様子もなかったので、俺は近所にあるバーに千鶴を誘った。こんな時間から友達と外飲みに出かけるなんて、まるで大学生みたいだと二人で笑いあい、あの頃なら頼まなかった値段の酒を飲んで失敗に乾杯した。この世界で生きるしかない俺達にも。

そうやって時は流れ、俺にもう成すべきことはなく、千鶴の結婚式を迎えて俺達は多少複雑な気持ちを抱えながらも精いっぱいの祝福をする。

一直線にそうなるものだと思っていた。

三十代だからというより、俺達には仕事や家庭それぞれの生活があって、やるべきことの間にやりたいことを挟んでいれば、時はやはりあっという間に過ぎ去った。

桜が咲いて散った頃、千鶴から結婚式の招待状を送ってよいかという確認の電話がきた。日程は二月中に既に決まっていて、響貴も交えオンラインゲーム会をした夜に報告を受けていた。

俺は、電話口で改めての礼と祝福を伝えた。訊きたいことがあっても、その中で訊いていいものは何一つなかったから黙った。もはや作戦は終えたんだ。千鶴の幸せを願う以外の気持ちに用はない。

例の食事会は予定通り俺が嫌がったことにして、舞たんハナオだけが出席し執り行われる。千鶴から電話が来たまさにこの週末、都内の和食店にて開催予定だ。

当日の夜は一人で勝手にそわそわしていた。女子二人に押しつけてしまった申し訳なさもあった。奥さんがいれば一緒に飲みにでも出て気を紛らわせられたのかもしれないが、残念ながらお友達と出かけている。帰りは深夜だろう。

夕飯に外でチェーン店のラーメンを食べ、家では今度うちの社からデビューする小説家のプルーフ本を開いたけれど、一向に読み進まなかった。

夜十時を過ぎ冷蔵庫から缶ビールを出して開けた。もう千鶴達は一軒目を出たはずだ、二軒目にはみんなで行くのだろうか。ハナオは子ども達のことがあるから先に帰るかもしれない。

ぼんやり考えながらリビングでテレビを見るともなく見ていたら、テーブルに置いていた二つのスマホのうち、プライベート用の画面が明るくなった。電話だ。

俺はテレビを消して電話を取り、思ったことをそのまま伝える。

「お疲れ、珍しいな電話してくるなんて」

『いやあねえ、ふふ。ごめんね急に、果凛ちゃん』

口調でハナオの酔い具合が分かった。それも珍しいことだった。後ろから車の通る音が聞こえる。どうやら外にいるらしい。

「なんか問題あったのか?」

『ううん、ただちょっと、愚痴りたくなっただけ。そういえば一月以来だね。久しぶり』

「おう久しぶり。愚痴?　わざわざ外から」

『子ども達のいる家で恨み言を漏らしたくないからさ』

良い母親だな。そう労《ねぎら》う気持ちを持つのと同時に、恨み言の行き先が今日同席した誰かに対してだとは分かって、少し緊張する。

『みんなもう祝福モードだから、果凛ちゃんしかいないじゃない』

「俺が祝福してないみたいだろ」

『表面上は知らないけど、心からしてたら私の好きな果凛ちゃんじゃない』

友達が好きだと言ってくれる俺。前に見え見えだと言われたところだろうか。一途で素晴らしいという舞たんの感想は残念ながら撤回されたようだし。

『私は今、あの女に出会ってから二番目に腹が立ってる』

「仲直りしたんじゃないのかよ、お前ら」

『新しく火がついた。むかつくし、気分悪い』

「どうしたんだ一体」

千鶴が大学の時みたいにハナオの処世術を窘《たしな》めでもしたか。それくらいしか思い浮かばない俺にハナオは『これ別に本人含め誰に言ってくれてもいいから』と前置きをした。駆け引きや冗談じゃないって意味だろう。

『果凛ちゃんもだと思うけど、ちづ姉の歴代彼氏、何人かは知ってるでしょ？』

「うんまあ大学時代とかな。一人仲良かったやつもいる」

『あのね写真じゃ分からなかった。私の知る限りだけど、今まで、んなことなかったはずなのにさ…………』

「何の話？」

『ごめん信号ないとこ渡ってた。今回に限って、似てるよね？』

次は俺が間を空ける番だった。ハナオと違い大人しくソファに座っているにもかかわらず。

質問の意味が分からなかったわけじゃない。文脈で理解できる。単に答えあぐねた。俺の意見はハナオとは違う。俺は写真で見て、気づいていた。

細部までは知らない。あくまで全体的な、千鶴と並んでいる像のイメージだ。ハナオが怒っているのは、だからこそかもしれない。

『くそむかついて、会話全部舞に任せてニコニコ酒飲んでた。子どもみたいなことしてやった。この仕事してて良かったのか悪かったのか、気難しい芸術家だと思われたかも』

「実際そうじゃないですか」

『なんだと！　この浮気野郎め！』

和ませようとしてカウンターを食らった。実際、そうだ。

『今のは言い過ぎた。そんなことないよ果凛ちゃん』

「何がだよ」

『もうすぐ駅着く。今日は奥さんいるの？』

「いいや出かけてる」

『じゃあ酔った勢いで果凛ちゃんち行っちゃおうかなあ』

「帰って寝ろ」

あっちから笑い声と電車の音がする。冗談だと分かっていたから俺も軽く笑うと、ハナオは急に笑うのをやめた。小さく、『ごめんね』と聞こえてきた。

『大丈夫、安心して。これが最後だから。式ではちゃんとするよ。ありがとう果凛ちゃん、聞いてくれて』

「いいよ聞くくらい」

もしもこれが、根っこから千鶴を恨んでの言葉や行動だったら、俺だって聞くに堪えなかったかもしれない。けれど分かりきっていた。ハナオだって、本当のところでは千鶴を祝福している。響貴の友達でもある俺達はただ、やりきれないのだ。だからさっきの小さな謝罪は俺だけに向けられたものじゃない。代理で受け取っておく。

『そうだ三人は二軒目行ったよ。私みたいな間違った大人は先に帰った方がいいと思って』

「そんなことないよ」

『優しいね。じゃあ本当にありがとう。おやすみなさい』

おやすみ気をつけて、と伝えてから俺は電話を切った。リビングに一人取り残され、静けさが耳に障りテレビをつける。バラエティもニュースも今の気分に合わず、ネットフリックスのアプリを呼び出して目についた洋画を適当に流した。

ビールを飲み干し空き缶を持ってキッチンに立つ。数日前に奥さんが買ってきていたウイスキーの角瓶でグラスにハイボールを作り一口飲むと濃かった。ハナオの残した言葉について考えていたからかもしれない。

恐らく、彼女だけじゃない。今回の一件に関わった皆が、自分は間違ったことをしたと思っている。

俺も、千鶴も。ただしそれは望むものに手を伸ばした結果で、望んだ成功がある以上、選択肢を間違えれば失敗があるに決まってる。だからこそ無理矢理にでも飲みこもうとしてる。

響貴、お前はどうなんだ。

千鶴は気に入った相手と結婚し、報告された響貴は祝福している。俺ら友人達は二人がそれぞれに幸せであれと見守る。

せめてこの今が、何かを間違えたようには見えない響貴にとっての、成功であればいい。

約束なんて、するだけ野暮だと思っていた。

彼女じゃないんだから、男同士なんだから。電話して暇そうなら遊びに行って、学内でたまたま会ったらその場のノリで飲みに行って。

社会人になり、もちろん通用しなくなった。お互いに果たすべきそれぞれの責任があった。時には約束をしてすら、予定をずらさなければならないことがどちらのせいともなくままあった。

だからこれは手前勝手で、とても大人とは思えない行動だ。

ふいによぎった常識が、俺の指をためらわせた。

気づけば俺は、いや気づけばも何もない、スウェットから着替え、鍵とスマホと財布を持って靴を履き、電車を間違えずに乗り換えここまでやって来た。その上、手から下げられたコンビニ袋には、言い訳で買った酒とつまみが入っている。

俺は自分の意思で家を飛び出した。そして響貴の住むマンションのエントランスであいつを呼び出そうとしている。先に連絡すれば自分が日和ってしまいかねないことも、いなければいなかったで運がなかったと、このまま全てを呑み込む都合の良い引き際も計算ずくでここまでやってきた。そして最後の臆病《おくびょう》さが俺を止めた。

こんなところで突っ立っていては住人の邪魔になるだけだ。せめて行動に表さなくては。俺は今一度浅く呼吸をして何も持っていない右手で響貴の部屋番号を押す。

チャイム音が鳴ってしばらく経っても反応はなかった。わずかながらほっとした自覚に後ろめたさが疼《うず》き、俯《うつむ》いた。

だから気づくのが遅れた。

「果凛」

「うおっ！」

「珍しいな」

ただのずるい奴になるところだった俺の影を、友達が踏んでくれた。チャイムの余韻が消え去ったちょうどのタイミングで、ジャケット姿の響貴が俺と同じくセブンイレブンの袋を下げてやってきた。

「タイミング、良すぎるだろお前」

「髭の波動を感じた」

「意味分かんねえもん感じるな」

同業の先輩と飲みに出ていてその帰りらしい響貴に、上がるか訊かれるようなことはなかった。当たり前みたいに自動ドアを一緒に抜ける。迷惑そうな顔はされないし、申し訳ないなんて顔もしない。

会えば感覚が大学生の頃に戻ってしまう。千鶴とよりも、なおいっそう。

共にエレベーターに乗って、あの頃より目線の高い階で降りる。響貴の家に来るのは久しぶりだった。挨拶もそこそこに靴を脱ぎ、リビングのテーブルにコンビニ袋を置いて四角いオットマンに座った。

「背もたれある方でいいのに」

氷の入ったグラスを二つと中身の半分ほど減ったジンの瓶、それから炭酸水を持った家主が、わざとらしく恐縮する顔を作ってソファに座る。

「押しかけて来て良い方を取るわけにはいかないだろ」

「たまにそれ平然とやってるやついるけどな」

シニカルに笑う響貴の前に、バターピーナッツとコンビニにあったクラフトのハイボール缶を二本並べた。響貴はせっかくだからと缶を受け取り、一度立ち上がって炭酸水を冷蔵庫に戻しに行く。響貴にはこういう丁寧さがある。

俺も普段なら缶から直接飲むところ、せっかく用意してもらった氷入りのグラスにハイボールを注いだ。

「じゃあ、おつかれ」

「おつかれ」

軽く乾杯して、酒に口をつける。思えば社会人になってから友達と会い一日中素面だった覚え、ない気がする。

「今日は先輩と飲みに行ってただけか？」

「うん、そう。あとは普段通り。午前中にジムで運動して、近所で天ぷらそば食べて、暇だったから映画見にいってたら、飲みに行こうって誘いがあった」

「充実してんなあ」

「天ぷらの中に山菜入ってて春だなって思ったのが今日のハイライトだ。そっちは？」

「いいじゃねえか風流で。俺は起きたらもう奥さん出かけてて、ちょっと仕事した以外は何も。ハイライトは」

戻ってしまう感覚だけでなく、本当に大学生のままでいられたら、友達にこんな意味のある嘘をつく必要なんてなかったな。

「実はさっきハナオから電話あってさ。仕事の話だったんだけど、聞いたら今日、女子達で食事会やってたらしくて。こっちもやるかと思っていきなり来た」

「なるほどそういう。その仕事の話は俺が聞いてもいいやつ？」

「うん別に。うちの会社から画集の話を貰ったけどどう思う？　って酔っぱらいが相談してきて」

「早めに解散して寂しかったのかな」

「帰り道が暇だったんだろ」

俺がパーティ開けにしたバタピーを、響貴は二つ摘まんで齧る。互いに驚きや笑いを期待してるわけじゃないから、ふいに会話が止まることもある。

「そういえば映画は果凛のとこで原作出してるやつ見たよ」

「お、どうだった？」

「原作読んでない感想で申し訳ないけど、好きなところと、もっとどうにか出来そうなところ、俺の中では半々だったな」

俺はマスコミ向けの試写でそれを見た。率直に、かつ誰かを極力傷つけないように語られた響貴の感想が、原作側の俺達よりよほど映像サイドに配慮した言い方で面白かった。

「エンドロールで初めて果凛の会社が関わってるの知って、あいつこういうの好きそうだなあと思った」

「実は自分から進んで売り込みのチームに参加してる」

「やっぱりか」

具体的に言われなくても、響貴の指摘した俺の好みは分かる。こちらが好きなタレントの系統を熟知しているのと同じように、響貴には好きな作品の雰囲気を見抜かれている。

「俺は、ベタで正面から感動出来る話が好きなんだ」

たとえをあげるなら、いがみあっていた家族が互いを認められるようになる話や、少年少女がひと夏の出会いを経験するボーイミーツガール、スポーツに打ち込む部活生達が問題を抱えながらも日本一を目指す熱血ストーリー。全部、これまで響貴に何かしらの作品を薦めた覚えがある。好きなんだよ。多少の困難があっても読後や鑑賞後には笑顔で感想を語れるような、そんな話が。

「響貴ごめん嘘だ」

「嘘？」

唐突さに、響貴は遠慮なく眉間に皺を寄せた。

「嘘って、実は王道とかベタが嫌いって意味？」

「それは本当。心の底から」

大学時代から今に至るまで、響貴の前で好きなものに嘘をついたことはない。

「ハナオから電話が来たのも本当で、あと画集も、上手くいけばうちから出る」

「楽しみだけど、じゃあ何が嘘なんだよ」

「それは」

この数ヶ月、旅行に誘った理由も、クリスマスディナーに行けなくなった理由も、誕生日企画のために舞たんのサポートとして添えた言葉達も全部だった。

けれど今、何より。

「ここに来た理由だ。ハナオは関係なくて、全部、俺の都合だ。俺は、せめて一回、響貴と腹割って話したくて。けどエントランスで直前になってチャイム押すか迷ったし、どう話を持って行こうかと思って、嘘ついた。さっきの言い方だとハナオを利用してるみたいだったけど、そうじゃない。俺が響貴と話したくてきた。捻った戦略も何も用意してない。だから俺なりに今から、恥ずかしいくらいベタなこと言うぞ」

こんなにもまとまっていない宣言でも響貴は、疑問を抱きながら「なんだ改まって」と道を作り促してくれる。

「本当にこれでいいのか？」

最初からこうしていれば良かったなんて誰にでも言えることだ。

「千鶴とのことはこれでいいのか？」

しかしそう思えたのは紆余《うよ》曲折を経て、最善手は何なのかとあがいた自分がいるからだ。そうして辿り着いた今だからこそ、難しく考えて無駄にも思われる回り道を終えた今だからこそ、伝わる決意もある。大人がすることとは思えない告白大作戦が意味を成す。

響貴は数秒静止した後、ハイボールを一口飲むと、申し訳なさそうに一息だけ笑った。

わずかに口角を上げたまま、小さく二度頷いて俺の目を見る。去年の年末、不自然に招かれた高級レストランの光景が、響貴の脳裏をよぎったかもしれない。

響貴は視線を下げて手を組みグラスを見つめた。そしてしばしまばたきと呼吸以外をやめた。

緊張感と沈黙がまるで告白の場面のようだと、馬鹿らしいことを思った。

いくらでも待つ気でいた。たとえ一晩でも良かった。なのに響貴は俺がハイボールを持ち上げ一口飲んだのをきっかけにしたように、意外とすぐ口を開いた。ただしそれは俺が想像したいくつかの答えのどれにも似通わなかった。

「果凛はずっと営業職だよな」

今度は俺が、友達に疑問を抱く番だ。

「え？　うん、書店研修とかはしてるけど」

「目標ってある？　出版社に勤める果凛の。夢でもいい」

なんの話か、分かっていなくとも俺は、ふざけている様子のない質問に対し真面目に答える。

「まあ俺が気にいって売り込んだ本を大ベストセラーにするっていうのは、いつも思って働いてる」

「それが最終的なゴール？」

「いやゴールってわけじゃないな。本は会社がある限り出続けるだろうし。あとはなんだ、金を稼ぐ気はあるから、いつか役員になろうとは思う」

「なるほど」

何に対してか頷いて響貴は酒を一口飲む。

「旅行の時にさ、果凜がずっとゲーム内のオープンワールド駆け回ってて奥さんに怒られた話してたよな？」

話題が急に変わる。

「したな。あの後も一回あった」

束の間、笑いあう。

「そういうオープンワールド系ってめちゃくちゃ要素が多いだろ。一応メインのストーリーはあっても、細かい数値とかまで極めようと思ったら一生終わりがない感じで」

「俺はストーリー重視だからあんまりやりこむ方じゃないけど、ＲＴＡとかもはや学問っぽいよな。二千何年にこのバグが発見されたとか」

こんな話はいくらでもしていられる。しかし今、何に関係があるのか。考えているうち響貴はまた、新たな話題を示す。

「これも旅行の時に話したけど、大学卒業してから俺あんまりギター弾かなくなって」

「ああ」

「一応、理由があるんだよ。大学生の時に考えたんだ。自分でギターが上手いと思えるのって一体どのラインからなのか。それだけで食えたらか、スタジオミュージシャンになれたらか、好きな曲弾けたらか、とにかく速く弾けたらか、他にも色々あるだろうけど」

いよいよ我慢できなくなって、こちらから踏み込んでしまう前でよかった。

「全部、自分がどこで納得するかだ」

室内の音が響貴に集約され、ＢＧＭが聞こえなくなる。

「俺は納得する場所に立った」

その静けさで、ようやく気づく。

先程の馬鹿らしい表現を繰り返すなら、響貴は告白をしていた。こいつらしいシニカルな方法で。

ひょっとすれば全てが俺達の思い込みで、勘違いで、余計なお世話である可能性もあったんだ。ほんの少しも期待しなかったと言えば嘘になる。

「千鶴と、今の関係が一番良いってことか」

「まあ、それはそうだな」

「俺ら全員の関係性とかも考えてるんだったら、そんなのいいからな」

ずっと抱いてきた懸念に、響貴はきょとんとして、首を横にふった。

「果凛達には悪いけど、そういうのじゃない。俺はもっと利己的に生きてる」

何を思い出したのか響貴は、唇の端に笑いを漏らした。

「あいつ、大学の三年生くらいからかな。失恋したら必ず俺のところに来るんだよ」

記憶を、振り返る。

「どうりで、俺一回も本人からそういう話を聞いたことない。いつも事後報告だけだ。めちゃくちゃ泣きじゃくりそうなのに」

「まあ想像の通りだろうな」

見たことはなくても、容易に思い描けた。

響貴に電話がかかってくるんだろう、最初は飲もうとかなんとか見え見えの嘘をついて。家や店に呼んで少しだけ違う話をしたらすぐ千鶴は涙ぐむ。そしてとうとう今回の失恋や喧嘩のあらましを喋り出す。相手の悪口を言う時も、まだまだ好意を向けている時もあったかもしれない。それらを全部、響貴は黙って聞いている。

「あいつ曰く、俺みたいなのは他にいなくて友達のそういう話を聞いても必要以上に贔屓《ひいき》しないし同情しないから、喋りやすいらしい。一緒に悲しんだり悪口言ってくれるのは嬉しいけど、余計に泣きたくなるとかで」

二人の関係をそっくり表しているように思え、想像に難くなかった。

「でもそれがどうしたんだよ」

「言われたんだ。あいつが東京に帰ってきて初めて失恋した時に」

想像も出来ないような千鶴の話を、響貴はしない。

だからこそ俺は、長い時間をかけた、今回の作戦の顚末を、俺達の右往左往その起因、正体みたいなものを知って、今あいつが目の前で喋っているかのように、呆れ返った。わずかながら憤りさえ覚えた。

「響貴がいればいつでも安心して失恋出来るな、って」

開いた口がふさがらないとはこのことだった。

「あいつ、悪魔かよ」

「悪魔は言い過ぎだな。本人は覚えてないと思うし。俺の方はそんなこと初めて言われたから、覚えてるだけだ」

その事実は別に大したことではないと言わんばかりに、響貴はハイボールを飲み、続ける。

「果凛も知ってるかもしれないけど。あいつ基本的に友達の前でしか泣けなくて、家族とか恋人とか、身内の前ではかっこつけるんだよ」

「ああ、去年初めて聞いて、なんだそりゃって思った」

「もし俺が身内になったらさ、あいつ、傷ついた自分を見せに行く相手がいなくなるだろ」

響貴はそれを平然と、悲しい顔の一つも見せずに言う。

正直、困惑した。俺の読みがある意味で正しかったにもかかわらず。

響貴が想いをひた隠しにし沈黙する理由は、やはり俺達が知る響貴らしさの中にあった。シニカルで優しく気遣いの出来る、バランス人間。

その果てとも言える考え方にまで、想像力が及ばなかった。

「果凛にも納得してほしくて、初めて喋ったんだけどな」

俺の難しい顔を見て、響貴は苦笑する。折れない意志に基づき断じて千鶴に伝えるつもりはないと物語っている。しかしそれはいくら響貴らしいと言っても、あんまりだろ。

「結局それって人のためじゃねえか」

「違うよ。なあ果凛」

名前を呼ばれた。俺が幸せを願う大事な友達から。

「ハネムーンソングって知ってるか？」

その急な質問にも曲名にも、俺は聞き覚えがあった。

「お前と千鶴がバンドでコピーしてた曲だろ」

「そう。君を縛る場所から奪い去ってやる」

あれから一度オリジナルをサブスクで探し聴いてみていた。読み上げるような響貴の声にも、メロディが浮かぶ。

「この歌詞を聴く度に、あいつを思い浮かべる。恋愛とか、家庭とか、そこにいるのは俺じゃなくてもいい。あいつが、そんなのに縛られない安心できる場所でありたい。人の為じゃない、俺が望んでる」

「お前ら、マジで」

続く言葉は出てこなかった。

全く違う文脈で、まるで違う目的を持って、同じ曲を心に抱き続けていれば世話がない。

同時に、想像や妄想、仮定ではなく、そこまで近づいても一緒にはならなかったという現実を、つきつけられた。

ここに至り二人の形はこれしかないのかもしれないと、俺も納得せざるを得ないような気がしてしまった。

ハイボールを多めに口に含み飲み込む。響貴とはもっと安くてまずい酒を大量に飲んできた。

「お前な」

我ながら大仰に、ため息をついてみせる。

「奪うっていうなら、結婚式当日に花嫁抱えて連れ去るくらいやれよ」

「ちょっとまったーってやつ？　楽しそうだけど、やらないなあ」

「やらないだろうな」

「友達のとこ来て、気持ち伝えなくていいのかよみたいなのもそうだけど、本当ベタなの好きだな。価値観は今風っぽいのに好みとは関係ないのか」

「自分で古いのが好きだって分かってるから、余計に気をつけてるんだよ」

変わらずシニカルな響貴の顔を見る。そこで俺なりの、白旗をあげる気になった。

「本当にいいんだな」

「心置きなく祝福してやろう。親友の結婚だ」

「お前らしい。生き様なんだろ」

「そんないいものとは思えないけど、果凛が言ってくれるなら」

古いついでに冗談交じりで「馬鹿野郎」と罵り、再度の乾杯を求めると、響貴は笑ってグラスを軽くぶつけてきた。

「いつからだよ。自覚したのは」

「あいつが転勤中に、一人で会いにいった時だな」

「あれか。お前千鶴にばれたくないなら彼女くらい作れ。舞たん達も心配してただろ」

「本当に出会いが事務所の受付の子くらいしかないんだよ。職場の子とか、同業者に手を出そうとは思わないし。それに大体、他に想ってる相手がいるのは失礼だ」

その台詞とは決して見合わない響貴の恋愛遍歴をいじってやると、当然のごとくやりかえされた。笑い声によって、告白シーンのように重く揺蕩っていた空気が流れて消えていくのを感じた。後で思い返せば、特別な匂いの一つでもするかもしれない。

ハイボールを飲み干し、俺は響貴に頼んでジンソーダを作ってもらった。千鶴との思い出なんて語りあいながらやがてグラスを空にして、奥さんと約束した風呂掃除の役目があることを響貴に告げた。いきなり来て悪かったと、大学時代には考えられない気遣いをした。

ゲーム会の約束をし、家を出て一階に降りる。駅までの道を歩いていると、来る時には頭上になかった雨雲からぽつり、粒を感じた。手の平を空に向け広げてみたら、もう一つ水滴が落ちてきた。

その一滴が肌に触れた瞬間、波紋のように、想ってる相手、という言葉が全身に響いた気がした。こぶしを握りこんで、胸のうちに隠した。


どうして、結婚を決めたのか。

私の結婚がまだ影も形もなかった頃、華生や果凛にそれぞれ訊いてみたことがある。

華生の答えはあっさりしていた。楽だから。まだ社会の風潮が法律婚の方を向いている現時点で、いちいち手続きや説明や話し合いをしなくてはならないことを面倒に思った。何より価値観の古い両親から子育てへの協力を得やすくするために籍を入れた。そういう理由が関係あるのか、式や披露宴はしなかった。

果凛はかっこつけて、けじめだと言った。十代後半から二十代の半ば、奥さんの青春を自分に使わせてしまった。責任を取るという言い方は古いけれどそのつもりでプロポーズをしたと。その頃はまだ華生とのこと知らなくて「真面目じゃん」とか言ったけどやっぱり一回奥さんの代わりにビンタくらいしとこうかな。果凛が奥さんの為と張り切った披露宴は煌びやかだった。

私の場合は。

もう一年前、果凛と最初の作戦会議後に寄った居酒屋で訊かれて答えた。

「いつもその気だったのが、今回実現したってだけだよ」

もったいぶった言い方をしてしまった。それを長年の友達に言う恥ずかしさがあった。もったいぶったために説明せざるをえなくなった。

「これを最後の恋にするから」

言った意味はあったと思う、良くも悪くも。友達想いの果凜は「じゃあ作戦ちゃんと考えないとな」と本腰を入れてくれたようだった。一回「ひゅう」って入れられたのには酒のせいもあってついイラっとした。

生涯添い遂げたいし添い遂げられそうな相手との誓いを、物理的に強化するため婚姻届を提出する。その相手をかけがえない友人や家族に紹介するため式をする。

あとはそう、やっぱりあの圧倒的に煌びやかなドレスを一生に一度は着てみたかった。

つまり、私の結婚はとても能動的だ。おかげでマリッジブルーとは縁遠くいられた。もちろん、式当日に向けてテンションを並走させてくれた彼の力もおおいにある。感謝してる。

いつか果凜の言っていたことは本当で、当日までの日々は信じられないくらいあっという間に過ぎた。三十代だから、っていうか、いつもの生活に結婚の準備が入ってくるだけで忙しいったらなかった。

初めての経験にてんてこまいしていた時期もあったけれど、もう後戻りできない日まで来てしまえばこっちのものだ。いざとなればの強心臓がしっかり発揮され、式の前夜もしっかり眠れて当日を迎えた。

式の開始は正午からだ。なので無理な早起きをせずに済み、午前六時のアラームまで目を覚まさなかった。とはいえゆっくりはしていられない。彼と電話で互いの覚醒を確認し、シャワーを浴びてしっかり朝ごはんを食べる。子どもの頃には新郎新婦って豪華な料理を目の前に並べられてていいなあなんて思ったもんだけど、実際には食べるタイミングなどない。

トーストを齧り、焼いたハムを食べつつ、今日来てくれる家族や友人達に簡単ではあるけどそれぞれラインでメッセージを送る。実はずっと私らの関係に気づいていたらしい後輩の紀伊ちゃんは、今日式場で受付を担当してくれる。そういうお礼も。

本当は一人一人に電話したっていいくらいだったけど、急いでいる理由は式場入り時間以外にもあった。私達はこれから役所で待ち合わせをし、婚姻届を提出する。式の開始時間が決まってから提案してくれたのは彼の方だ。嬉しい。大切なみんなが祝ってくれる今日が私達にとって正真正銘の結婚記念日になる。

式場にはすっぴんで来てくださいと言われていた。さすがに三十超えて外見のふさわしさは気にしているので、マスクとキャップで誤魔化し、持ち物チェックを念入りにやったらすぐ出発だ。

今度この家に帰ってくる時、私はもう既婚者になっている。何度考えても不思議な気分だった。こんな記念すべき日の空が晴れ渡っているのは偶然じゃなく、私や彼、そして出席してくれるみんなの行いが良いのだと思いたい。

響貴との仲について。

あれから半年以上が過ぎ、私達二人はちゃんと友達だ。

果凛も誘ってのオンラインゲーム会は相変わらずやっていたし、二回ほど時間を作って飲みにも行った。酔って笑って「じゃあまた！」といつもみたいに再会を約束するくせに、響貴の気持ちや意思を無理に心配するのは友達を舐《な》めていることにも繋がってしまうと感じた。それはしたくなかったし、しなかった。

実際のところ、今は響貴に対して感心する気持ちが強くなっている。ちゃんと言葉にして意味を開けば、負けたな今回はって気持ちと、ほんとお前らしいよって気持ちかな。あいつがそうあるんだから、私も私らしく一歩ずつ前に進むべきな気がしている。

婚姻届は何事もなく時間外受付に出し終えた。

これで書類に問題がなければ、今日から私達は夫婦となる。呼んだタクシーを待っている時間があったので、なんとなくマスクとキャップを外し、彼に改めてこれからもよろしくと伝えた。今日、二人っきりなのはここまでだからだ。その行動は思ったより彼をグッとこさせてしまったみたいだった。

式場入りして、早速ヘアメイクと着付けに入る。成人式の時もそうだったのだけど、花嫁としての装備を施されるのはまるで、新しい革ジャンを着てこれからステージに立つ瞬間のように気持ちが盛り上がった。果凛の言う戦闘服ってやつだ。

着付けが終わったら新郎とファーストミート、写真撮影リハーサル打ち合わせをこなし親族と対面、なんだけれどその前にビッグイベントが待っている。事前に届けられたウエルカムボードの確認だ。画像では見せてもらっていたけれど、実際目の前に現れた全て手描きのイラストは、まるで一つのエネルギーそのものだった。相変わらず気が狂ったような色使いの中に、可愛げや、今回は祝福も織り交ぜられている。夫婦円満の象徴である鶴は今にもイラストの中から飛び立ちそうだ。

「すごい友達がいるんだ」

紹介どころか三人でこれの打ち合わせまでしたのに、改めて伝えずにはおれなかった。

写真撮影では、ついついかっこつけたタイプの笑顔を見せてしまった。もっと自然な笑い方を勧められどうにも照れていたら、その顔が良かったみたいだ。リハーサルや今日までお世話になったスタッフさん達との打ち合わせを終えると、早くから会場に来てくれていた双方の親族と控室で対面する。

自分で言うことじゃないのだが、私はこれまで年齢が近い年上からは少々生意気と見られがちで、年齢が離れた年上からはかなり気に入られる人生を送ってきた。出会い頭にドレス姿を思い切り褒めてくれた新郎のご両親とは、既に数回の食事会に留まらず、実は一緒に楽しくカラオケなんかも行ったりしてて、果凛や華生を驚かせた。

一方で、今日初めてご挨拶をする新郎のお姉さん相手には、緊張感を持って自己紹介をした。とは言っても私の持った緊張なんて、彼の感じたものに比べれば半分もないだろう。そこらへんまだまだ今の世では男性側が気を遣いそうだ。

うちの父や兄が新郎を殴るっていう都市伝説な出来事はもちろん起こらず、顔合わせは終始和やかな空気でつつがなく終わった。私にいたってはめったに会わない自分の親戚達よりも、相手の家族との距離が近かったくらいだ。

控室に戻り彼と互いの家族の印象なんて話したら、すぐに受付を担当してくれるみんなが到着し始める。分かってはいたけどバタバタしている。

職場内結婚ということもあって、面倒な役割は申し訳なくも同僚のみんなに頼んであった。同期や後輩四名から新郎はタキシード姿を祝福まじりにいじられていた。その後、紀伊ちゃんの新事実が判明する。どうやら華生の大ファンらしく、ウエルカムボードを見た彼女は驚愕《きょうがく》するやら目を輝かせるやらしていた。本人に伝えてあげてって、勝手に言ったのを念のため控室に戻ってラインで華生に謝っておいたら、『影武者ですって言う』と、らしい返信がすぐに来た。彼女らも数十分の内に式場に到着する。顔を見るのは式が始まってから、言葉を交わすタイミングは披露宴だろう。もう数えきれないほど言葉を交わした相手との会話を、今日改めて楽しみに出来る。

結婚式は、新郎新婦の晴れ舞台とだけ思われがちだ。しかしその実、一人一人の様々な選択の結実として辿り着いた日だと、私はこの一年で知った。

選んだみんなにとって良き日であるよう願う。

花嫁なんだ、それ叶えるくらいのパワー今日はあるでしょきっと。

あの夜に大体呑み込んだ。友達の意思を知り尊重した。

はずなのに朝食を食べてから出発まで、とにかくそわそわしてた俺を見かね、奥さんが自分達の式の写真を引っ張り出して来てくれた。実際のところ、今と二十代半ばの俺達の間に顕著な違いなんてないはずだ。でも若い俺らはどこか浮き足立って見えた。

キャンドルサービスで友人席を回っている最中の写真には、隣り合った席で満面の笑みを浮かべる千鶴と響貴が写っている。

「そういえば、千鶴ちゃんと響貴くんと四人で一回お祭り行ったよね」

「行った行った」

大学三年生の時だ。最初は三人で何か夏っぽいことをしようと話していて、千鶴から彼女も連れて来たら？　と言われたんだ。人混みで飲んだプラカップのビールが美味《うま》かった。喉を通る炭酸の刺激を思い出す。

「ここだけの話、めちゃくちゃ付き合ってると思ってたなあ」

「ずっと友達だよ、あいつら」

なにげなく言って、自分が一つの言葉に三つの意味を持たせたことに気がついた。

あの頃の真実であり、現在の形であり、未来への希望でもあった。

写真を見て奥さんと思い出話をしていたら、絶妙に時が過ぎた。俺は髭と髪を整えてからスーツに着替える。鏡に映る自分は友達を祝う準備を終えているのに、まだ何か、仕上げを残しているような気分だった。俺は懐かしついで、コーヒーを飲んでいた奥さんに一つお願いをする。

「円陣組もう」

「お、久しぶりだね」

奥さんはなんのひっかかりもなさそうにソファから立ち上がって、俺と肩を組んだ。それから二人で前かがみになり、適当かつ控えめな掛け声をあげる。若い頃、就職試験の最終面接や大事なプレゼンをどちらかが控えていた日の朝によくやった。年齢を重ね緊張する場面も少なくなり次第に忘れていった。

「今日気合いが必要なのはあんたじゃなくて千鶴ちゃんの方でしょ」

中途半端な円を解いた奥さんからもっともな指摘をされた。それに伴う笑顔を見てふと、ここにもう一人か二人加えてもっと大きな円にする未来を思い浮かべた。

おかげで変に入っていた力は抜けた。奥さんから飲み過ぎに注意しろという忠告と、今度は私がいる時に遊びに来てねという千鶴達への伝言を預かって俺は家を出た。

「おはよう、果凛ちゃん」

夫婦仲睦《むつ》まじいシーンのすぐ後でハナオと一番に会うのがなんとも、俺だな。

待ち合わせ場所は、式場が入っているホテルのロビーに決めていた。俺が駅からの徒歩でエントランスに着いたところ、ちょうどハナオがタクシーを降りてきたのだ。赤いドレスの上に黒いジャケット姿だった。

「おはよう。なんだかんだ久しぶりか。あのオリエンテーリング以来」

「そだね。他のみんなとは会ってた？」

「今日来てないのも含め男どもとは一回飲みに行ったな。それも半年くらい前だけど。舞たんとはあれ以来。千鶴は、三ヶ月前くらいに響貴に誘われて居酒屋行ったらしれっといた」

「あらー」

どんな悪態よりも意味深な相槌をわざわざ深掘りしなかった。晴れの日だし。

ハナオもその一言をもって今日の意地悪は終わりにしたらしく、すぐに「なんかちづ姉の後輩に私のファンがいるらしいから、飲み過ぎてたら注意して」と、真っ当な頼み事をされた。

ロビーには既に舞たんと大賀さんがいた。大賀さんはスタンダードなスーツ姿で、舞たんはベージュのドレスに黒いボレロという落ち着いた服装を身にまとっている。

「おはよう、前会った時は舞たん魔法使いだったから今日もそれ想像してた」

実はあれ以来、弁解の機会なく今日まで来ていて、舞たんの目がまだ白くないか心配もしてた。そんな俺に彼女は「新郎新婦に特別な魔法は必要ないので」と、得意のドヤ顔を見せてくれる。

ほっとした。

「響貴は？」

訊いたのは俺じゃなくハナオだ。

「まだ見てない」

大賀さんの答えに数ヶ月前の俺なら多少の心配と期待をしたかもしれない。まさか式の途中で乱入して花嫁奪い去る気じゃねえだろうな、って。

当然のことながら響貴がそんな真似をするわけもなく、白いネクタイを笑顔の下に締め、悠々とロビーに現れた。

「おはよう。どっちかなと思ってたけど、髭はこういう日も剃《そ》らないんだな」

「おはよう、一応整えてはきてるぞ」

誰に伝える気もないけれど、髭を残したのには意味があった。また生やすのが面倒だからという怠惰が理由じゃない。響貴が自分のまま生きると決めたのだから、俺も自分なりの礼儀に基づいた。

「果凛ちゃんの髭、最初は妙だと思ったけどだいぶ見慣れてきた。舞も変だって言ってた」

「急に告げ口しないで！」

「ハナオは言いそうだけど舞たんまで」

「私はただ、ない方が誠実に見えるよって。髭は関係ないかもだけど」

お、どうやらまだ水に流してくれてないな。

実は大学時代に俺と奥さんと舞たん、三人並んで授業を受けた一年間があった。簡単に許されなくても仕方がない、甘んじよう。

ちょうどいいところで、大賀さんが「行こうか」と提案した。

職場内結婚なので今日はゲストが多いそうだ。そのため今回の式ではゲストカードを事前に配付し、皆が名前や住所を書き込んで提出するというシステムが取られている。

「本日はおめでとうございます」

列に並んで俺達の番になり、受付の女性に祝いの言葉とカード、祝儀袋を渡す。結婚式に呼ばれる際にはいつも祝儀袋のデザインを選ぶ基準がなくて困るんだけれど、今回は鶴が舞っているものにすぐ決められた。みんなもそう見える。

ゲスト用の控室に入ったらすぐ、飾られたウエルカムボードが堂々と姿を現した。作者が友達である贔屓目を超え、立ち尽くした。俺らより先にいた女性二人は自撮りで記念写真を撮っている。電話があったあの夜の感情など決して匂わせないプロの仕事に、盛大な拍手を贈りたくなったがそっと胸にしまった。

代わりに四人で純粋に絵を褒め称《たた》える。ハナオはあまり興味がなさそうにしてたけど、照れているんだろう。そういうやつだ。

ウエルカムドリンクを貰ってから、空いていた四人席に椅子を運んできて仲良く座った。せめて式までは素面でという舞たんと、じゃあそっちに付き合おう、という大賀さん以外はスパークリングワインを選んだ。

式の時間までしばらく、大賀さんが先月初めて人間ドックを受けた体験談を聞いた。胃カメラは想像より辛いけど耐えられないほどじゃないらしい。

なんて年齢を感じさせるトーク中のことだ。四人組の女性から声をかけられた。何かと思ったら千鶴の軽音部の友達で、つまり当然響貴とも知り合いだとか。またそのうち一人は舞たんとイベサー時代の友達でもあり、共に二次会の幹事を任されているそうだ。俺は全員知らないけれど、今日は心を同じくして千鶴への祝いの言葉をかけあった。

再び五人で取りとめもない雑談をしていて、ハナオが今日は都内のホテルに泊まるからお前ら終電で帰れると思うなよ、という怖い宣言をしたところ、式開始十分前となる。

ゲスト用の控室はたくさんの祝福の色でにぎわい、今か今かとその爆発に皆が期待していた。

関係性ごとの呼び出しがかかる中でちらり響貴の顔を確認すると、響貴も同じタイミングでこっちを見た。

意味深にも合ってしまった互いの視線に笑う。響貴の笑みから「心配性だな果凛」と聞こえた気がした。

チャペルで始まった式は、言い方が悪いかもしれないけれど一般的なものだった。

もちろん流れやプログラムが一般に想像されるものであるという意味で、友達が新婦なのは特別だ。

ドレス姿の千鶴が入場してきた時には素直に、お前そんな顔出来んのかよ、と思った。もっとライブでステージに出てくる時みたいなアドレナリンばきばきの笑顔や、いつも俺らと遊んでる時の屈託ない笑顔を想像していたから、しとやかな微笑みに新鮮な気持ちを抱いた。

余計な心配をした俺がこっそり見守る中、響貴は終始にこやかに親友を祝福していた。俺なら、片想い相手が知りもしない男と誓いを立てているさまを見て笑っていられない。だから俺の拍手は響貴に向けたものでもあった。

そしてもう一つ、俺の一番の懸念も杞憂《きゆう》に終わり、心底安心した。

響貴ではなく、千鶴だ。少なくとも今日だけは、色んな事情を差っ引いて幸せな気分でいてほしいという俺の願望は、どうやら叶っていた。

式後はフラワーシャワーを行い、皆で記念写真を撮る。フラワーシャワー中に目が合った新婦は俺らの前で照れたのか、一瞬だけ戦闘態勢みたいな表情を浮かべた。華やかさに囲まれた中で覗いた千鶴らしさだった。

記念写真の撮影を終えたら皆で拍手をし、新郎新婦とはここでしばしの別れだ。ゲストは控室へ戻り披露宴まで少しの休憩時間を持たされる。

「今まで見た千鶴で一番大人っぽかったな」

「ほんとにね。よーし、あとはもう飲んで食ってゆるい馴《な》れ初めブイを見るだけぇ」

正直すぎるハナオの放言に俺も心中首肯すると、舞たんから意外でもない宣伝が入った。

「ちゃんと見てよ、私達も大学時代の写真とか動画提供してるんだから」

「舞たんそんな協力もしてたのか」

横で響貴が小さく手を挙げる。

「バンド系の写真は俺もちょっとだけ」

お前は一体どういうつもりだ、って思ってもよかった。けど、正直なところ俺はこいつまさか余興で新婦とバンドやるとか言い出さねえだろうな、と事前にそれとなく確認までしていた。なのでまあ写真くらいなら、響貴のバランス感覚を受け止められた。

余興は新郎新婦の友人達による合唱らしい。なんでも新郎新婦それぞれの高校時代の友人達が合唱部に所属していたとのことだ。心ざわつかず見られそうでとてもいい。

「写真披露するくらいなら、ちづ姉が革ジャン着てギター弾きゃよかったのに。欲しかったの買ったらしいし」

二杯目のスパークリングを飲むハナオの言葉に、式を終え気のゆるんだ俺の中で軽い意地悪心が働いた。

「ハナオのライブペインティングと一緒に見たかったな」

「誰しも人前で掘り返されたくない過去ってありますよねー、ねー」

完全に藪蛇だった。舞たんはニコニコし始めるし大賀さんは苦笑するし響貴だけ「出演料は高くつくぞ」と楽しそうだ。

披露宴の席次表は受付時に貰っていたから、良きところで部屋を移動する。広いパーティ会場は、否応《いやおう》なく参加者の祝福を煽《あお》る雰囲気に満ちていた。俺に関して言えば仕事のことを思い出すので、皆が見るより若干会場のトーンが陰る。

「文学賞のパーティとかもこんな会場でやる?」

大賀さんからのタイミングばっちりな質問に、俺はあえて短く「まさに」と答えた。伝わったはずだ、気苦労とか。

並んだ円卓は八人掛けだった。俺達五人は席次表の記載通りの席を見つけ、時計回りで名前の書かれた席札が置いてある順に、響貴、俺、大賀さん、ハナオ、舞たんと座る。席順に千鶴の意図を様々に感じた。両端は他ゲストへのコミュニケーション能力を期待されたのだろう。

間もなく相席となる女性三人組が席に着き、俺らは社会人としてにこやかに挨拶をする。あちらが先に千鶴の高校時代の友人だと名乗ってくれたので、俺らも同じように大学の友人であることを明かした。すると軽く話を聞いていたのか、「ウエルカムボードの」と切り出され、俺らは遠慮なく作者を差し出した。称賛の声を受けたハナオは、猫を被るのは面倒だけど無下には出来ないという気持ちが丸わかりの「ありがとうございますう」を返した。

我が家の式でもそうしたように、厚紙で出来た二つ折りの席札には新婦からの個別メッセージが書かれていた。千鶴から個人的な手紙を貰うのは出会って初めてのことだ。

『今日は来てくれてありがとう！　果凛に色々相談に乗ってもらったおかげで素敵な今日に辿りつきました。今度、奥さんと四人でご飯に行こう！　ずっと友達でいてね』

限られたスペースに収まったメッセージには独特の風情がある。

横の響貴もちょうど、席札を読んでいた。黙読した後ちらっと俺の方を見て「文章が大人っぽい」とシニカルに呟く。内容は違っても同じような感想を抱いたみたいだ。

忘れて帰らないよう二人とも席札を胸ポケットにしまったところで、スタッフ達がドリンクの注文を取りに来た。アルコールが大丈夫であればとシャンパンを勧められ従う。

「お、フォアグラがある」

披露宴で手持ち無沙汰になってやることと言えばメニュー表のチェックだ。同じく紙を広げていたハナオの嬉しそうな声が聞こえた。一緒にフォアグラを食べた思い出はないけど、なんとなく好きそうだな。

新郎新婦の入場曲はフラッドのハネムーンソングではなかった。

老若男女、誰もが知るようなウエディングソングに合わせて重い扉が開き、姿を見せた二人を万雷の拍手が迎える。

俺の反省や気遣いをよそに、幸せそうな千鶴と、にこやかに拍手する響貴が同じ画角に入った瞬間があった。

その時、俺は初めてきちんと二人が出した結論に、これ以上のお節介をすべきではないと思えた気がする。

だから、そこからは素直に友達の披露宴を楽しんだ。

乾杯をし、前菜で出てきたピクルスにわずかながら顔をしかめる響貴を唇の端で笑い、同席している女性三人とそれぞれの時代の千鶴について思い出交換をして盛り上がった。高校時代の千鶴は、同性の先輩に嫌がらせをされてある日ついに教室へ殴りこんだ武勇伝を持っていた。大賀さんが「さもありなん」と呟いたのに大学友人勢全員で共感した。

主賓《しゆひん》スピーチでは新郎新婦共通の上司が千鶴について、熱意と突破力を持ちチャーミングで故に同僚や顧客から強く愛されていると評していた。新郎はといえば、人当たりが良く対応力や柔軟性に優れ、先輩や上司からの信頼も厚いそうだ。要するにお似合いの二人なんだろう。

小学校からの友人によるゲストスピーチが終わると、新郎新婦はお色直しの為に一度裏へと消えた。その間に会場のスクリーンには二人の生い立ちや馴れ初めの映像が映し出される。自分が新郎の時にはこんなの誰が見るんだと思ったものだけれど、十八歳以降しか知らない友人と、彼女が選んだ男については興味がわいた。

一番会場が盛り上がったのは、俺達の良く知る千鶴の姿が映し出された時だ。革ジャンを着てギターを持ちステージに立つ姿や、響貴を含めた軽音部の友人達と肩を組み泣いてる姿に会社関係の面々がざわついていた。こっちの一面はあまり知られていないらしい。高校の友人達が「猫被ってるんだね」と笑っていたのを聞いて、やっぱりいつものが本性なのかと少し安心した。

新郎はどうやらかなりアクティブな人物のようだ。写真には彼が大学時代にバックパッカーをしていたという時期の写真が多く映し出された。リュック一つ持って外国の人々と笑いあっている。これも会社サイドでは多少意外だったらしく、きっと彼の友人達も俺達同様、友人の社会性に思いを馳《は》せているのだろう。

「大賀さん、新郎と友達になれそう」

「まずは千鶴さんも連れて山からだな」

二人とも同じハイボールを飲みながらなんの含みもなくそんなことを話した。大賀さんなら本当に二次会なんかで新郎と連絡先を交換しそうだ。俺から見て大賀さんの奥の席では、ハナオが白ワインのグラスを天高く掲げている。まだ飲みすぎではないと思う、多分。舞たんは横に座る初対面の女性とスクリーンを見ながら楽しそうに話していた。流石だ。

響貴に対して俺がどういう反応をするのも失礼な気がしたから、映像中は特に話しかけないでおいた。心中の全てを俺が知らなくてもいい。

映像が終わると、お色直しを終えた新郎新婦が再び入場してくる。事前に俺ら全員から個別にいじられたらしいが、千鶴は革ジャン姿ではなかった。ロイヤルブルーのドレスが強めの顔によく映えている。

今回の披露宴ではお色直し後の入場時にフォトラウンドが行われる。歓談の時間、俺達は式に参加していないゲストに遠慮し新郎新婦のもとには行かなかったので、披露宴中はこれが最初にして唯一の接触機会となる。

まず披露宴では下座に置かれる家族の席から順に、新郎新婦が笑顔を配っていく。ここで泣くような新婦もいるのかもしれないけれど、千鶴は満面の笑みで自身の両親とハグをしていた。それはそれで良さがあった。新郎の母とも抱き合っていたのは我が家庭を鑑《かんが》みるに驚いた。

親族席での写真撮影を経て、新郎の友人席で新婦としてのミッションをこなした千鶴が、いよいよ俺らのテーブルへと夫を連れてやってくる。

千鶴は俺達全員一人一人と目を合わせ、満面の笑みで礼を言った。そしてこちら側に断ってから、まずは高校の友人達と一緒に写真を撮る。あまり時間が許されてはいないものの、千鶴は三人と楽しく会話をしながら思い出をプロのカメラマンの手で残した。

俺らの番が来て、新郎新婦を真ん中に置くため響貴と舞たんが立ち上がる。後で聞くことになるが、舞たんはこの瞬間を想定して相当悩んだらしい。何が正解かはずっと分からない。結果、彼女は自ら新郎の隣に立ち、「男女男女にした方がバランス良さそう」と言った。ついでに大賀さんが「男はみんな黒いからな」と自然に笑った。

俺は座ったまま椅子を寄せるだけだった。後ろに立った千鶴に肩を叩かれ「髭が白ネクタイに合ってるじゃん」「俺なりの精一杯のお洒落だ。千鶴も似合ってる。おめでとう」「ありがとう」といつものような会話をした。誠実に目を合わせてくれた新郎にも「おめでとうございます。今後とも」と挨拶をした。

背後で行われた会話には、聞き耳を立てる必要もなかった。

「今日はありがとう。けど響貴が楽しみにしてた革ジャンは忘れてきちゃった」

「おめでとう。代わりに幸せそうな色のドレスが見つかったみたいで良かった」

「サムシングどころじゃないでしょ。あ、タオルも持ってきてるよ今日」

こっちもいつもの会話だ。二人の間に作られた関係性は、付け焼き刃の作戦なんかじゃ崩れなかった。それだけのことかもしれない。「私達二人は大学時代にバンドやってて」と旦那に親友を紹介するほんの数十秒の会話が、普段なら俺だって職業柄そんな言葉で片づけないんだけどいいだろ今日くらい、エモかった。

俺ら全員と再会を約束し、新郎新婦は次のテーブルへと向かう。普段よりだいぶ陽気になっているハナオが初対面の女性陣に新しいドリンクを勧め、再びテーブル内で新郎新婦の前途に乾杯をした。

フォトラウンドが終わると、次のプログラムにあたる余興では同席の彼女らのうち二人と、新郎の友人席から三人の男女が立ち上がった。一人の男性がピアノの演奏を務め、四人の混声合唱団による歌声が響く。結婚式の余興ってなんとなくふわっと薄ら笑いで終わるようなイメージがあったけど、今日の合唱はいつの間にか聴き入ってしまうような引力を持っていて、好印象を抱いた。流石は千鶴のツレだと思うのは友達びいきが過ぎるか。

盛大な拍手と共に合唱団が解散し席に戻ってくる。次は、花嫁による感謝の手紙だ。

実はちょっと楽しみにしていた。披露宴で新婦は基本的に新郎とセットでアクションを起こす、もしくはゲストからの祝福を受けリアクションを取る、の二つを繰り返すことになる。しかし花嫁の手紙だけは独壇場、いわば千鶴のものだ。

俺の視界で、スタンドマイクの前に立つ千鶴のドレスに、革ジャンが重なったように見えた。ひょっとすると全員にそう見えたかもしれない。大学の友人達だけではなく、全員に。その存在感があった。

マイクを通した千鶴の深い呼吸を聴くのも久しぶりだ。家族やゲストへ、新婦が生まれてから今日までの感謝を告げる場であるはずなのに、俺にはどうしようもなくこの一年間が思い起こされた。ゲーム中に婚約の報告をされてから、今日までの。

『本日はご多用のところ披露宴へご列席いただき、まことにありがとうございました。大切な皆さまと共にこの日を迎えられたことを、心から嬉しく思います』

花嫁は、へそのあたりに両手を重ねて持った手紙を開こうとはせず、ゲストの顔を一つ一つ見回しながら堂々と喋っていく。

もはやステージまで見えた気がした。

『本日は親族や友人達、そして日頃お世話になっている職場の皆さんからたくさんの祝福の言葉をいただきました。本当にあなたに恵まれてきたのだと実感いたしました』

俺とも目があう。

『だからこそ改めて、私達二人にとってこれ以上にはない、かけがえのない今だったと証明するための未来を、これまでよりも深い関係性を共に作りあげていきたいと、心に誓いました。簡単な道だとは思っていません。どうか私達の歩む先が幸福に包まれるよう、まだまだ未熟な二人ではありますが、共に成長する姿を、今後とも見守ってくださいますと幸いです。何卒よろしくお願いします』

そこで俺はこのスピーチが二部構成であることに気がつく。千鶴がようやく手紙を持ち上げたからだ。それにしても熱のこもった視線も声もまるでライブのＭＣだった。会場中の目にさらされながら一つの言い淀みもなく、良い度胸してる。

『さて私ごとで恐縮ですが、少しお時間をいただき、両親と兄へ手紙を読ませていただくことをお許しください』

家族への手紙は、ありていに言うと心温まった。感謝の気持ちを述べ、迷惑をかけた具体的なエピソードを語り、大人になってからも十分に仲のいい関係性を築いていることがしっかりと伝わってきた。予告通り本人は涙せず、危うく俺の方が泣きそうだった。末代《まつだい》までいじられそうなので耐えた。

拍手の中、新郎新婦が花束を自身の両親に贈呈し、新郎が謝辞を述べ、これにて披露宴は終了する。主役二人の退場後、「幸せな披露宴だった」と感想を言ったら両サイドの男達はどっちも反応してくれなかった。大賀さんはちょうど水を飲んでいて、響貴は改めて席札に書かれたメッセージを読んでいる。オーケー俺のタイミングが悪い。

退場時にはこれも定番の新郎新婦とその両親達による、ゲストお見送りだ。引き出物もこの時に渡すと千鶴から聞いていた。思わず「俺の時もそれにすれば良かった」と唸ったのが、最近流行りの一品である引き出物カード。いわばギフトカタログのカードバージョンを封筒に入れて手渡しする。これなら二次会参加メンバーも、年間で何度か式に呼ばれるのかもしれない会社のお偉方も、荷物が増えずに助かる。

タイミングを見計らいテーブルのみんなで立ち上がって、出口に向かう。初めて会った親族に祝福の言葉を伝え、千鶴からカードを受け取り「良い披露宴でした」と、新郎向けに敬語で伝えたら、同席の男どもとは違いちゃんと反応してくれた。

俺は午前中のそわそわも忘れ、幸福な気持ちで会場を後にすることが出来た。

二次会は、約二時間後の開始予定だ。

新郎新婦それぞれの友人が二人ずつ幹事を担当する。舞たんは司会にも抜擢《ばってき》された。披露宴から二次会までの隙間で、彼女は司会業の準備をし、残った俺達は大賀さんの発案によりボウリングに勤しんだ。両手投げハナオの調子がよく、一方響貴は調子に乗り切れなかったため二人分のゲーム代を払った。

腕を疲れさせ赴いた会場は、しっかり披露宴の祝福ムードを引きずっていた。よくあるパターンで会社の上司や二人の親族は参加せず、人数の関係上披露宴に呼べなかった友人達や別部署にいる同期などが加わる。

舞たんのマイク越しの声は聴き心地がよかった。飲み放題のアルコールを嗜《たしな》み、ビンゴに参加して、長めに取られた新郎新婦とゲストのコミュニケーションタイムでは淡いピンク色のドレスに着替えた千鶴と写真を撮った。相変わらず上機嫌なハナオは、式場で受付を担当していた千鶴の後輩だという女性から話しかけられ、快くスマホケースに宛名付きのサインまでしていた。会場で薄くかかるBGMはバンドサウンド多めでフラッドも中にはあった気もするが、タイトルの分かる曲ではなかった。

この一年間、俺がお節介にも抱き続けたいくつかの懸念は、ここにも一切見えなかった。最後の安心を経て、紀伊さんがテーブルを離れた直後にこっそり外の喫煙所へと出かけた。大賀さんが一度すっといなくなったのを目撃していたので、喫煙所があるとは分かっていた。灰皿は建物の裏手、駐車場側にあった。涼しくなってきた夜風の中、アイコスの薄い煙を吐きだす。ほろ酔い気分で月を見上げ、晴れてよかったなと世間話のようなことを一人、本気で思った。

この時間が名残惜しくもあったが、のんびり油断していたらすぐに何かイベントが始まるかもしれない。二次会っていうのはそういうもんだ。吸い終わりの余韻は無視し、足早に店内へと戻る。真っすぐ席に帰るつもりだった。けれど入り口の自動ドアをくぐったところで、左手奥のトイレからちょうど響貴がこちらに向かって歩いてきていた。

「響貴」

わざわざ名前を呼んだのは、至近距離に来るまで俺に気づかず、手元で何かを読んでいたからだ。響貴は俺の顔を見ると、手に持っていたものを胸ポケットにしまった。

「煙草か」

「俺の奥さんに会っても言うなよ」

「絶対バレてるだろ」

二人で笑いながらフロアに戻り、みんなのつまみ用にフルーツとチーズを取って席についた。誰も食べないパイナップルにフォークを刺しながら、響貴がさっき読んでいたのは披露宴の席札だろうかと、考えがよぎった。

宴もそろそろ終盤だ。舞たんがマイクを手に取り会場に届いたビデオレターの存在を明かす。新郎新婦ともにその存在を知らなかったようで、レストランの白い壁を利用して再生された映像に二人で顔を見合わせていた。贈り主は千鶴と仲の良い同期であり、新郎とは師弟関係にあると笑いまじりに自己紹介をした女性だった。横には赤ちゃんが寝ている。出産の時期とかぶってしまい、泣く泣く出席を辞退したらしい。会場中が安らかな寝顔を見て微笑ましい気持ちに包まれる中、こっそり千鶴が目元を拭っていたような気がした。

会のラストは、新郎新婦からの謝辞と集まった全員での写真撮影だ。二人の言葉は披露宴よりも随分と砕けていて、千鶴に披露宴時のようなライブ感はなかった。あれは相当気合いが入っていたみたいだ。新郎新婦だけではなく幹事達にも、俺らは拍手を贈った。

限られたスペースにみんなで詰めて三回目のシャッターが切られた瞬間、今日のプログラムは全て幕を閉じた。

「スポーツバーに行って外国人から今日はハッピーな日だったのかい？　って話しかけられようよ」

会場を出てすぐ、普段より数段隙だらけの顔をしたハナオから謎の提案がされ、大賀さんがツッコミもせず「いいいな」と同調した。浮ついた気分の俺と、いつもと変わらない響貴にも文句はなかった。まだ新郎新婦と会場に残っている舞たんを労うため、待つ意味もある。

「すみません」

スマホで店を検索していると、背後から声をかけられた。

響貴が「ああ」と声を上げるのを聞きながら振り返る。披露宴で同席した女性達だ。声をかけてきたのは響貴の隣にいた子だが、その後ろには他の二人もいた。

こういう場合、言い淀みとか探り合いとかありそうなもんだけど、そこは流石、千鶴の友達だ。先頭の彼女は、響貴を素敵だと思ったから連絡先を交換したいとはっきり言った。個人的な意見では正直気持ちがいい。みんなで連絡先交換してなんとなくグループ作ったって、活用されることは少ないし目的があるなら回りくどいだけだ。

繕うのをやめたハナオの「わーおっ」は無視して、響貴は少しの躊躇《ためら》いを見せつつもライン交換を受け入れた。その後三次会へ向かう道中ではもちろん俺達三人からいじられ続け、苦笑する響貴は気のおけぬ友人達からの評価より彼女らのことを心配した。

「俺が少し悩んだの、嫌がったと思われたかな?」

「ん?　いいや別に気にならなかった。いきなり言われたらそりゃ少しくらい躊躇するだろ。俺は逆ナンされたことないから知らねえよ!」

薄く笑うだけで、響貴は乗ってこなかった。

大人しい、けれど様子がおかしいわけじゃない。

疲れたんだろう。

舞たんや裏方まで請け負ったゲスト達には申し訳ないが、ただ祝ってた俺だって少しの疲れを感じてる。響貴も俺の数倍、なんだかんだ一日中気を張っていたはずだ。

もし酔いつぶれても、今日は俺が送ってやる。

声に出せば響貴がせっかく乗り越えた一日を台無しにしそうだったから、勝手に決意として抱えておいた。

食べログで適当に見つけたスポーツ観戦が出来る店に入ると、騒がしくも席は空いていた。舞たんが来たらもう少し落ち着いた場所に移動してもいいと話しながら、まずは一杯ドリンクを頼む。隣席ではおっちゃん二人組が仕事の話をしていて、残念ながら人のハッピーどころではなさそうだった。

もう今日何度目か分からない乾杯をした。四人でグラスやジョッキをぶつけ合うとすぐ、ハナオが響貴に「さっきの肉食女子にラインしよう」と絡みだし、当人は「俺から連絡したら成立しちゃうだろ」と軽くいなした。

まるで何事もなかったかのよう、という表現を物語上でよく目にする。きっと本来はこういう場面で使われるのだろう。

でも俺は今、友人達の笑い合うこの光景を目前にして、まるで逆のことを思った。

苦難や死線を一丸となって乗り越え、皆が同じだけ傷を負っているみたいだ。それも実際には違う。一人一人に別の思惑があり、時に協力し時に秘密にしたり誤魔化したりしながら過ごしてきた。

それでも、特別な分かち合いを感じた。

あれだけ作戦だなんだと、関係性がどうだと言っていたくせに俺達は、千鶴を一日かけて祝しここにいる。次に誰かが結婚した時にも、集まってうだうだと言って、結局は笑っていそうだ。響貴か舞たんか大賀さんか、もちろん誰も結婚なんてしない可能性もある。それなら誰かが親になった時か、何かを叶えた時かもしれない。本当は特別なことがなくたっていい。一人一人がそれぞれに抱え、今日を乗り越えた俺達の仲は、もうこれ以上に変わることがないんじゃないかと思えた。良くも悪くも、の部分を味わえるのが、一緒に大人になるということなのかもしれない。

俺はハイボールを飲む動きとは別に少しだけグラスを持ち上げ、ここにいない千鶴や舞たんも含めた全員を、こっそり一人で労った。

これで俺の作戦は後日談まで完了だ。

三十分ほど経って舞たんから連絡があり、店を変えることにした。俺が以前に一度だけ接待で行ったことのある居酒屋に電話したところ、個室が空いていたからだ。そこで今日の司会に改めて拍手を贈ろう。

お通し代と各自一杯ずつの飲み代は、ボウリングで勝ったハナオが払ってくれるらしい。お言葉に甘える。彼女がレジに立ち、店を出る前にと大賀さんがトイレに出かけた。

席でポツンと男二人、横並びで残される。

「ハナオのあの感じ今夜は終わりが見えない」

「今日くらい良いよ」

俺達は普段通り、なんの意味も含みもない会話をした。

もちろん俺の次の行動にだって、意味や含みなんてなかった。

響貴が落としたんだ。

スマホを胸ポケットから取り出し、メールでも確認しようとしたのかもしれない。その時グラスの水滴が指先についていたのだろうか。ひっかかって一緒に持ち上げられた披露宴の席札が、床に落ちた。

ひらっと、俺の足元に来たそいつを何の気なく拾おうとしただけだ。

「果凛っ！」

急な強い声に驚いた時には、もう指の先で摘まんでいた。

何かあったのかと急いで上体を起こし、見た響貴の顔には、覚えがなかった。

「どうした？」

言いながら、畳まれた席札を渡す。響貴は我に返ったように、目を逸らして息を深く吐き「いや、ごめん」と謝ってから受け取った。

俺の中で山ほどに膨らんだ疑問が何か一つでも解決されるその前に、響貴が、すぐには意味の分からない質問を口にした。

「果凛は見られても平気か？」

ギリギリ、席札のことを言っているとは分かった。

「うん、別に俺は。見るか？」

俺が胸ポケットに入ってるのを摘まみ差し出すと、響貴は明らかに迷った間を作ってから受け取り、俺に自分の席札を渡してきた。どうしたんだいったい。

ひょっとして千鶴が何かとんでもないことを書いたのだろうか、恐る恐る、楢原響貴さまと書かれた席札を開いてみる。

しかし中身を読んでも、こう言っては千鶴にも響貴にも失礼だけれど、なんの変哲もない、今日の感謝を伝えこれからも友達でいてほしいと願うメッセージに、千鶴っぽい茶目っ気と熱さを加えただけのものだった。

俺にはそうとしか見えない。なのに響貴が俺に席札を返す時、短く浮かべた表情はとてもじゃないけれど、こんなメッセージによって引き出されたものではなく思えた。

その顔の意味は、ハナオが帰ってきたため訊くことを避けた。彼女に向けてすぐいつもの表情に戻したからこそ不自然だった。

少なくとも俺には、失敗を暴かれ取り乱している子どものように見えた。

響貴、一体何があった。

『今日は来てくれてありがとう！　私達二人でいたからこそ出来た深くかけがえのない今があると思います。私と響貴これからも一緒に成長していこう。久しぶりのＭＣ楽しみにしてて（笑）』

伝わったと分かったのは、披露宴の最後見送りの時だ。

一瞬ではあった。でもはっきり目を逸らされた。いつもの響貴がそんなことをするとは到底思えず、確信した。

〆切《しめき》りギリギリまで何度も書き直し、最終稿をスタッフさんに渡す時には手が震えた。考え抜いた。例えば初めて開いた時には何も匂わないように、誰かから覗きこまれても普通のメッセージにしか見えないように。

あくまで私と響貴の間で伝えなければならなかった。

華生の言葉を借りるなら、二人だけの世界にしようと決めた。そう二人だけ。だからこれは果凛にも、うちの彼にも言っていない。正真正銘の一対一だ。

定番プログラムである花嫁の手紙、その前段で私は、来てくれたゲストへの謝辞をスピーチとして行った。何度もイメージし練習し、誰とどのタイミングで目を合わせるかまで決めていた。何げなさや無邪気さはどこにもなく、それでよかった。一緒に、大人になったんだ。

開始後まもなく私の手の癖を見て、響貴なら必ずライブMCを思い出すだろうと信じた。それで席札のメッセージに思い至ってくれれば、きっとスピーチを一言一句聞き逃さないようにしてくれる、そうすれば私に分がある。

叶った。

メッセージでもスピーチでも強調し重ねた単語を意識させられたんじゃないか。こういうのもカラーバス効果っていうのかな。

一人だけのはずだ。私のスピーチが、新郎新婦について語っているのではないと気がついたのは。私達二人のことを言っていると分かったのは。

響貴の目を、『未熟な二人ではありますが』のところでしっかりと見た。睨みつけるような力を込めて見た。不思議だその瞬間、同じものを一緒に支える手触りが、重みが感じられた。息苦しく、これを待ち望んでいた。

気がついたのは響貴だけだろうけれど、実を言うと、『私達』も『二人』も特定の誰かに向けた言葉ではなかった。私の中で、家族や友達や恋人、それが夫だったとしても、大切さに差はない。職場の人々とは流石にあるかもしれないけれど、仲良くしていければいいと思うのは嘘じゃない。ただ伝わらなかったろうな。私とあなたのことだなんて。

本当は響貴にすら伝わらなくたってよかった。

ミスショットでもいいと思っていた。

もう当たらなくていい、撃ち抜かなくていい。弾さえ入ってなくていい。

ただの私の願いで、宣言だから。どちらかというと、自分に向けて引き金を引いたようにさえ思える。

でも伝わった。知っていると知られた。そこから続く私の気持ちもきっと。

大切な披露宴の最中になんであんなことをしたんだって、いつか訊かれるかな。響貴が望むなら、今すぐにでも説明出来るよ。

私には夢があるんだ。

前に泣きながら、響貴も幸せになってほしいと私は伝えた。

それは決して、私以外の良い相手を見つけてというだけの意味じゃない。だって私は、いや誰も、響貴が未来で手にする幸せが何かを知らない。恋愛か、友情か、趣味か、仕事か、これから先の未来で揺蕩《たゆた》っていて、まだ表情や声や匂いにすらなっていないことを察するなんて、出来ない。


私がせめて未来を願えるとすれば、この現実からだけだ。

二人が、互いを恋人や家族にする道を選ばなかったっていう現実だけ。

あったかもしれない他の道を、想像しないわけじゃない。

響貴はそんな可能性なかったって言った。確かに私も舞に響貴は違うと言いきった。

けれどあくまでそれは、この今を選んだ私達の話で。

あったんだ。

私が畳を作ってた今も、美容師になってた今も、ＣＤショップに勤めてた今も、革ジャンを着たバンドマンとして食べてた今もありえたように、今日、ドレスを着た私の隣にタキシード姿の響貴がいる可能性もきっとあった。

分岐点はどこにだって。

それは例えば、大学時代に響貴の家で二人きりになった夜だったかもしれない。

卒業ライブ前、練習の為にスタジオを借りて、何時間もこもったあの日かもしれない。

転勤先に遊びに来た響貴が「いつでも辞めて帰ってきていいよ、俺らがいるから」と言ってくれた瞬間だったのかもしれない。

恋人のいなかった私が響貴の想いに気がついた居酒屋で、告白されたら付き合うことになるかもとよぎった、あの時かもしれない。

あった。無数に。

何一つ、私は惜しいと思わない。

想像出来る道が無数にあった。だからこそなんだ。

だからこそ二人にとってはこれでしかない今に及んで、改めて思う。告白大作戦なんてひどいことをやろうと決めた時に根っこで抱いた気持ちを、間違っていようと、悪者だろうと、もう一度、強く思う。

ここから続く未来で、私達は必ず幸せにならなくちゃいけない。

いつか年取ってどちらかが先に死ぬ。

別れの時に、互いの人生が幸せだったか訊いて、なんのわだかまりもなく心から頷きあいたい。

私の大きな夢だ。

その為にもう目を逸らしたくない、背を向けたくない。二人で選んだ今を一緒に受け入れ、生きていきたい。

これが私の最後の一撃。

負けっぱなしは嫌だとか子どもみたいだなって、またいつもみたいに笑ってほしい。

最初は、言わなかったんじゃない。言えなかったんだ。

自覚した時には遠方に住んでいたからというんじゃなくて、困らせたくないっていうんじゃなくて、千鶴が俺をそういう対象として見ないのが分かっていた。

友情を裏切る俺に失望してほしくなかった。別れ際、心細そうな顔をする友達を抱き寄せたいと思った自分を知られたくなかった。

状況が一変するまでの話だ。

ある時、感情が意味や目的を持つ意志になった。

果凛には正直に話した。本当のところでは、理解されることはないだろうと思っていた。けどあいつなら、自分の知らない感情も認めてくれるはずだと信頼した。

『響貴がいればいつでも安心して失恋できる』

千鶴が泣きはらした目をして言ったあの瞬間に、変わったんだ。この大きな世界ではなく、俺の目にだけ映るごく限られた世界の透明度が変わった。

子どもの頃からいつも考えていた。俺は俺でなくてもいいのかもしれない。家事の出来る奴も、周囲を気遣える奴も、ギターが上手い奴もいくらだっている。家庭環境、両親との関係性、出会った人々からの影響、もっともらしい理由を分かった風にどれだけあげられても俺からすれば、自分の人間性と不可分の症状みたいなものだった。自己への不信が網膜に貼りつき、目をかすませていた。

それを二十代半ばの千鶴が晴らした。

俺にしか出来ないことを示してくれた。

この晴れた視界のために生きようと意志を持てた。大切な友達であり好きな人を支えられる自分を、やっと認められる気がした。千鶴が俺なりの人間性を必要としてくれたことでようやく、胸を張れると思った。

想いを誰かが察することだってあるかもしれない。その誰かは果凛だろうとも予想していた。構わなかった。俺には意志を折る気がなく、何より千鶴に俺への気持ちはないのだから。現実が全てだ。

千鶴が結婚すると知った時には嬉しかった。

意志を貫くのが誇らしいというだけではない。友達の幸福を祝したい嘘偽りない友情を持ち続けていたからだ。

よく、学生時代のことを思い出した。

ふいに脳裏をよぎるのは、恋愛感情を自覚してからのことよりも、あいつに濁りのない友情だけを向けていた頃の記憶だった。

結婚式の前夜に、一人きりの部屋で思い浮かべていたのもそうだ。

全ての会話や細かい状況を覚えているわけじゃない。一つ一つを吟味していられないほどの思い出が、十二年で積み重なった。今もはっきり頭の中に残っているのは、大切な言葉と、スマホに保存された画像や動画のように切り取られたいくつかの光景だけだ。

一年生の始めから部室や教室でよく顔を合わせ、仲良くなり飲み会を繰り返し、遊んだ。ギターの練習には何度も付き合った。けれど三年生まで同じバンドで演奏することはなかった。千鶴は二年の終わりまで先輩主導のガールズバンドを組んでいて、俺は複数のコピーバンドを掛け持ちしていた。

大学三年生になってすぐだ。俺の部屋で飲み会中に隅で座ったまま眠ってしまった千鶴は、日が昇った時間に目覚めた。ほんの少し前まで果凛やハナオがいた。多分、社会人になったらこんな時間まで飲んでいられなくなる、なんて話をしていた気がする。

千鶴が帰るついでに俺も近所のコンビニへ出かけた。あの頃の朝日は目に痛くなかった。

コンビニ前で別れる間際に、まだ覚醒しきっていない顔のあいつから誘われたんだ。

「そうだ響貴、一緒にバンドやろう」

「ようやく俺の上手さが分かった?」

冗談半分の返しに、千鶴は迷いなく首を横にふる。

「楽しいじゃん」

その日あいつは俺の答えも聞かず帰っていった。後に了承すると、あれはどうやら提案じゃなくて宣言だったらしく、まだOKしてなかったのかと驚かれた。わがままな子どもみたいだって、笑ったと思う。

あの頃と比べれば、もうお互いちゃんとした社会人になってしまった。けれど千鶴の根本は、ずっとそんな風だ。

子どもみたいに一直線で、何げなく口にした熱い一言が相手を喜ばせる、とだけ言えば聞こえはいい。実際、本人は覚えてすらいないのだから、間違いなく千鶴の持つ悪い一面でもある。友達としてあいつの言葉に励まされる瞬間も、傷つけられた誰かの存在も十分に知ってる。ただ悪魔はやっぱり言い過ぎだな。

その悪魔と一緒にいることが、ずっと楽しくて仕方なかった俺を果凛はどうたとえるのだろう。もし訊けば優しいあいつを困らせてしまいそうだから、知る由はない。

果凛はホテルのロビーで顔を合わせた時にも、まだどこか俺を心配してくれているように見えた。式の前の待合室で確信に変わった。そういうやつなんだ。

式に入り、ウエディングドレスを着た千鶴を見て、特別に綺麗だとは思わなかった。

主役を全うせんとする花嫁をただ応援していた。いつか話せば怒られるだろうな。誓いの言葉の最中なんか、大事なところで噛むなよ、と一心に念じた。

終始無事にこなしたようにも見えたが、式後のフラワーシャワーで俺達の前を通る際には普段の顔を覗かせた。相変わらず感情の分かりやすい顔を微笑ましく思った。

披露宴会場で指定された席に座ると席札が置かれていて、広げるとお約束のメッセージが手書きで届けられた。前向きで情熱的な、千鶴らしいメッセージだ。その時点では素直に感動し、大切に胸にしまった。

お色直し中に映し出された写真は、出席者達から良い反応を引き出していた。千鶴の高校時代の友人達が「猫被ってるんだね」と囁いたのを聞き、思わず果凜と感慨深く視線を合わせた。随分強気なドレス姿の千鶴がテーブルを回ってきて、新郎に俺を「私達二人は大学時代にバンドやってて」と紹介した。些細なミスだと思った。披露宴で他の男を指し、「私達二人」という表現はあまり良くないんじゃないか、わずかに心配した。

意図があったのだとやがて気がつく。

スタンドマイクの前に立ち手を腹の前で重ねる姿を見てすぐ、席札に書いてあったMCとはこれのことかと思い至り、短い文面を頭の中でなぞった。そうしているうちに始まったスピーチの一言一句に耳を傾け、疑問を持った。

何故わざわざ似たような単語や言い回しを、スピーチとメッセージに併用したのだろうか。千鶴の性格から、内容を使い回しにするとは思えなかった。

ゆっくりとあなたに伝えるためのスピーチ中に目が合い、考える必要はなくなる。一秒か二秒、まるで対話をしているような時間だった。

スピーチの言葉が俺にも向けられているとすれば、辻褄《つじつま》が合った。

いつからだろう、知られていたのは。

記憶を掘り返そうかとも思ったけれど、どうでもいい気がしてやめた。

俺にはとても千鶴らしく思えた。

向けられた想いを知った時、動揺したはずだ。困らせてしまっただろう。

結婚が決まり、悩みつくした。そして互いに誤魔化しようのない、確認し合いようのないシチュエーションに賭けて伝えると決めた。ないことにはしない、けれどその想いがあっても友達をやめないと、宣言している。

思わず、式とは無関係な笑みがこぼれた。花嫁が両親へ花束を渡すシーンが始まり、溶けて混ざった。

俺が気づかなかったらどうするんだよ。

まず友達としての笑いの先に。

そうだこれ以上にない今なんだ。

想いを共有出来た喜びが待ち受けていた。

隠し続けた意志に反する喜びが自分でも意外だった。

もちろん千鶴が俺の本当の想いなんて知るわけがない。果凛がばらすとも思えない。俺達の真実はすれ違っている。それでも行きつく先に同じ答えがあった。もう引き返せないこんなうってつけの場所で、嬉しかった。

そうだ、これからも友達でいよう。今まで通り千鶴の逃げ場所になる。

お前の言うように、俺にとってはこれ以上にない未来が待ってる。

ひょっとすれば千鶴は少しわがままだから、俺が想像するよりもっとたくさんのものを欲しがっているかもしれない。例えばここにいる全員を巻き込む願い。家族と仲睦まじく友達といつまでも楽しく職場の仲間達と切磋《せっさ》琢磨《たくま》し皆が幸せであれる未来なんて、いかにも千鶴が夢に見そうで輝いている。

俺はそこまでじゃない。幸せは各々が自分の手で納得のいく形を摑めばいい、応援してくれる人もいるだろう。

千鶴の悲しみだけ、俺が引き受ける。これまでずっとそれを望んできた。

矛盾に気がついていなかったわけではないと思うんだ。

今になってみればとか、あとから考えたらなんていくらでも言えるけれど、それは最初に席札のメッセージを見た時にというのではなく、スピーチの文面を一言一句逃さず聞いた時というのではなく、恐らくもっと前、例えばソファに座って千鶴の結婚報告を受けた時には気づいていたんじゃないか。

折れない意志で押し殺した。もう自分でも折れなくなった意志で。晴れた視界を保つための防衛本能とも言える。千鶴達が俺によく使う言葉を借りればバランス機能だったのかもしれない。長短も功罪もある能力だけれど、今回は感謝をしなくてはいけない。おかげであの時ちゃんといつもの調子で千鶴を祝福出来た、式までの数ヶ月に友達の部分だけを見せていられた。

なのに二人で同じ結末に辿り着いた嬉しさなんて感じてしまったものだから、改めて席札を読んでいて果凛が横で呟いた「幸せな披露宴だった」という独り言に、心中で深く同意なんてしたものだから。

笑顔でここに座る今の俺と、どんどん距離が遠くなっていく望みとの矛盾が、もう見て見ぬふりは出来ぬほどはっきり分かった。

心の中で解かれる、箱型のパズルを見ているような気分だった。一つずつパーツが取り外されていき、中に入っている答えが少しずつ露わになっていく。それを見ながら俺は、この心の在り方を良くも悪くも変えてしまうのは千鶴なのだなと、今回は悪しき方に転んだ変化を愕然としかしどこか冷静に観察していた。

どうか私達二人の歩む先が幸福に包まれるよう。

俺だけにではない、今日ここにいた誰か、ここには来られなかった誰か、一人一人に対して、千鶴はこれまでもこれからもそう願っていく。

友情も過去の確執も時間も、恋愛感情も、何を抱えていてもそうあろうと、提案ではなく宣言する。そして皆が、ちょっと呆れながらも千鶴らしいなって笑い横に並ぶ。

俺一人だけだ。逆の方向を見て歩いているのは。

今日だけではない意志と呼んだあれを持った日からずっと。

俺は二人の未来に、千鶴の悲しみを組み込んでいた。

自分の存在理由を新婦の悲しみに置いているやつが、へらへらと式や披露宴に参加してる。気味が悪くて仕方がない。親友の晴れ姿を心から祝うつもりでいたのに。

あまりに大きな千鶴への謝罪の気持ちを、どこかで漏らしてしまいはしなかったか。心配したがきっとわずかな綻《ほころ》びで済ませられたはずだと、その後の自分の立ち居振る舞いから分かった。

何があっても俺は、バランスを保っていられた。

二次会での歓談時に話した千鶴も幸せそうだった。悲しみはいらないとその顔は脇目もふらず未来を見ていた。俺に出来ることと言えば、今度こそ千鶴に勘づかれずに自分を全うするそれだけだった。

塗りつぶされていく。千鶴の悲しみを請け負おうとしたあの瞬間から今までの全て、友達であり好きな人の不幸を願った自分がいた。

千鶴から距離を取り友情以外の感情なんて忘れ去ってしまえばよかったのか。あいつが泣きに来た時に諭して帰してしまえばよかったのか。そうすれば俺は、好きな人が伴侶《はんりょ》と喧嘩したり別れたりする未来に自分の存在価値を見《み》出《いだ》さず式に参加出来たのか。

二次会の宴もたけなわ、トイレに席を立ち一人きりになった時、改めて席札を読みながら意味のない別の道について考えていた。それを察したわけでもないだろうけれど、煙草を吸いに席を離れていた果凛の気軽さが優しく、また深く自分を恥じた。

少なくともしばらくは誰の心にも反したくないという強い感触が、千鶴の友人からの申し出に俺を躊躇させた。普段ならもっと上手い対応が出来たはずだと不安になった。

俺らしくないと自覚したミスは誰にも指摘されず、一体みんなとこれまでどうやって付き合って来たのだったか、飲み屋の席でグラスの水滴を撫でていたけれど、何も摑めなかった。

当たり前だな。俺は自分にすら見せられないものをまだ持っていた。

舞さんを迎えに行くために店を出るという段になって、今日のどの出来事とも、心情とも関係なく、ただふいに胸ポケットから披露宴の席札を床に落とした。親切に拾ってくれようとした友達を、気づけば強く制していた。果凛は驚いた顔をしたけれど、俺自身驚いた。自分から出た声と、招いた結論に。

俺の間違いを象徴するような千鶴からのメッセージを、見られたくない。

咄嗟に抱いた激しい気持ちが、もっと奥底に隠したものを教えた。

どうすればよかったのか。どうすれば、俺は千鶴の幸せだけを願って今日を迎えられたのか。

掘り起こされた単純さから答えを知る。

千鶴がもう悲しみで泣かなくていい未来を、一緒に作ろうと言えればよかった。

果凛や千鶴に感謝しなければならない、二人は意志や言い訳をすり抜け覗きこんでくれた。

俺は自分が本当に欲しかったもののことすら見ようとしていなかった。

親に一言だけ寂しいと言えない、子どもの時のままだ。


「日付が変わる前に舞たんがダウンしたからいったん駅前で解散して、ハナオがまだ足りないっていうんで男達は付き合ってカラオケに行ったんだよ。また酒飲んでハナオが歌う中島みゆきを聞いて、大賀さんも好きだからデュエットしてたってそれはいいんだけど。響貴もハナオからマイク持たされて普通に歌ってた。結局二時くらいに解散して、みんな別々のタクシーに乗ることになったんだ。別れる時もいつも通りだったから、飲み屋での変な様子は忘れた方がいいかって、いったん。ただやっぱりちょっと様子知りたくて響貴にラインしたらずっと、未読になってる」

「そう」

二週間ぶりに千鶴と会ったのは、彼女の部屋から運ぶ荷物の多さを事前に確認するためだった。千鶴は式から一ヶ月後に引っ越しを控えていた。ほとんどのものは引っ越し業者や廃品回収業者に頼むものの、仕事や掃除の兼ね合いを考えると、引っ越し後も何日かは元の家で寝泊まりした方が都合がいいと聞き、その数日の後に少ない荷物と大事なギターを車で運んでやることになっていた。

なんだかんだ初めて入った部屋は、リビングに日の光が程よく差し込む良い空間だった。俺は挨拶もそこそこに、本来の目的とは関係ないあの日の響貴について、心当たりはないか突っ立ったまま訊いた。

千鶴は事実と憶測を全て話した。

「なんでそんなことっ」

俺の口から自然に、行動を責める意味を持った言葉が出た。

今まで千鶴の立てた作戦を非難した覚えはなかった。しかし今回ばかりは肯定できない。どれだけ後の祭りだとしてもだ。

あくまで憶測にすぎない。それでもあいつがようやく呑み込んだのかもしれない感情を、引き返せない場所で蒸し返す必要がどこにあった。

「言い訳するつもりはない」

腕を組んで俺の視線から逃げない友達の左手薬指には、少し前までなかった誓いが薄く光っている。

「でも理由を説明するなら、やっぱりこのままは嫌だと思ったんだ」

もうやってしまったことだ仕方がない私は覚悟を決めた何が起ころうと責任は取る、そういう子どもみたいに開き直った顔を千鶴がしてくれたなら、怒れた。

俺はため息一回に不服を閉じ込める。

「何もあいつが傷ついて引きこもってるとか思うわけじゃないけど、連絡ないのはちょっと心配してる」

「うん、私からもラインしてみるよ。普段ならそろそろゲーム会だし」

そういえば式や千鶴の引っ越しで、考えもしなかった。

「果凛ありがとう、出張前に」

本来の目的である荷物を確認し終え、響貴については何かあれば連絡し合おうと、曖昧な約束を交わして千鶴の家を出た。言われた通り、俺はこれから新幹線に乗り関西へ向かう。

どこかで昼食をと思っていたけれど、千鶴の家の近所にはほとんど来ることがなく残念ながら店を知らない。気が変わって駅弁を買うことにした。

新幹線の発着駅は今日も観光客でごった返していた。人の隙間を抜けなんとか切符を手に入れ、鰤の西京焼きが入った弁当を買って改札を通過する。

新幹線内もまた混んでいる。しかし窓際の指定席が取れていたので座ってしまえばこっちのものだ。一泊分の着替えが入った鞄を棚の上に置き、数ヶ月後に刊行される小説の原稿が入った紙袋だけ、窓際のフックにかけておく。

今日はこれから、この小説についての決起集会が関西の書店員達と共に開かれる。編集の中にはどうせ目的地で酒を飲むのだからと、ビールを携えて新幹線に乗るつわものもいるが、営業でそうはいかない。大人しくブラックコーヒーと西京焼き弁当を旅の友に目的地へ向かう。

もう何度となく見た景色の移り変わりを横目に、味わう昼食は普通に美味かった。

学生時代には憧れた。毎日同じ場所に留まらない生活や、千円以上する弁当に。何度も味わううち若い頃の感動を失った。引き換えに知った家の安心も、想像すら出来なかった味もたくさんあるのだから、文句はない。

食後は、先ほどまで弁当が置いてあった場所にプリントアウトされた原稿を置く。熱量を持ってこの作品の話を出来るようにしておく必要がある。しかし一行目からじっくりと再読しようと読み進めたにもかかわらず、なかなか頭に入ってこなかった。理由は明白だ。

どうしても、響貴と千鶴について考えてしまっていた。

より正確には、二人と友達として付き合ってきた自分のことも。頭だけでなく全身の血管を考えがぐるぐる回っているようだった。

俺のせいなんじゃないか。

舞たんやハナオと違い俺は、大学時代に響貴と千鶴がくっつけばいいと思ったことも、働きかけたこともなかった。ただいつかは一緒になるんじゃないかと軽く考えていた。恐らくそれは二人の相性や気持ちを考えてのことではなく単に、皆が育《はぐく》んだ関係性を保つ一つのかすがいになってくれると勝手に託していたのではないか。三十代になってようやく自分のエゴに思い至った。

人に話すことはもう一生ないだろう後悔がある。

どの世界線でも変わらない、なんて千鶴にかっこつけた俺が、実はもっと違う今もありえたんじゃないかと、ここ数ヶ月考え続けてしまう分岐点が存在する。

かつて響貴が新幹線に乗り、千鶴の転勤先に出かけたあの日、本当は俺も響貴の隣に座って北上しているはずだった。どこかで風邪を貰い熱が出ていなければ出かけていた。以来もう五年も六年も、高熱を伴う風邪をひいたことはない。

俺が風邪をひかなければ、無理にでも旅に出ていれば、響貴は今頃、友達として千鶴の引っ越しを一緒に手伝えたかもしれない。

少し考えれば分かる。ミスでもなければ、間違いでもない。

意味のない後悔の切り捨て方をまだ学んでいないだけだ。今のところ、生涯身につく気がしない。

一方で社会人として、悩みを抱えたまま切り替えたふりをする術くらい学んでいる。

俺のためにも早く連絡をよこせ、と心中で冗談の悪態をつき、やるべきことのために姿勢を正した。披露宴で千鶴の言った通り大切なのは今だ。俺は仕事を抱え、数時間後には仕事相手の意欲を焚《た》きつける人間でいなくてはならない。公私混同はこの辺にしておかなければ。

到着までの時間配分を明確にするため、胸ポケットから出したスマホでＴｏＤｏリストを確認する。ついでにラインのアプリを開いて響貴とのトークルームを確認し、目を見張った。

タイミング良くか悪くか、変化があった。

前に送ったメッセージが既読になっている。

その文字に見入っていると、返信も来た。

『時間が欲しい』

続けて、

『自分が何か分からなくなった』

馬鹿野郎、もう少し早ければ千鶴を心配させずに済んだのに、とまた軽く悪態をつきながら、心底ほっとした。

生きているなら良い。

あいつにはあいつなりの、受け止め方や立ち直り方があるはずだ。それが俺達への怒りであれ、取り返せない後悔であれ。俺も俺なりに一言だけ意見を送って、スマホをしまった。

なんてかっこつけようとした癖に俺はまったく上手くいかないな。

もう一つだけ、念のため伝えておきたいことがあった。事実を簡単にまとめ、響貴に知らせる。すぐに既読はついたが返信はなかった。

その響貴らしくなさが、この先どう転ぶのか。

ひとまずはまだ再会の余地がありそうで、俺は千鶴に既読がついたと伝え、今度こそ原稿の文字に目を移した。

引っ越しの片づけをしていたら、手作りの楽譜を見つけた。

二年間だけ、響貴と組んでいたバンドで使ったものだ。楽譜とは言っても耳コピして聞き取った音を自分達の感覚で書きこんだものだから、他の人間が見ても演奏なんて出来ない。ぐちゃぐちゃに、音の強さや弾き方のコツなどが殴り書きされていて、我ながら読めない部分もある。

適当にしまったきり忘れていたこんなもの、はっきり言って必要ない。なんならスキャンしてデータだけ保存すればいい。けれど連れて行くことにした。

引っ越しの業者がほとんどの荷物を持って行ってくれたあとは、数日分の着替え、ノートパソコンや新しいギターなどの大切に運びたかったもの、廃品回収業者に処分を頼んでいる一人用のベッドや冷蔵庫だけが残った。

この家で目覚める最後の朝は、いつも通りアラームに起こされた。顔を洗って簡単に朝食を取り、化粧をして着替えとパジャマをバッグに詰め込む。それからもう寝そべることのないベッドに座り、スマホで仕事用メールのアプリを開く。今日は私だけが有休を取っており、世の中は平日、木曜日だ。

一通だけ業務メールを返して、今日引っ越しの手伝いに来てくれる果凛にお礼のメッセージを送った。この話が出た時に申し訳ないって断ろうとしたら、作業の後に奥さんと出かける予定を作るから大丈夫だとあいつは言った。そういうところあるんだあの髭は。

リビング兼寝室の窓と、ダイニングキッチンの小窓からカーテンを取り外し、畳んでまとめる。窓を開け、もう盗られるものも見られるものもない部屋に風を通しながら、またベッドに座って缶コーヒーを飲んだ。こぼしたってもういいというのはコーヒーを爽やかな味にしてくれた。

考えない日はない。

生きているとは知っても、私達から離れた響貴の心中を想像すれば、喉の奥が焼け付く。果凛すら詳しい現状は知れないと聞けばなおさらだ。

それでもこの今を望んだのは私だから、響貴の反応を何年でもひたすらに待つ気でいた。思い出はきっとこんな時のためにある、握りしめ、過去を教えてもらい生きていく。

約束の十一時まではやることもないので、ギターの練習をした。カーテンのない部屋でベッドに座ってグレッチのギターを弾いてる図は、いかにも何か物語でも始まりそうだった。今はただ友達の到着を待っているだけだ。

果凛は約束の時間ぴったりにエントランスのチャイムを鳴らした。ちゃんとした社会人だな。オートロックを開けて玄関の鍵は開けとくから入ってと、インターフォンで伝えた。

二週間ぶりに会った果凛は、私の姿を見て声をあげる。

「おっ、革ジャンなの久しぶりだな」

「新生活への戦闘服だからね」

「生活感ない部屋で、めちゃくちゃ尖《とが》ったバンドマンに見える」

せっかくだからギターを構え写真を撮ってもらった。終われば早速、私達は二往復して段ボール二つとバッグにノートパソコンを一階まで運び、果凛の車に載せる。

部屋に残った荷物は、ギターケースと果凛が持ってきた鞄だけになった。

「思い残すことはないのか？」

「ないかな、っていうかあと二回来るし」

「そうか」

果凛はがらんとした部屋の真ん中で腕時計を見た。奥さんとの予定の時間を気にしているのだろうかと思いギターケースを持ったら、よく分からないことを言った。

「ちょっとだけ、待ってもいいか？」

「待つ？」

私の疑問に、果凛は答えなかった。

その代わり床に置いてた鞄からスマホを取りだして、何かしら操作を始める。私もなんとなく自分の腕時計を見る。十一時十二分。どうしたんだ、果凛に追撃の質問をしようとしたところで、チャイムが鳴った。

セールスか何かかと、反射のように見たエントランスのカメラが映した映像に、私は息を呑んだ。果凛の顔を見ても、やっぱり何も言わなかった。

私は画面の前にまで歩み寄り一度、深呼吸をする。それからマイクをオンにして「びっくりした。入って」とだけ伝え、オートロックを開けた。

エレベーターが一階から昇ってくるまでには間があった。

「悪い、余計なことした」

「ううん」と私は首を、声に合わせて横に振る。

「やりとりは出来てたんだ」

「いや全然。だから来るかは分からなかったけど時間だけ伝えた」

「そっか」

頷いたすぐ後に、さっきとは違う玄関についたチャイムの音がする。ドアは荷物を運びやすいようストッパーで少し開けてあったのに、らしい。

「開いてるよ」

いつも通り言えただろうか、相手に意図は伝わったみたいで、玄関からはそよ風が吹き込んだ。スーツを着て仕事用鞄を持った響貴は、部屋に入って私達を見るなりとても、申し訳なさそうに笑った。

「連絡もせずに、ごめん」

別にいいよ無事だったならって気持ちと、馬鹿野郎心配させやがってという言葉が喉で渋滞を起こし何も言えないでいるうちに、響貴は柔らかく真面目な顔を作った。その顔で私ではなく果凛の方を見る。

「千鶴」

名前を呼んだのは果凛だ。

手を差し出された意味が、今の私には分かった。ギターケースを渡し「お願い」と添える。果凛は丁寧に両方を受け取ると、すれ違いざま響貴の肩を一回だけ叩いて部屋を出ていった。

向かい合ったままお互いの顔を見て、しばらくどちらも喋らなかった。空気は張り詰めていて、けれど不快じゃなかった。

せっかく来てくれた友達に私から何を言うべきか、考えていて気がつく。

「響貴も初めてか、この家に入るのは」

「うん、そうだな。エントランスまで来たことは何回かあるけど」

「その節は送ってくれてありがとう」

会話が止まってしまう。でも無理に埋めなければならない隙間じゃない。最後なんだゆっくりしていけばいい。私は一度、響貴に背を向け、カーテンのなくなった窓の方を見る。すると、横に響貴が並んだ。ちょっと距離はあるけど前にはマンションが建っていて、決して眺めがいいとは言えない景色に二人で目をやった。

「千鶴」

友達になって以来、いつも隣にいる気がしてた相手の顔を見る。また会えて、良かった。

「報告があるんだ。この一ヶ月はその準備をしてた」

「準備ってことは、何か始めるの？」

「本当は、全部まとめて言おうと思ってるうちに遅くなって、ごめん。でも果凛から、友達だろっていう妙にロマンチックなメッセージが来てさ。歩き出したことだけでも、聞いてもらおうかと」

「教えてよ、知りたい」

響貴は真摯に頷く。

「一つは、またバンドやることにしたんだ。仕事で知り合った人を誘ってみてさ。今度スタジオに行く」

「おお良いじゃん」

お世辞を言う仲じゃない。響貴の手がギターを鳴らすのを想像して、素直に嬉しかった。

「もう一つはまだまだ言えること少ないんだけど、いずれ独立しようと思ってる」

「それは、自分で会計士事務所作るってこと？」

「そういうのもあるけど、全容は秘密だな。ちゃんと決まってから改めて言うよ。驚かせたい」

「ハードルあげるね。でもそう言うなら、楽しみにしてる」

高い声が、外から聞こえて響いた。何かと思って見ると、小さな女の子を肩車したお父さんが目の前のマンションの廊下を歩いていた。今から公園にでも行くのだろうか。

「夢を持ってみようと思ってさ」

響貴の方にまた視線を戻す。響貴はこっちを見ていなかった。

「千鶴みたいに常日頃からっていうのはなくても、人生で一つ目の夢を最初は無理矢理にでも持ってみようかって、会わない間に思ったんだ。向いてるかは分からないけど」

「いいと思う。心境の変化があったの？」

「生きる意味を探すんだよ」

窓の外を見たまま、響貴はそこで言葉を切った。

そして普段より呼吸を深めた。

「伝えたいことがある」

私は頷いて響貴の方に体ごと向ける。すると響貴も笑ったりせずに、こっちに体の正面を向けた。こんな風にちゃんと向き合うこと、今までにも何度となくあっただろう。

でも初めてな気がした。

「千鶴のことが好きだった」

「うん、知ってた」

用意なんてしていなかった。

けれどいつだって返す言葉はこれ以外になかった。感謝も謝罪も、気持ちを受け入れられないと理解して伝えてくれる相手に渡すのはおかしい。私に出来ることは少ない。

響貴は無邪気な照れ笑いを浮かべた。

「今の実は、人生で一番緊張した」

「そんなの私に使っちゃっていいの？」

「いいんだよ、いつか誰かに更新されるんだから」

この一ヶ月に、どうやって整理をつけたのか、この一年にどんな思惑があったのか、私達が確かめ合うにはきっと、長い時間が必要だろう。

今の私に分かるものがあるとすれば、現実で形になった眼差しや言葉や匂いだけだ。だから私には色々なことが伝わってきて、負けないようこみあげてきた熱を耐えた。ばればれだっただろうけどそこは相手も見え見えだったから良いように思う。

いつの間にかいつもみたいにシニカルな笑みを浮かべる友達に、私も普段通りまっすぐ行く。

「すぐには無理でもさ。何年後だとしても二人で、響貴の地元に遊びに行こうよ」

「いいよ。俺の方が旅行計画作るの上手かったと思うけど」

軽口を言って、響貴は私に右手を握手の形で差し出した。

「ごめん、もう一つある。これが最初なんだ」

なんとなく、それしか行動がない気がして握る。

「何?」

「結婚おめでとう千鶴。心から」

友達だって確認もせずにここまで来ていて、握手は初めてだった。

私は思いっきり響貴の手に力を込めた。いや友情の力強さの証明とか思われたかもしれないけど、そうしないともう流石に耐えられなそうだった。

私もこれが最初だ。響貴からの祝福を喜びとしてだけ受け取れた。

痛い、と大げさに悲鳴をあげる響貴と笑いあったら、改めて礼を言う。

「ありがとう」

「こっちこそ、俺、千鶴のおかげで自分を認めて生きてこられた」

「そんな大事なこと、何かしたっけ？」

「いいんだ、覚えてなくて」

心当たりはない。でも響貴がそう言ってくれるのだから自分がした今までのどれかに胸を張ろうと思った。まさか酔ってる友達を許す寛大さを私が教えたとかじゃないよな？

握った手を放し、そろそろ果凛を心配させちゃうかともう一回笑ったら、仕事場に帰る響貴と一緒に部屋を出ることにした。

「あいつかっこつけてギターだけ持っていったな」

室内を再確認すると果凛の鞄が残っていたので、仕方なく私が持ち主に届けてやる。

部屋の鍵を閉め廊下を二人並んで歩き、エレベーターに乗った。

エントランスから少し離れた場所に停めてある車の運転席に果凛はいた。私達に気づいて手を上げる。私は近づき、助手席のドアを開けた。

「これ忘れ物」

「おう、ありがとう」

鞄を受け取った果凛に、響貴は車の外から「ありがとう、また連絡する」とだけ言って、私達が進むのとは逆方向に歩いていってしまった。

その背中を見送り、私が助手席に乗り込んだら果凛は車をすぐ発進させた。

小道を抜けて国道に出るまで何も話さなかった。私の中でまとまってから、果凛にまず礼を伝えた。

「じゃあ、ちゃんと話せたんだな」

「うん、響貴から告白された。人生で一番緊張したらしくて、でもいつか私以外の人が更新するって言ってた」

果凛は何も応えない。思うところあるのだろうと私も黙っていたら、ふと足元に落ちてた小物を見つける。拾ってみるとワイヤレスのイヤホンだった。持ち主であろう果凛に教えてやろうと運転席を見て、ぎょっとした。

「なんでお前が泣くんだよ！」

「うっせえ」

「子どもみたいに」

髭はポケットからハンカチを取り出して目を拭うと、深い息をついた。思わず悪態をついてしまったけれど、作戦を練ってから一年、ひょっとすればそれ以上の時間、果凛の胸のうちのつかえになっていたのかもしれない。

「いやでも運転手が泣くのは危ないよ。一回どっか止める？」

「大丈夫。なあ」

「ん？」

「幸せになれよ」

あまりに率直で私ですら言わなそうな正面からの願いに、こっちがちょっと照れてしまいながら、当たり前の返事をした。

「もちろん」

全員分の頷きも、代わりに込めておいた。

車は果凛の運転で、新居に向かって走っていく。

流れる景色を眺めながら、この先、今日に至るまでの日々を何度でも思い出す気がした。

ひょっとすれば、私が大人しく響貴を選んでいたら良かったと、誰もが思う未来だってありうるのかもしれない。

それでもあらゆる可能性は、この今を選んだ私達になんの関係もない。

本書は書き下ろしです。
この物語はフィクションです。

住野よる（すみの　よる）
高校時代より執筆活動を開始。2015年、デビュー作『君の膵臓をたべたい』がベストセラーとなり、累計部数は300万部を突破。23年『恋とそれとあと全部』で第72回小学館児童出版文化賞を受賞。他の著書に『また、同じ夢を見ていた』『よるのばけもの』『か「」く「」し「」ご「」と「』『青くて痛くて脆《もろ》い』、「麦本三歩の好きなもの」シリーズ、『この気持ちもいつか忘れる』『腹を割ったら血が出るだけさ』がある。乾杯するのが好き。

告白撃《こくはくげき》

2024年５月22日　初版発行

著者／住野《すみの》よる

発行者／山下直久

発行／株式会社KADOKAWA
〒102-8177　東京都千代田区富士見2-13-3
電話　0570-002-301（ナビダイヤル）

印刷所／旭印刷株式会社

製本所／本間製本株式会社

●お問い合わせ
https://www.kadokawa.co.jp/（「お問い合わせ」へお進みください）
※内容によっては、お答えできない場合があります。
※サポートは日本国内のみとさせていただきます。
※Japanese text only

定価はカバーに表示してあります。

ISBN 978-4-04-114734-4　C0093
JASRAC 出 2401771-401